KB122343

한국 근대
문학 기행

평안도 이야기

평안도 이야기

김남일 지음

학고재

펴내며

근대 문학의 '장소들'이 보여주는 지난날 우리가 꾸었던 꿈

외부로 빠져나가는 하늘길이 막혀 있다시피 한 동안, 그러니까 자영업자들과 소상공인들이 계속되는 사회적 거리두기에 진절머리를 치고, 방호복을 입은 의료진들의 노고에 보내던 격려의 박수마저 차츰 시들해지는 동안, 나는 하루의 꽤 많은 시간을 책을 읽으며 보냈다. 쉽게 엄두를 내지 못했던 숙제 때문이었다. 비대면의 세월이 외려 기회로 다가왔다.

문학을 통해 아시아의 근대를 읽어보자는 게 내 오랜 관심이었는데, 이번에는 특히 한국 근대 문학사의 '풍경'이 내 주제였다. 어떤 논리적 맥락에 따라 그 시대의 숨은 의미를 찾아낸다든지 하는 것은 처음부터 내 능력 밖의 일이었다. 나는 대체 우리 문학의 근대가 어떤 모습이었는지 한 폭의 그림을 그리고 싶었을 뿐이다. 당장은 말 그대로 풍경화였다. 영변의 약산 진달래꽃이 제일 먼저 떠오르고, 이어 죄인처럼 수그리고 코끼리처럼 말이 없던 이용악의 두만강이나 어느 날 소설가

구보 씨가 하루 종일 돌아다녔던 식민지 서울의 도처처럼 우리 문학의 무대로서 뚜렷한 아우라를 지닌 '장소들'이 떠오른 건 당연한 절차였다. 전략 같은 건 없었다. 있다면 오직 하나, 나는 마치 A부터 Z까지 도서관의 책들을 모조리 읽자고 달려든, 사르트르의 소설 『구토』에 나오는 독서광과 크게 다르지 않은 전략을 세웠다. 그러다 보니 때로 책은 읽지 않고 숫제 눈에 띄는 대로 지명에만 밑줄을 긋고 있는 나 자신을 발견하곤 헛웃음을 흘리기도 했다.

나는 물론 우리 문학의 근대를 꾸려온 선배 작가들이 실은 그 근대를 당혹으로 맞이했다는 사실을 알고 있었다. 결과적으로 그건 결코 행복한 경험이 아니었다. 나라를 빼앗긴 수모에 가공할 물리적 폭력과 상상조차 힘들 만큼 끔찍한 빈곤이 언제까지고 그들을 쫓아다녔다.

그럼에도, 고백하건대, 코로나 시대의 내 독서는 더없이 행복했다.

가령 이런 장면:

이태준은 1930년대 중반에 쓴 장편 『성모』에서 지금으로선 꽤 낯선 교실의 풍경을 그려낸다. 이제 막 중학생이 된 철진이가 엄마에게 자기네 반 이야기를 들려주는데, 아예 지리부도까지 펴놓고 침을 튀기는 것이었다.

"엄마? 우리 반에 글쎄 여기 이 제주도서 온 아이두 있구 또

나허구 같이 앉었는 아인 함경북도 온성서 온 아이야. 뭐 경상남도 진주, 마산, 부산서도 오구 평안북도 신의주, 그리구 저 강계서 온 아이두 있는데 갠 글쎄 자동차루, 이틀이나 나와서 차를 탄대…. 퍽 멀지, 엄마?"

지도를 거침없이 짚어가는 그 손가락이 퍽 부러울 뿐이다.

한설야는 고향인 함흥을 떠나 서울에 유학을 왔다가 말 때문에 멀미를 내고 만다. 서울 말씨를 쓰는 치들은 그렇다 치더라도 제주도에서 유학을 온 동급생하고는 어떻게 말을 섞어야 할지 도무지 자신이 없었다. 한 걸음 더 나아가 이태준의 등단작 「오몽녀」(1925)의 등장인물들은 마치 외국말과 다름없는 함경도 육진 방언을 친절한 각주 하나 없이 마구 토해낸다. 어디 말만 그러한가. 눈은 또 어떠한가. 서울에 내리는 눈은 눈도 아니었다. 한설야보다도 더 먼 함경북도 성진 출신의 김기림은 서울에 와서는 제 고향에서처럼 틱 틱 틱 하늘을 가득 채우면서 아쉬움 없이 퍼붓던 주먹 덩이와 같은 눈송이를 본 적이 없노라 했다. 김남천이 벗들과 더불어 술을 마시다가 마주친, 고향 평안남도 성천의 눈 내리던 어느 밤의 풍경은 이제는 그때 그 자리를 함께했다는 어린 기생만큼이나 오직 아득할 따름이다. 나는 그런 드물고 귀한 풍경들을 하나하나 주워내서는 퍼즐처럼 무엇인가 커다란 그림을 짜 맞추는 내 작업에 꽤 보람을 느꼈다.

당대의 많은 작가들에게 '장소'는 분명 문학적 상상력의 한 토대였다. 하지만 그것이 언제나 즐거운 회상만 뒤에 남기는 건 아니었다. 예를 들어 노상 〈평양성도〉 따위 병풍 그림으로나 보던 것을 1909년에야 겨우 기차를 타고 가 처음 눈에 담을 때 최남선의 가슴을 설레게 하던 '그 잘난 우리 님'으로서 평양이, 1931년 화교 배척 폭동 당시 김동인이 직접 목격한 참으로 황망하고 또 처참하기 짝이 없던 그의 고향 평양하고는 도무지 같은 도시일 리 없었다. 이광수는 자하문 밖 산자락에 집을 짓고 또 파는 과정에서 세상사 큰 이치를 깨달았다고 썼다. 그와 동시에 우리는 어려서 죽은 아들에 대한 추억까지 끌어내 조선인의 징병을 권장한 그가 보여준 쓸쓸한 뒷모습도 기억해야 한다.

> 나는 혼자서 북악을 거슬러가며 집으로 가는 길을 더듬었다. 전차도 휠씬 전에 끊겼으며, 큰길은 전선에 울리는 바람소리와 나 자신의 구두소리뿐이었다.
>
> 내 마음은 봉일의 추억으로 꽉 차 있었지만, 그게 꼭 슬픔만은 아니었다.
>
> "군인이 될 수 있다. 군인이 될 수 있다고."
>
> 나는 혼자서 중얼거리고 있는 것을 깨달았다. 나는 목소리를 높여, "군인이 될 수 있다"고 외쳐보았다.[1]

이광수의 그 군인이 대체 누구를 향해 총부리를 겨누게 될지 군이 말할 필요는 없으리라.

이 책을 쓰게 된 내 최초의 관심이 우리 '땅'에 대한 것 이상으로 우리 '문학'에 대한 그것에서 비롯되었다는 사실만큼은 분명히 밝혀야 한다. '도쿄 편'이 이를 설명해준다. 도쿄—엄밀한 의미에서는 '동경'이라는 기표—는 싫든 좋든 우리 근대 문학의 자궁 같은 곳이었다. 사실 우리의 근대는 수신사를 파견하던 시절 이후 도쿄와 떼려야 뗄 수 없는 관계를 맺는다. 근대 문학사에 이름을 올리게 되는 거의 대부분의 주요 작가들 역시 도쿄를 통해 어떤 형태로든 문학과 인연을 맺게 된다. 가령 최남선이 처음 가서 보고 기겁한 도쿄는 서울에서 말 그대로 대롱으로만 보던 것하고는 전혀 딴판 세상이었다. 그런 충격과 경탄이 『소년』의 발간으로, 또 거기 실은 우리 문학사 최초의 신체시로 이어졌다는 건 주지의 사실이다. 아직 학생 신분을 벗어나지 못한 이광수 역시 『소년』과 그에 이은 『청춘』의 주요 필진이었다. 두 사람은 도쿄에서 처음 맺은 인연을 한 40년 좋이 이어간다. 그 인연의 절정 또한 도쿄를 빼고 말할 수 없다. 1944년 그들이 새삼 도쿄까지 건너가 나눈 대담의 기록이 실물로 남아 있기 때문이다.[2] 거기서 조선을 대표하는 두 지성인은 도쿄에서 공부하는 조선의 청년 학도들을 향해 "조선이란 점에 너무 집착하는 모습"을 벗어나 "대동아의 중심이자 중심인물이 된다는 기백"을 지닐 것을 요구한다. 그러면서도 같은 지면에서 그들은 처음 도쿄에 와 문학에 눈을 뜨던 시절부터 새삼 회상을 이어나가는 가운데, 몇십 년을 '국어(일본어)'로 글을 써오긴 했으나 '외국인'으로서 흉내내기가 가능할지 근본적으로 의문이라는 속내 또한 솔직히 드러낸다.

처음에는 서울과 도쿄에 북방 편을 보태 총 세 권을 써내자 했다. 남한의 다른 지역들은 일찌감치 제외했다. 가령 삼남 지역이라면 기왕에 나온 책들이 적지 않은 데다, 내가 특별히 무엇을 보탤 재주와 능력도 없다고 판단했다. 반은 농담이지만, 그곳을 고향으로 둔 많은 동료 작가들이 보낼 지청구와 핀잔도 조금은 겁이 났다. 같은 이유에서, 적어도 서울에 대해서만큼은 내 나름의 이야기를 들려줄 필요가 있었다. 특히 도쿄에 대해서 쓰기로 작정한 이상 그 짝으로서도 반드시 잘 써야 한다고 다짐했다. 서울 대 도쿄, 우리 문학사라는 링에서 벌어지는 두 도시의 흥미진진한 대결을 나 스스로 고대했다. 나머지 하나는 당연히 휴전선 너머 금단의 땅이었다. 북한, 북녘, 북쪽, 북방 따위로 이름부터 골치가 아파도, 사실 그곳을 빼곤 처음부터 이 책을 쓰자고 덤벼들 이유조차 없었을 것이다. 일단 '북방'이라는 이름을 염두에 두고 시작했다. 하나, 작품들은 물론 여러 가지 관련 자료들을 두루 찾아내 읽는 동안 욕심은 점점 커졌다. 그곳 출신 작가들이 먼저 애를 태웠다. 문학사의 한 귀퉁이에 이름 석 자를 겨우 올린 작가들일수록 건몸이 달아 내 소매를 세게 잡아끌었다. 놀랍게도 그들이 신문, 잡지에 쓴 원고지 몇 장짜리 수필 하나에서 전혀 뜻밖의 보물을 발견할 때가 많았다. 만주로 이민을 떠나는 동포들의 가긍한 처지를 기록한 이찬의 짧은 산문 한 편은, 시인에게는 미안한 말이겠지만, 그가 쓴 어떤 시 못지않게 깊은 울림을 전해주었다. 지금 우리가 쉽게 접하기 어려운 지역일수록 한두 사람의 작가가 남긴 드문 자취에 눈이 번쩍 뜨이곤 했다. 가령 이정호의 개마고원과 강계, 김만선의 신의주 따위가 그러했다. 고향이 그곳이든 아니면 어쩌다 한번 지나는 여행길이었대도 작가들은 이리 수군 저리 소곤 애타는 마음을 드러냈다. 결국 북방 편을 한 권에 담아내는 것은 무리라고 판단했다. 옮겨야 할 이야기도 많거니와 우리의 눈길을 벗어나 점점 더 아득히 사라지는 그 땅에 대해서 좀 더 넉넉히 지면을 나누는 것이 의무인 양 내 어깨를 눌렀다. 이제 누구든 쉽게 통일을 해서 뭘 하느냐고 말하는 게 대세가 되었다. 사실 통일은 사서 고생일지 모르고, 해도 당장 땅장사에 난개발이 크나큰 시름이리라. 남녘 땅 사람들의 이런 심리적 변화를 아는지 모르는지, 휴전선 너머는 21세기도 이렇게나 시간이 흘렀는데 여전히 철옹성이다. 진달래꽃이 피고 지던 소월의 그 영변이 이제는 끔찍하게도 핵으로만 기억된다. 이럴진대 100년 전 백석이 함흥 영생고보에서 무슨 생각을 하며 학생들을 가르쳤는지, 또 제 고향 평안도에 가서는 다시 이름도 생소한 팔원 땅에서 추운 겨울날 손등이 죄 터진 주재소장 집 가련한 애보개 소녀를 만났을 때 어떤 심정이었을지가 무슨 대수란 말인가.

하더라도 그게 미국도 중국도 일본도 아닌, 바로 우리 땅이고 우리 문학이었다. 나는, 쓸데없이 근심이 많아선지, 나마저 외면하면 그 땅과 그 문학이 어디론가 흔적도 없이 사라지기라도 할 것처럼 초조했다. 게다가 그 땅은, 어지간히 넓기도 해라! 나는 마침내 황해도를 포기하는 대신 평안도와 함경도를 따로 떼어내는 것으로 내 초조를 달랬다.

물론 근대 문학의 '장소들'은 내가 다룬 범위보다 훨씬 더 넓다. 예컨대 우리 문학사의 '북방'만 해도 비단 휴전선 이북에서 압록강, 두만강 두 강 이남까지로 제한되지 않는다. 산해관 너머 중국은 물론, 하얼빈이라든지 시베리아, 심지어 중앙아시아의 차디찬 초원에도 우리 작가들이 남긴 발자취가 생생하다. 오직 내 능력과 여건이 거기까지 미치지 못해 아쉬울 따름이다. 다음을 기할 수밖에.

돌이켜보면 버겁고 험한 여정이었지만, 내가 어떤 길잡이도 없이 무작정 길을 떠나온 건 아니었다. 내 머릿속 항로에는 꽤 오래전부터 한 권의 책이 등대처럼 빛을 던져주고 있었다. E. 사이덴스티커의 『도쿄 이야기』[3]. 저명한 일본학자로서 그는 『일본문학사』를 쓴 도널드 킨과 더불어 일본 문학을 세계에 알리는 데 크게 이바지했다. 흔히 가와바타 야스나리의 『설국』을 번역해 그가 일본인 최초로 노벨 문학상을 받는 데 결정적인 구실을 한 번역가로 알려졌지만, 내게는 『도쿄 이야기』의 저자로 각별한 인상을 남기고 있었다. 1923년 도쿄를 잿더미로 만든 관동 대지진으로부터 시작되는 그의 책을 읽으면서 나는, 그때는 아직 도쿄를 한 번도 가보지 못한 처지에서도, 도쿄가 어떤 도시인지 그 지리적·역사적 배경까지 넉넉히 짐작할 수 있었다. 게다가 그는 에도에서 도쿄로 환골탈태한 거대 도시의 이면을 읽어내기 위해 자신이 특히 좋아한 한 사람의 작가에게 많은 걸 기댔는데 그것 역시 탁월한 선택이었다. 나는 그때 나가이 가후가 누군지도 몰랐지만, 그 후 우리말로 번역되어 나온 그의 소설들과 산문집을 통해 새삼 그가 일본 근대 문학사에서 어떤 위치를 차지하는지 이해하게 되었다. 나가이 가후는 평생 박쥐우산을 들고 도쿄의 이 골목 저 골목을 누볐다. 하지만 산책자로서 그의 발길이 닿은 곳은 사실 도쿄가 아니었다. 그는 변화와 미래에는 눈길을 주지 않았다. 처음부터 끝까지 에도의 흔적만을 고집스럽게 찾아다녔을 뿐이다. 그의 그런 괴벽에 별로 관심이 없더라도, 가령 대지진이 휩쓸고 간 제국의 수도를 바라보면서 그 처참한 폐허가 실은 끝 모르고 내닫던 교만과 탐욕의 결과로서 자업자득의 천벌이라 그가 질타할 때, 그 목소리(1923년 10월 3일 일기)에는 충분히 귀를 기울일 만한 가치가 있다.

아쉽게도 나는 썩 마음에 드는 그런 식의 서울 이야기를 읽은 기억이 없었다. 호암 문일평이나 조풍연, 이규태 같은 이들의 노작勞作에 문학이 훨씬 큰 비중을 차지했더라면 하는 게 내 아쉬움이었다. 어쨌거나 일을 저질렀다. 소설가가 소설을 쓰지 않고 엉뚱한 짓을 한다는 눈총이 왜 아니 두렵겠는가. 하더라도 전문 연구자가 아니라 소설가라서 외려 용기를 낼 수 있었다. 집필 과정에서 스스로 배운 바가 적지 않다. 더러는 지난날 선배 작가들이 꾸었던 황홀한 꿈을 함께 꾸었고, 훨씬 많이는 그들이 시도 때도 없이 맞닥뜨렸던 간난신고에 더불어 눈물을 훔치고 더불어 한숨을 내쉬었다. 그러다가도 역사책에 남은 굵은 고딕체 사건들 사이로 빠져나간 장삼이사 갑남을녀들의 무수한 삶의 편린들이 그들의 펜 끝을 통해 훌륭하게 되살아나는 것을 보고 감개에 젖기도 했다. 알고 보니, 당연한 말이지만, 그들은 장소들이 아니라 '사람들'의 이야기를 썼던 것이다.

전체를 관통하는 제목을 감히 『한국 근대 문학 기행』이라 붙였다. 대상이 되는 시기를 한국 문학의 '근대'로 국한했음을 거듭 밝힌다. '고대'는 아예 내 능력 밖이고, '현대'에 대해서도 뭐라도 말하려면 아직 많은 시간이 필요하리라.

당장 가까운 벗들과 함께 서울을 여기저기 누비면서 '서울 편', 즉 『한국 근대 문학 기행: 서울 이야기』에 대한 품평부터 듣고 싶다. 도쿄로 가는 하늘길이 열렸으니 내가 활자로만 더듬었던 지역도 두 발로 천천히 짚고 다닐 기회가 생길 것이다. 가령 동아시아 3국의 근대 문학을 대표하는 작가들, 이광수와 나쓰메 소세키와 루쉰이 짧게나마 한 도시 한 하늘 아래 지냈다는 건 어쨌든 의미 있는 문학적 '사변'이 아닐 수 없다. 그 사변의 뜻을 독자들과 더불어 새기고 싶다. 그래도 내 가장 큰 꿈은 따로 있으니, 휴전선 너머 동해를 오른쪽으로 끼고 내달리는 함경선 기차를 타고 북상하면 띄엄띄엄 정거장마다 나와 이제나저제나 하고 어리숭한 후배 작가를 기다리고 있을 한설야, 이북명, 안수길, 김기림, 최서해, 김광섭, 현경준, 최정희, 이용악 같은 선배 작가들을 만나고, 또 문산에서 끊어진 경의선 철도를 이어나가면 마침내 평양은 물론이고 성천, 개천, 정주, 삭주, 구성, 희천, 강계, 초산, 벽동, 의주 따위 이름조차 낯설고 그래서 더 아름다운 고장들을 두루 만나는 것!

그 꿈을 이루기 위해선, 지난날 우리가 꾸었던 꿈이 무엇이었는지 다시 살피고 묻는 것으로 시작하는 도리밖에 없다.

이래저래 '이야기'가 답이다.

내 무모한 용기에 대한 격려와 함께 교만과 무지에 대해서도 많은 질정을 부탁드린다.

2023년 봄

김포에서 김남일

차례

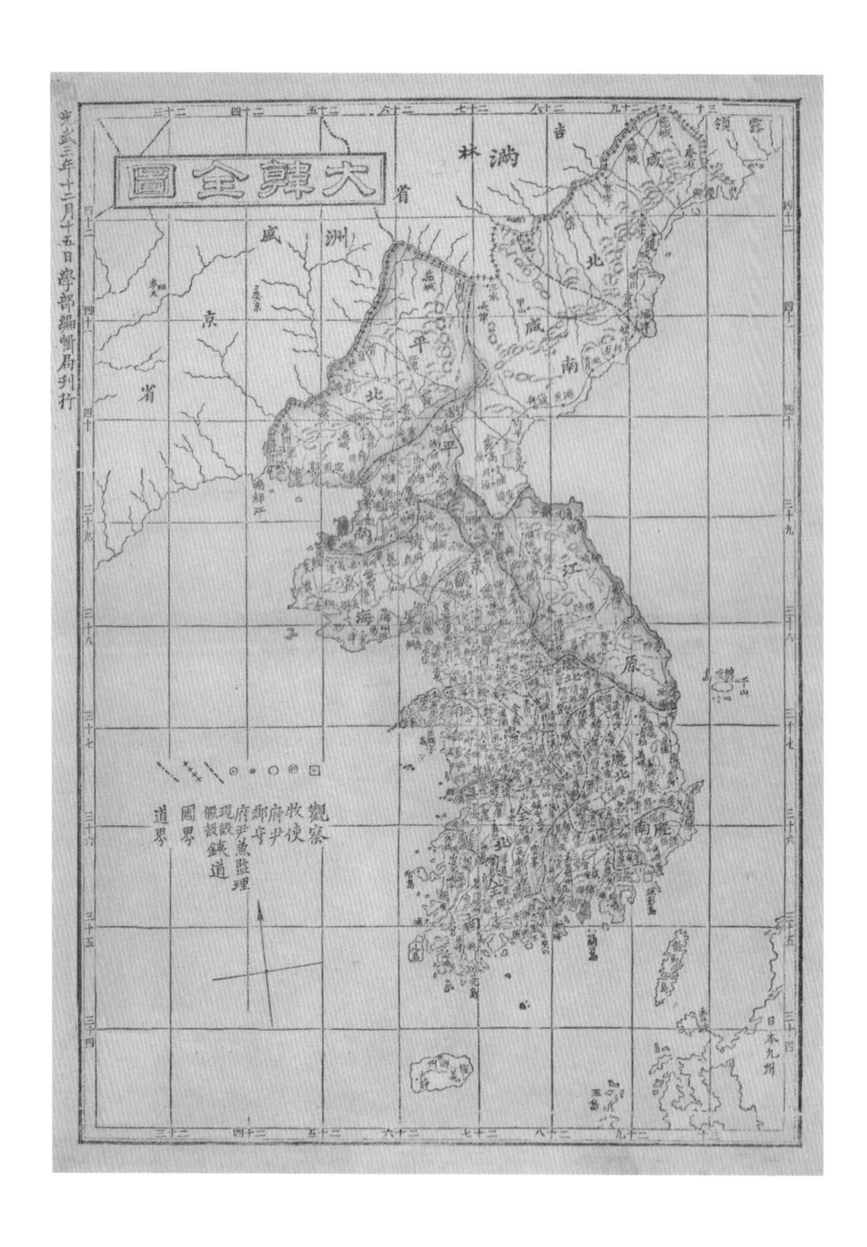

대한전도(1899, 학부 편집국 간행)

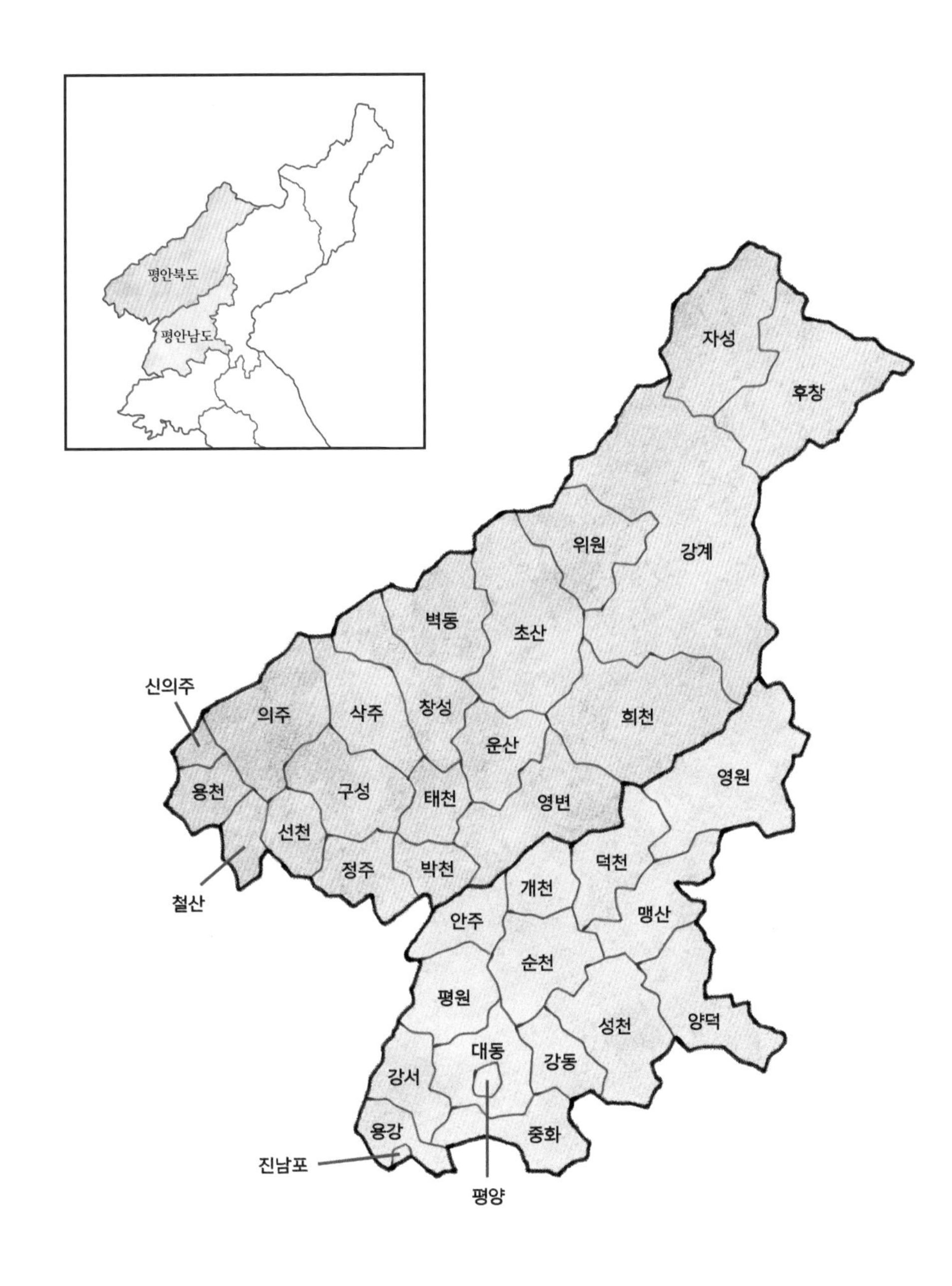

1945년 해방 당시 평안도 행정 구역

높은 산도 높은 꼭다기에 있는 듯한

아니면 깊은 물도 깊은 밑바닥에 있는 듯한 당신네 나라의

하늘은 얼마나 맑고 높을 것인가

바람은 얼마나 따사하고 향기로울 것인가

그리고 이 하늘 아래 바람결 속에 퍼진

그 풍속은 인정은 그리고 그 말은 얼마나 좋고 아름다울 것인가

— 백석, 「허준」에서

1

평안도 백성에게는
염라대왕이 둘

우리에게 『조선과 그 이웃나라들』(1897)로 잘 알려진 영국의 여행기 작가 이사벨라 버드 비숍이 평양을 방문한 것은 1895년 11월의 일이었다. 청일전쟁이 끝난 그해 초겨울로, 일본인 자객들이 명성황후를 잔인하게 시해한 바로 다음 달이었다.

비숍은 조선이 희망 없고 무기력하고 한심스럽고 애처로운 존재라고 말했다. 어떤 큰 힘에 이리저리 튕겨 다니는 배드민턴 셔틀콕 같은 사람들의 나라로 여겼는데, 그런 그녀의 눈에도 평양의 첫 인상만큼은 대단했다.[1] 한 폭의 그림이 따로 없었다. 대동강에는 물결 따라 황포를 단 돛단배들이 한가롭게 떠가고, 그 위로 커다란 회색 도시가 구름 한 점 없는 푸른 하늘을 배경으로 두둥실 떠올랐다. 평양은 강 위로 불쑥 솟은 대지 위에 자리 잡고 있었다. 높은 성벽은 불규칙하게 이어지다가 대동강을 덮는 소나무 언덕 위에서 뚝 끝났다. 멀리서도 조선의 다른 도시들하고는 아주 달랐다. 한데, 강을 건너자 전혀 다른 평양이 나타나 발길을 막아 세웠다. 끔찍했다. 평양성의 전투가 끝난 지도 한 해를 훨씬 넘겼지만 전쟁의 참화는 여전했다. 한때 수만을 헤아리던 인구가 1만 5,000으로 줄었다 했는

대동강을 건너면 제일 먼저 만나게 되는 대동문. 평양성의 동문이다.
영국 화가 엘리자베스 키스의 1925년경 목판화.

데, 사실 조선의 조정은 그 수를 제대로 헤아릴 여유조차 없었다. 여염집이며 가게들도 대부분 파괴되어 멀쩡한 것을 찾기 어려웠다. 날은 더없이 청명했으되 비숍의 눈에는 오직 폐허만이 들어찼다. 창문과 문짝이 죄 달아난 집들이 앙상하게 서 있는 꼴이 마치 눈알 빠져나간 사람의 눈구멍 같았다. 평양을 중심으로 활동해오던 미국인 마포삼열(새뮤얼 모펫) 선교사가 전투가 끝난 지 3주 만에 가서 본 목격담을 전했다. 이글거리는 태양 아래 검게 썩은 시체 더미가 도처에 널려 있었으며, 살아남은 개들만이 살육의 현장을 지키고 있었노라 했다. 버드 비숍 또한 사람의 두개골과 갈비뼈와 골반이 붙어 있는 등뼈, 팔, 손, 모자, 혁대, 그리고 칼집 따위를 직접 목격했다.

고도古都 평양의 근대는 이렇듯 전쟁의 참화와 더불어 시작된다.

청과 일본은 동학 농민군의 봉기를 진압한다는 명분으로 각기 조선에 군대를 파견했다. 일본은 풍도 해전과 성환 전투에 이어 1894년 8월 1일 청에 선전포고를 했다.[2] 일본군의 주력은 부산에서부터 줄곧 도보로 행군해 온 터라 병사들의 피로도는 극에 달해 있었고, 식량 사정 또한 거의 바닥이었다. 속전속결로 몰아칠 수밖에 없었다. 9월 15일 일본군은 평양성을 총공격했다. 특히 을밀대에서 저항이 만만치 않았다. 일본군은 많은 사망자를 낸 채 일시 물러날 수밖에 없었다. 그런데 오후 4시 30분쯤 갑자기 백기가 내걸렸다. 청군이 퇴각하겠다는 뜻을 밝혔다. 잔뜩 긴장했던 일본 쪽에서 보자면 생각보다 싱거운 승리였다. 일본 측은 사망자 180명에 부상자 500여 명이었고, 청군은 사상자 2,000여 명에 600명 이상이 포로로 잡혔다. 기세가 오른 일본군은 북진을 계속했고 10월 중순에는 압록강까지 진출했다. 이로써 일본은 한반도에서 압도적인 지위를 확보했다. 나아가 이듬해 4월 시모노세키 조약을 통해 랴오둥반도와 타이완

청일전쟁을 그린 고바야시 기요치카의 우키요에(1894).
일본군이 전기로 불을 밝혀 평양성을 공격하고 있다.

까지 넘겨받아 일약 동아시아의 절대강자로 우뚝 서게 된다.

조선의 입장에서야 실로 터무니없는 전쟁이었다. 피눈물은 영문도 모르던 애먼 백성의 몫이었다. 평양을 비롯해 서북 지방의 피해가 특히 컸다. 청일 두 나라 군대가 지나간 곳은 일꾼은 물론이고 가축과 군량과 땔감 따위의 징발에, 약탈과 방화와 강간과 돌림병(이질)으로 쑥대밭이 되었다. 이듬해 4~5월에야 피란민들이 돌아왔지만 그 수는 고작 3분의 1이었다. 그나마 군대를 따라 유입된 콜레라 때문에 다시 피란을 서둘렀다. 전쟁과 역병으로 당시 조선 전역에서 30만여 명, 평안도에서만 6만여 명이 목숨을 잃었다.[3]

국초 이인직이 신소설 『혈의 누』(1906)에서 그 참상을 드러냈다.[4]

> 평양성의 모란봉에 떨어지는 저녁볕은 뉘엿뉘엿 넘어가는데, 저 햇빛을 붙들어 매고 싶은 마음에 붙들어 매지는 못하고 숨이 턱에 닿은 듯이 갈팡질팡하는 한 부인이 나이 삼십이 될락 말락 하고, 얼굴은 분을 따고 넣은 듯이 흰 얼굴이나 인정 없이 뜨겁게 내리쪼이는 가을볕에 얼굴이 익어서 선앵둣빛이 되고, 걸음걸이는 허둥지둥하는데 옷은 흘러내려서 젖가슴이 다 드러나고 치맛자락은 땅에 질질 끌려서 걸음을 걷는 대로 치마가 밟히니, 그 부인은 아무리 급한 걸음걸이를 하더라도 멀리 가지도 못하고 허둥거리기만 한다.

고소설의 흔적을 말끔히 지우지 못한 문체가 외려 가련함에 잘 어울린다. "성중에는 울음 천지요, 성 밖에는 송장 천지요, 산에는 피란꾼 천지"라는데, 딸 옥련을 찾아 평양성을 헤매는 어미의 몰골이라니! 뉘엿뉘엿, 갈팡질팡, 허둥지둥, 질질 따위 의태어가 상황의 참혹함을 부추긴다. 제 백성(동학도)을 내치기 위해 제 땅을 외세의 전장으로 내준 무능하고 부패한 왕조의 꼬락서니는 또 어떻게 설명할지, 변명도 쉽지 않을 터였다.

> 북문 밖 넓은 들에 철환 맞아 죽은 송장과 죽으려고 숨넘어가는 반송장들은 제각각 제 나라를 위하여 전장에 나와서 죽은 장수와 군사들이라. 죽어도 제 직분이어니와, 엎드러지고 곱드러져서 봄바람에 떨어진 꽃과 같이 간 곳마다 발에 밟히고 눈에 걸리는 피란꾼들은 나라의 운수런가. 제 팔자 기박하여 평양 백성 되었던가. 고래 싸움에 새우 등 터지듯이, 우리나라 사람들이 남의 나라 싸움에 이렇게 참혹한 일을 당하는가.

대체 평양의 백성은 어째서 이런 졸경을 치러야 했는가.

나중에 사학자가 되어 『한국통사』와 『한국독립운동지혈사』를 쓰는 백암 박은식은 황해도 황주 출신으로, 1906년 서울에서 평안도와 황해도 출신들이 모여 창립한 서우학회의 주축이었다. 그는 기관지 『서우』에 쓴 글에서 "나라 안에서 천한 자를 말하면 필시 서북과 송도인이라"[5] 하고 운을 떼어, 그간 서북인들이 역사적으로 받아온 차별과 소외를 지적했다. 물론 조선시대에 서북인의 입신출세를 제한하는 차별이 명문화된 적은 없었다. 태조가 나라를 세운 후 "서북 지방 사람은 높은 벼슬에 임용하지 말라"고 명을 내렸다는 『택리지』의 기술은 이를 뒷받침할 근거가 없다.[6] 그렇지만 조선시대 내내 기호와 영호남의 주민들이 상대적으로 안정적인 영토 안에서 '정주민'의 자격으로 살았던 데 비기면, 서북인은 늘 불안정한 국경 지대의 백성으로 살아야 했다.[7] 때로는 아예 국가의 보호권 밖으로 내동댕이쳐지는 운명도 감수해야 했다. 임진왜란과 병자호란의 참혹한 전화를 겪은 이후에도 상황은 마찬가지였으니, 평안도 백성은 또다시 만주를 무대로 벌어지는 명·청의 패권다툼에 휘말린다. 그 과정에서 무수한 사람들이 전장에 끌려 나갔다가 혹은 죽임을 당하고 혹은 포로가 되었다. 후자의 경우, 예컨대 평안도 영유 출신의 평범한 백성 김영철은 전쟁에 휘말려 무려 13년간 이국땅을 떠돌았는데, 그 이야기를 담은 「김영철전」(17세기)이 전한다. 포로가 된 그는 간신히 목숨은 구하지만 고국이 그리워 탈출을 꾀하다가 두 발꿈치를 몽땅 도려내는 벌까지 받는다. 전란만이 문제가 아니었다. 평안도 백성들이 중앙 정부로부터 오래도록 유형 무형의 갖은 차별을 감수한 것 또한 널리 알려진 사실이었다. 설사 과거에 급제하더라도 높은 벼슬에 오르는 경우는 극히 드물었다. 문관으로는 지평(정5품)이나 장령(정4품), 무관으로는 첨사(종3·4품)나 만호(종4품) 따위가 고작이었다. 재야 언론인 리영희의 증조부는 평안북도 초산 사람이었는데, 대원군이 경복궁 수축 공사를 할 무렵 논밭 판 돈 꾸러미를 나귀에 싣고 서울로 가 기어이 벼슬을 샀다. 그게 고작 첨사 자리였지만, 압록강변의 사방 깜깜한 시골 초산에서는 꽤 드문 양반의 반열을 보장해주었다.[8]

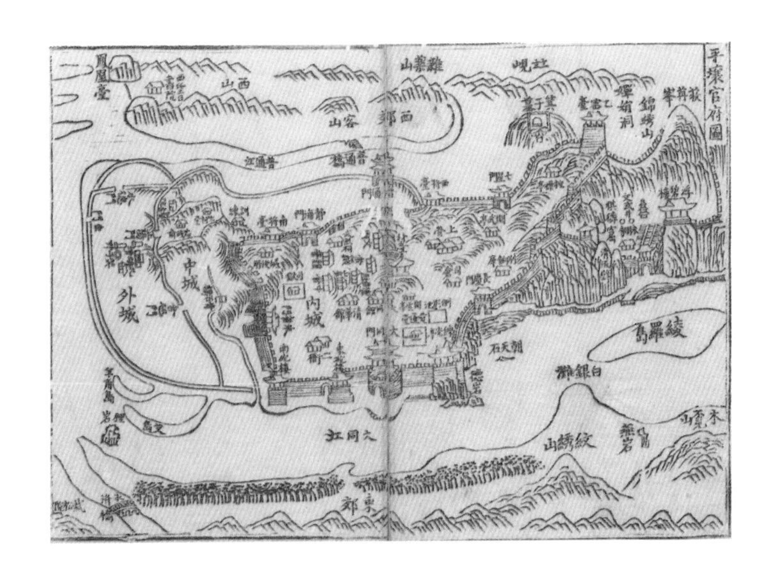

『평양속지』의 〈평양관부도〉(1730). 16세기에는 내성과 외성만 있었으나, 18세기에 들어 중성과 북성을 쌓았다.

이처럼 평안도는 중앙 정치로부터 철저히 소외된 지역이었는데, 정조 이후에는 세도 정치까지 극성을 부려 서북 지역 유림들의 불만은 한층 고조되었다. 게다가 탐관오리의 가렴주구는 때와 곳을 가리지 않았으니, 홍경래의 난(1811)과 같은 민중 봉기는 필연적이었다.

평양성에도 악취가 진동했다. 일찍이 "내 배 부르니 평안 감사(평양 감사)가 조카 같다"고 했다. "평안 감사도 저 싫으면 그만"이라고도 했다. 이런저런 비유에 죄 평안 감사를 끌어들일 만큼 그 자리 좋은 건 세상이 다 알았다. 심지어 "삼정승보다 평안 감사"라는 말까지 돌 정도였다.

꼭두각시놀음에서도 평안 감사는 오로지 벗겨먹고 발라먹는 탐학과 수탈의 다른 이름일 뿐이었다.[9] 부임하자마자 소문난 강계 포수를 불러 매사냥을 떠나는데, 심지어 대취타까지 앞세운다. 포수는 대놓고 툴툴거린다.

"평안 감사인지 모기 잡는 망사인지 도임하면 죄 꿩 사냥 먼저 하니 오는 놈 족족 그 모양이로구나."

감사는 체면도 없고 예의도 없다. 줄곧 벌거벗은 홍동지와 함께 꿩 사냥을 하고, 나중엔 평양 갈 노자가 떨어졌으니 치사스럽게 꿩 한 마리 팔아 올리라는 명령을 내린다. 그러다가 마침내 길에서 낮잠을 자다가 개미에게 불알을 물려 즉사하는 어처구니없는 횡액까지 당한다. 상여꾼 박첨지는 상여의 임자가 평안 감사란 말을 듣자 어쩐지 암만 울어도 싱겁고 눈물이 안 난다고 했다. 감사의 아들 또한 경우 없는 건 제 아비 못지않다. 상여 앞에서 각설이타령을 부르지 않나, 심지어 개고기를 제물로 올린다.

망자가 감사의 모친으로 나오는 채록본에서는 홍동지가 한술 더 뜬다.

홍동지: 아, 오뉴월 강냉이 썩는 냄새가 나는구려.

박첨지: 이놈아, 그게 무슨 말이냐? 감사또 아시면 서운치 않으시겠느냐?

홍동지: 사또가 섭섭하시면 큰 개 썩는 냄새가 난다 합시다.

오죽했으면 『혈의 누』에서 평안도 백성에게는 염라대왕이 둘인데, 하나는 황천에 있고, 하나는 평양 선화당*에 앉아 있다고 했겠는가. 평양의 감사는 인간 세상에 온 염라대왕이었다. 소설에서 주인공 옥련의 아버지 김관일은 난리 후 부산에 가서 장인 최 주사를 만나 저간의 사정을 설명하고 사라진다. 미국으로 유학을 가는 거였다. 최 주사는 제 딸과 외손녀의 생사가 궁금하여 집에서 부리는 하인 막동이를 앞세워 평양에 온다. 물어물어 딸이 살던 집을 찾았지만 반겨줄 이 아무도 없다. 최 주사는 넋두리 삼아 "막동아, 너같이 무식한 놈더러 쓸데없는 말 같지마는" 하고 앞말을 달고선 "이후에는 자손 보존하고 싶은 생각 있거든 나라를 위하여라" 하고 가르친다. 그러자 막동이가 대뜸 치받는다.

"나라는 양반님네가 다 망하여놓으셨지요. 상놈들은 양반이

* 선화당(宣化堂): 관찰사가 시무 보는 곳.

죽이면 죽었고, 때리면 맞았고, 재물이 있으면 양반에게 빼앗겼고, 계집이 어여쁘면 양반에게 빼앗겼으니, 소인 같은 상놈들은 제 재물 제 계집 제 목숨 하나를 위할 수가 없이 양반에게 매였으니, 나라 위할 힘이 있습니까. 입 한번을 잘못 벌려도 죽일 놈이니 살릴 놈이니, 오금을 끊어라 귀양을 보내라 하는 양반님 서슬에 상놈이 무슨 사람값에 갔습니까. 난리가 나도 양반의 탓이올시다."

최 주사는 기가 막혔지만 하인을 나무랄 힘도 없어서 그저 술병만 기울였다.

2

만인계의 세상

1900년 6월 25일 함경남도 덕원(원산) 감리였던 윤치호는 평안남도 진남포(삼화) 감리로 발령을 받는다.[1] 감리는 개항장의 통상 업무를 총괄하는 관리였다. 7월 20일 오후 4시에 일본 배를 타고 제물포를 떠나 다음 날 오후 2시 30분 임지에 도착했다. 진남포는 1897년에 조약에 따라 개항했다. 평양과 진남포의 관계는 서울과 제물포의 짝이다. 개항장에서 반년 나마 보낸 윤치호는 조선인이 외국인을 능가하는 유일한 능력은 '협잡'이라고 단언한다. 왕은 대신을 속인다. 대신은 제 부하 관리를 속인다. 부하 관리는 백성을 속인다. 그렇다면 백성들은? 불쌍한 그네들은 서로 속고 속인다.

12월 30일, 연말이 되어 한층 마음이 싱숭생숭해진 그는 마을 주변 산을 오래 산책했다. 날은 완벽하다 싶을 만큼 화창했다. 마치 5월의 봄날 같았다. 언제나 그렇듯 그의 마음을 위로해주는 유일한 곳, 소나무 숲을 찾았다. 하지만 여전히 우울했다. 지난 몇 세기 동안의 모습으로 미루어보건대, 앞으로 도래할 몇 세기 동안에도 조선은 지금 모습 그대로이리라. 예컨대 아, 지독한 악취와 외관을 가진 거름 더미와 수채 구덩이는 방방곡곡 계속 차고 넘칠 것이다. 만 년이 지나도 조선인은 현재의 조선인보다 더 청결하지도 않을 것이고, 더 지적이지도 않을 것이고, 더 좋은 집에서 살지도 않을 것이고, 더 편한 운송수단을 갖지도 않을 것이고, 더 좋은 교육 제도를 갖지도 않을 것이고, 더 훌륭한 치료 기술을 갖지도 않을 것이다. 침체와 무위도식이 대대손손 계속될진저!

사람들 눈빛이 반짝반짝하는 때도 있긴 있다. 가령 만인계를 할 때가 그러했다.

윤치호가 임지에 도착해서 제일 먼저 마주친 골칫거리가 그거였다. 만인계란 만인이 돈을 걸고 돈을 버는, 요즘으로 치면 복권이나 로또에 해당하겠지만 암호 화폐나 경마처럼 사행성은 훨씬 짙었다. 문제는 그것이 많은 사회문제를 일으키고 또 매우 부정한 방식으로 운영된다는 점에 있었다. 당시 만인계는 전국적으로 유행했다. 각 도나 군의 수령이 전임 군수나 서리 등의 횡령으로 결손이 생긴 공납을 해결하는 수단으로, 또는 내장원이 부과한 황실비 마련을 위한 수단으로 시행했지만, 대개 처음부터 작정하고 축재 수단으로 꾸려지는 경우가 많았다.[2] 외국인이 개입하거나 심지어 직접 설계하는 경우도 있었다. 평안도에서는 평안 감사가 대놓고 만인계의 뒷배를 봐주었다. 감리 윤치호가 보기에, 관료들이 겉으로는 만인계를 금지했지만 뇌물을 얼마간 받으면 모르는 척 눈을 감아준다. 그리하여 가령 평안남도 관찰사 같은 이라면 휘하의 지방관 숫자

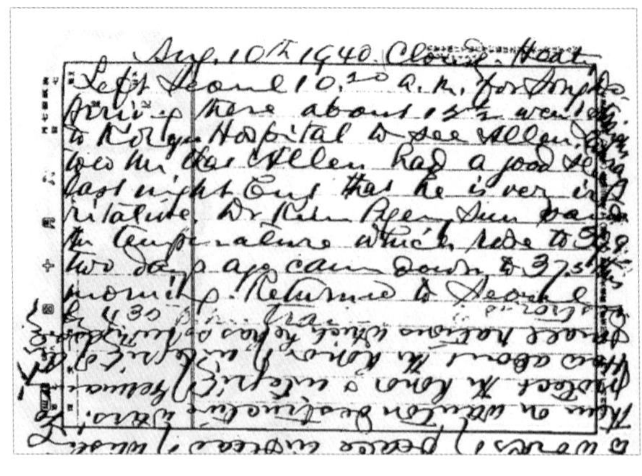
Aug. 10th 1940. Cloudy. Hot
Left Seoul 10.20 a.m. for
arrived there about 12 went
to Koryo Hospital to see Allen
Mr. Chas Allen had a good
last night but that he is very
the temperature which rose to 39
two days ago came down to 37.5
morning. Returned to Seoul

윤치호와 부친 윤웅렬(1882), 윤치호 영어 일기.
윤치호는 평생 일기를 썼는데, 1889년 12월 8일부터는 영어로만 썼다.
한국 근대사 연구에 매우 귀중한 자료다.

에 스물두 배를 곱하는 만큼의 뇌물 착복 기회가 생기는 거였다. 미국에 유학까지 갔다 온 신진 개화파답게 윤치호는 당당했다. 관찰사의 경우 허가를 내줄 때마다 그 액수가 최소 8,800달러에 달한다고 일기에 적었다. 이런 과정을 되풀이하면 지방 관리들의 이익은 눈덩이처럼 불어나는 반면, 약탈, 살인, 파산, 자살 따위 온갖 사회문제는 걷잡을 수 없게 퍼진다. 윤치호는 부임하자마자 만인계를 금지했지만, 그 역시 제 명령이 제대로 지켜지리라고는 믿지 않았다.

윤치호는 영어로 일기를 썼다. 답답한 제 속을 털어놓기엔 고루한 한문이나 아직 두서도 없는 한글보다 훨씬 편했을 것이다.

춘원 이광수는 1892년 평안북도 정주군 갈산에서 태어났다. 아이 때 이름은 이보경이었다.

정주는 전통적으로 유림과 문풍의 세가 강한 지역으로, 조선 시대에 평안도는 물론이고 전국에서도 과거 급제자가 가장 많은 고장이었다. 조선 태조 초기부터 1877년까지의 문과 급제자를 기록한 『국조방목』에 기대면, 평안북도에서는 총 561명 중 277명으로 거의 절반을 차지하며, 전국적으로도 한양의 292명에 이어 두 번째로 많았다. 평양, 개성, 안동보다도 앞섰다. 하지만 앞서 살폈듯이 과거에 급제하더라도 입신출세를 기대할 수는 없었다. 게다가 세상은 진작 돈이 없으면 어떤 벼슬자리도 차지할 수 없을 만큼 엉망이었다. 이보경의 아버지 이종원은 종가를 지켜내야 할 의무를 두 어깨에 짊어지고 있었다.[3] 가당치 않았다. 그는 큰 집을 팔아서 작은 집을 사고 거기서 남은 돈으로 생계를 꾸려가는 재주밖에 없었다. 나중에는 조상 대대로 내려오던 기물을 하나둘 팔았다. 병풍과 놋기명 따위가 죄 남의 손으로 넘어갔다. 칠팔대조 할아버지들이 한양에 가서 사온 책들도 같은 운명이 되었다. 그리하여 이보경이 과거 볼 때

쓴다던 책들마저 다 팔아치우고 뒤주 속엔 허섭스레기 같은 책들만 몇 권 남아 있었다. 이제 이종원이 기댈 언덕은 술과 요행수밖에 없었다. 술이야 늘 곁에 있어서 아침에 집을 나가면 밤중에는 술이 그를 끌고 와 대문 밖에 아무렇게나 내팽개쳤다. 그나마 집에 돌아오면 다행이었다. 한번 집을 나가면 열흘이고 스무 날이고 들어오지 않은 적도 많았다. 집에서는 쌀이 떨어지면 네 식구가 밥을 굶었다. 작은 아이들은 손가락을 빨았다. 춘원의 기억에 아버지를 찾아오는 사람은 빚쟁이들밖에 없었다. 종갓집이라 1년에 열두 번씩, 명절을 포함하면 열다섯 번이나 제사를 지냈지만 친척들의 발길도 차츰 뜸해졌다. 그래도 굶어죽으라는 법은 없었다.

> 밤도 깊고 눈도 깊은 때에 마당에서 발자국 소리가 났다. 이크, 또 빚받이! 하고 귀를 기울일 때에
> "아버지다."
> 하고 어머니가 벌떡 일어났다. 십칠팔 년 내외로 살아온 어머니는 눈을 밟는 발자국 소리에서도 아버지를 알아내었다. 우리들은 벼락같이 문을 열어젖히고 퇴로 나섰다. 과연 아버지였다. 그리고 웬 짐꾼 하나였다.
> "었네, 눈 오는데 수구했네."
> 하고 아버지는 우리들과 말하기 전에 한 뼘이나 되는 돈

꾸러미 하나를 짐꾼에게 주어 보내었다. 아마 한 냥은 되는 모양이니 꽤 먼 데서 짐을 지워가지고 온 모양이었다.

아버지는 옷과 갈모의 눈을 털고는 끙끙하면서 짐을 방으로 들고 들어왔다. 우리들은 짐가으로 돌라붙었다. 맨 밑에 흰 자루에 든 것이 쌀인 것은 말할 것도 없으나 쌀자루 위에 보자기로 싼 것, 수지로 싼 것, 유지로 싼 것들은 아이들 옷감, 당기, 미역, 고기, 소금에 절인 숭어, 김, 곶감 이런 것들이요, 아버지가 손수 들고 온 것은 술병이었다. 찹쌀도 두어 되 있었다. 얼만지 모를 적은 뭉탱이가 수두룩이 쏟아졌다. 얼른 보아도 제물인 것이 분명하였다. 섣달 그믐날은 고조모님 제사도 있고 설날 새벽에는 다례도 있을 것이다. 떡이 없는 것이 섭섭하였으나 그런 불만을 말 할 처지가 아니었다.

"이거 백 냥어치도 더 되겠어요"

어머니는 한 가지 한 가지 집어 옮겨놓으면서 이런 말을 하였다. 지나간 가난 고생도 앞날의 걱정도 일시 다 잊어버린 것 같아서 어머니의 얼굴에는 희색이 만면하였다. 나와 동생들도 다 마음을 턱 놓고 잠이 들었다. 아버지도 있고, 먹을 것도 있으니 도무지 걱정이 없었다.

이종원은 어쩌다 돈을 구하면 이렇게 꼭 한밤중에 짐을 들여

만인계 추첨 장면을 그린 그림. 『조선견문도해』 수록.
1892년 12월 부산 초량촌(용두산 일대). 높은 무대 위 세 사람이 둥근 통을 돌려 안에서 당첨 번호가 적힌 찰札로 행운의 주인공을 뽑는다.

왔다. 하지만 돈을 빌려주는 이들은 점점 줄어들었고, 이제 바랄 수 있는 건 오직 하나 남은 요행수였다.

만인계는 계주가 천자문 순서에 따라 만 개의 번호를 매긴 표를 만들어 한 장에 석 냥을 받고 팔았는데, 따로 통에 넣어

둔 은행나무 알의 번호와 맞추어 맞으면 일등에 1만 냥, 이등에 3,000냥, 삼등에 1,000냥을 준다는 것이었다. 일확천금을 노리던 사람들이 구름처럼 달라붙을 수밖에 없었다. 이종원은 운 좋게도 아들 이보경의 이름으로 산 표 한 장이 이등에 당첨된 적이 있었다. 다만 같은 이등이라도 "계란에 유골로 쌍알이 빠져서" 반액인 1,500냥밖에 타지 못했다. 이종원은 만일 그 쌍알만 빠지지 않고 오직 번호만 빠졌다면 옹근 3,000냥을 손에 쥘 수 있었을 텐데 분하다고 했다. 하지만 집에서 쫄쫄 굶은 채 아버지 오기만을 눈이 빠져라 기다리던 식구들은 아버지의 목소리가 더없이 의기양양하다는 사실을 누구라도 느낄 수 있었다.

나중에 이종원은 아예 자신이 만인계 사장(계주)이 되어 나섰다. 어린 이보경도 꿈에 부풀어 속으로 셈을 했다. 계표 만 장이 다 팔리면 모두 3만 냥이라, 그중 1만 4,000냥이 상금으로 나가니 1만 6,000냥이 남아라. 거기서 세금이라 칭하는 뇌물을 제하면 1만 냥이 남아라. 그것을 아버지와 재무가 둘이서 나눠 먹어라. 아버지는 사장이니까 적어도 6,000냥이 돌아오고, 게다가 저와 제 동생 이름으로 한 장씩 사둔 게 일등 이등 삼등 다는 못 하더라도 일등 하나만 되면 1만 냥이니 아버지 몫과 합쳐 1만 6,000냥이라…. 하지만 박복한 이종원에게는 오직 박복만이 돌아왔다. 출통일(추첨일)을 며칠 앞둔 어느 날 전혀 예상치 못한 만인계 금지령이 내렸던 것이다. 실제로 당시 신문에는 만인계로 인해 패가망신은 물론이고 나라에도 폐를 끼친다는 기사가 종종 실렸다. 이종원이 그간 들였던 자금은 연기처럼 사라지고 말았다. 그는 자리를 지고 드러누워 한 십여 일을 되게 앓았다. 겨우 일어난 그는 아예 자신의 운명에도 자신을 잃은 눈치였다.

"원 그러기도 그럴 수도 있나?"

이종원은 한 가지도 되는 게 없는 제 인생을 한탄했다. 마치 밥숟가락이 입에 닿을 만하면 무엇이 옆을 지키고 섰다가 톡 쳐서 흙바닥에 엎질러버리는 것만 같았다. 그 뒤 언젠가 이보경이 집에 돌아오니 아버지는 꿇어앉아서 칼로 목을 겨누고 있었다. 그 칼은 어린 누이동생들이 나물 캘 때 쓰는 칼이었다. 이보경은 으아 하고 울면서 달라붙어 칼을 빼앗았다. 아버지는 순순히 칼을 빼앗겼으나 얼굴은 이미 넋이라곤 다 빠져나간 사람의 그것이었다. 이보경은 아버지의 목에 닿았던 그 칼을 마당으로 획 내던졌는데, 그래도 안심이 안 되어 다시 집어 들고 정신없이 내달려 어느 산자락 밑에 파묻어버렸다.

만인계는 평안남도 성천을 무대로 하는 김남천의 장편 소설 『대하』(1939)에서 삼십육계라는 이름으로 재현된다. 구한말 흔히 자빡계라고 불린 여러 계들도 모집 계원의 수만 적을 뿐 만인계의 축소판이나 마찬가지였다.[4] 삼십육계는 국내에 들어온

청나라 사람들이 불법으로 행한 도박으로 1907년 이후 부산, 원산, 삼화(진남포)의 개항장과 특히 개성과 황해도, 평안도 등 서북 지역에 성행했다. 삼십육계의 내부 구조나 추첨 방식은 만인계와 크게 달랐다. 그렇더라도 사행성 도박 내지 잡기로 비판받으며 단속의 대상이기는 마찬가지였다. 삼십육계의 육계꾼들은 순사의 눈을 피해 산속에 들어가 판을 벌였다. 커다란 장지에 누렇게 들기름을 먹인 뒤에 먹으로 사람의 몸뚱이를 그리고, 서른여섯 고대에 각각 육계의 문을 적어놓은 게 판이었다. 만인계가 번호를 맞추는 것이라면 삼십육계는 서른여섯 육계문을 맞추는 것이었다. 댄 돈의 사십 곱을 치러주는데 나머지는 판을 짠 덕대의 몫이었다. 무엇보다 그것은 좋은 꿈을 꾼 다음 돈을 대고 돈을 먹는 요란한 놀음이었다. 한문을 읽어내는 문자속도 좀 있어야 했다. 물론 확률로 따지자면 36분의 1이었다. 그러니 굳이 꿈을 꾸지 않아도 돈을 댈 수 있는 일이었지만, 사람들은 꼭 좋은 꿈에 매달렸다. 누가 좋은 꿈을 꿨다면 그 꿈을 사는 적도 있었다. 소설에서는 권유 반 협박 반으로 판에 뛰어들게 된 박형준이 처음에는 별로 신통치 않게 생각했지만, 나중에는 좋은 꿈을 꾸기 위해 밤이고 낮이고 틈만 나면 잠을 자는 꽤 해괴한 모습까지 보인다. 행여 덕대가 돈만 먹고 튀면 그것도 삼십육계 줄행랑이었다.

김남천은 삼십육계를 즐기거나 할 형편이 아니었고 소설에 쓰기 위해 육계꾼들을 4~5인 찾아다니면서 이야기를 주워들었을 뿐이다.[5] 사실 육계꾼들도 꿈을 무척 중요시했다지만, 그들 역시 외어낸 문자로 중얼거리기만 했을 뿐 어떤 꿈이 어째서 어떤 판으로 해몽이 되는지 제대로 설명할 만한 위인은 하나도 없었다고 했다. 김남천의 시절에 삼십육계는 이미 마작이나 화투나 미두에 밀려 까마득히 잊힌 도박이었다. 미두는 현물 없이 약속으로만 미곡을 거래하는 투기 행위로 1899년 일본인이 인천에 미두 거래소를 설립한 이후 전국적으로 크게 성행했다. 이로 인해 패가망신하는 조선인들이 속출한다. 채만식의 『탁류』(1941)가 바로 그런 미두쟁이 아버지 때문에 정략 결혼을 하게 된 초봉이의 불행한 역사를 그렸다.

3

서북에 불이 붙다

몰락 양반 홍경래는 지사 우군칙을 만난 이래 무려 10년간 거사를 준비했다. 그 과정에서 각 지역 향청의 유지들이나 부호들로부터 자금을 끌어들였으며, 광산 일꾼들을 모집한다는 명분을 내세워 동조 세력을 불려나갔다. 마침내 1811년 12월 18일 저녁 가산군* 다복동에서 처음 봉기의 횃불을 치켜들었을 때에는 500여 명의 병력을 동원할 수 있었다. 홍경래는 도원수로서 반군을 지휘했다. 진격은 거침이 없었다. 남진군은 가산과 박천을 쉽게 점령했고, 북진군 역시 곽산, 정주, 선천, 태천, 철산, 용천 등지를 피 흘리지 않고 차지했다. 불과 10여 일 만에 안주와 의주를 뺀 청천강 이북 거의 전 지역이 반군의 손에 떨어진 꼴이 되었다. 그 후 정부군의 반격이 시작되자 반군은 정주성으로 쫓겨 갔고, 거기서 4개월여 간 완강하게 저항을 이어나갔다. 하지만 정부군은 성 밑으로 땅굴을 파고 다량의 화약을 폭발시켜 성을 함락시켰다. 홍경래는 교전 중 총에 맞아 전사했고, 홍총각을 비롯해 수많은 장수들은 사로잡혀 처형당했다. 정주성에서 체포된 사람

* 가산군: 나중에 평안북도 박천군 가산면이 됨.

은 모두 2,983명이었는데, 이중 열 살 이하 소년 224명과 여자 842명을 제외한 1,917명은 4월 23일에 모두 참수되었다.[1]

홍경래의 거사는 다섯 달 만에 끝이 났다. 꿈을 꾸었으되 한바탕 어지러운 춘몽이었다.

〈육자배기〉가 남도를 대표한다면, 〈수심가〉는 평안도를 대표한다. 특히 〈엮음수심가〉에는 홍경래의 난을 노래한 사설이 들어 있어 눈길을 끈다.[2]

> 불이 붙는다, 불이 붙는다. 의주 통군정 붙난 불은
> 압록강수로 꺼주련마는 용천, 철산, 선천, 정주, 가산, 박천을 얼른 지나
> 안주 백상루에 붙난 불은 향산동구 뚝 떨어져 청천강수로 꺼주련마는
> 숙천, 순안을 얼른 지나 패양(평양) 모란봉 붙난 불은
> 삼산반락은 청류벽이요 이수중분에 능라도로다
> 능라도면은 을밀대요 을밀대면은 만포대라 대동강수로 꺼주련마는
> 이내 가삼에 붙난 불은 어느 누구가 꺼주리
> 꺼줄 이 없고 믿을 친구가 발라(없어)서 나 어이 할까요

홍경래의 난은 누대로 억압과 수탈을 당해온 평안도 민중에

게 '불'과 다름없었다. 그들은 홍경래가 치켜든 불을 부나방처럼 기꺼이 좇았다. 하지만 역부족이었다. 정부군은 막대한 불(화약)로써 불을 껐다. 그렇다면 이제 평안도 민중의 가슴에 붙은 불은 어쩌란 말인가. 과연 누가 있어 그 불을 꺼준단 말인가.

서북인의 박탈감은 한층 깊어졌다. 그렇다고 다시 물러서고 달아나고 주저앉을 수만은 없었다. 그들은 중앙에 대한 기대를 깨끗이 접는 대신 스스로 새 살길을 찾았다. 이때 그간 불리한 조건이라고 여겼던 점들이 외려 유리한 동력으로 바뀐다. 사실 '(조선의) 내부에 존재하는 외부'로서 이들 서북인들은 체제에 대한 미련이 적었던 만큼 변혁의 욕구는 강했다.[3] 정주 출신의 상인 남강 이승훈에게도 홍경래의 꿈은 평생 잊을 수 없는 숙원이었다. 그리하여 세상이 뒤집혀 이제 서북이 한반도 문명화의 선두에 서게 되었다는 자부심을 강조하며 이렇게 말하기도 한다.

> 아, 인간 득실 새옹지마인가. 오백 년 숙원 생활을 보낸 우리 서북에는 뼈다귀를 울궈먹는 선정판서의 사당도 없고, 죄악의 역사를 끼친 탐관오리의 조상도 없고, 망상을 발휘하던 사색편당도 없고, 발호겸병하던 토호강족도 없고, 반상의 계급과 의뢰의 누습도 없다. 자못 남달리 가진 것은

> 감상의 〈수심가〉와 울결한 혁명 사상뿐이었다. 그러므로 근세에 이르러서는 행히 신문명의 공기를 흡수함이 타 지방보다 조속하여 문화가 일찍 발달되었으니, 야소교가 최선 보급된 것과 광무 융희 연간의 교육열이 전국에 관冠하던 것과 모든 사회적 신운동이 서북 인사에 의하여 수창됨이 다多하던 것은 세世의 주지하는 사실이며, 또 일반이 빈부 계급의 차가 그다지 심치 아니하여 독립자활의 기풍이 많고 의뢰유식依賴遊食의 폐가 희소한 것은 불행 중임에도 행이니, 이것은 오로지 오백 년 학대가 준 부산물이라.[4]

이런 뜻이었다. 서북인들은 과거에 하도 빼앗겨 이제 가진 게 거의 없다. 한데 세상이 바뀌어 없는 게 외려 자랑이 되었다. 조상을 아무리 더듬어도 양반이 없으니 계급도 없고, 기댈 데가 없으니 스스로 일어서는 수밖에 없다, 운운. 앞서 잠깐 언급한 리영희의 경우에도 증조부가 양반입네 했다지만, 실제 그의 고향 평안북도 운산과 삭주 등지에서는 양반 상놈 구별이라든지 엄격한 신분적 위계질서 같은 건 알지도 느끼지도 못한 채 자랐다 했다. 훗날 남한에서 살게 된 그에게는 짯짯이 본관 따지고 노론소론 따지는 동료 지식인들이 꽤나 낯설기만 했다.[5] 조선 500년의 학대는 뜻하지 않게 이렇듯 평등사상과 독립 자강의 정신을 물려주었다. 게다가 품에 안고 지킬 게 없으니 새로운 문명에도 남보다 먼저 마음을 열 수 있었다. 기왕에 그들은 '중심'에서 까마득히 멀기만 한 '변방'의 한갓 미미한 존재에 불과했다. 어쩌다 귀양 오는 이들을 통해서나 겨우 문명의 흔적을 뒤좇을 따름이었다. 하지만 세상은 변했다. 변방은 이제 외부 세계와 맞닿는 통로로서 전에 없던 의미를 챙기게 되었다. 사대주의와 조공만 오가던 옛길이 아니었다. 철도는 압록강과 두만강을 건너 넓은 세상으로 연결되고, 무역은 경제 활동의 새로운 기회로 작동한다. 심지어 망명조차 낡은 세계를 벗어나 새 세계를 마주하는, 이제껏 상상 못한 영토적 상상력으로 재해석된다.[6]

서북인들은 낡고 편협한 세계를 파괴하는 데 주저함이 없었다. 신사상이 서북의 벌판을 들불처럼 태웠다. 이때 특히 두 개의 종교 사상, 즉 안에서 일어난 동학(천도교)과 밖에서 들어온 기독교가 불쏘시개 구실을 한다.

주지하듯 동학은 경상도에서 싹이 텄으되 이후 호남을 비롯한 삼남 지방에서 거세게 타올랐다. 갑오년을 전후해서는 서북 지방에도 그 불길이 번졌다. 백범 김구는 황해도 해주가 고향인데, 1893년 열여덟 나이로 동학에 입도한다.[7] 그즈음 『정감록』을 비롯한 여러 비기秘記의 영향으로 각종 괴이한 이야기들이 민심을 파고들었다. 청년 김창수(김구)가 동학에 대해 처음 들은 것도 그런 맥락에서였다. 제 사는 고장에서 남쪽으로 20

리 떨어진 곳에 오응선이라는 이가 동학에 입도했는데, 방문을 열고 닫음이 없이 홀연히 나타났다 사라지는 것은 물론이고 공중으로 걸어 다닌다고도 했다. 또 그의 스승 최도명이란 이는 하룻밤에 능히 충청도까지 오간다고도 했다. 김창수는 목욕재계 후 오응선을 찾아갔다. 김창수가 절을 하자 오응선이 공손히 맞절을 했다. 김창수가 외려 놀랐다. 댁은 양반이신데 어찌 자기 같은 상놈에게 절을 하시는지요 하고 묻자, 오응선은 범연히 대답했다.

"나는 다른 사람과 달리 동학 도인이기 때문에 선생의 교훈을 받들어 빈부귀천에 차별 대우가 없습니다. 조금도 미안해하실 것 없습니다."

김창수는 감동을 받아 곧 동학에 입도한다. 소문을 듣고 다른 상민들도 허다히 쏠려왔다. 불과 몇 개월 만에 그의 연비*는 수백에 이르렀다. 평안도 땅은 마치 불씨만 떨어지길 기다리던 섶이나 진배없었다. 얼마 지나지 않아 김창수가 한 길 이상 공중을 걸어가는 모습을 목격했다는 소문이 자자히 퍼졌다. 그는 곧 서북 지방에서 가장 나이가 어리면서도 수천의 연비를 가진 동학의 접주가 되어 '아기 접주'라는 별명까지 얻는다.

이광수는 1902년 열한 살 나이에 호열자(콜레라)로 부모를

* 연비(連臂): 동학에서 도를 전해 받은 사람을 가리키는 말.

한꺼번에 잃고 고아가 되었다.[8] 먼저 아버지가 발병했을 때, 어머니는 어린 아들을 시켜 의원을 불러오게 했다. 그러나 의원들은 말을 듣고 고개부터 저었다. 그게 진작 마을을 휩쓴 돌림병임을 짐작했던 것이다. 어머니는 포기하지 않았다. 아주까리 기름을 한입 문 다음 아주까리 대 한 마디를 아버지 항문에 대고 그 기름을 불어넣기도 했다. 그런 보람도 없이 아버지는 돌아가시고 말았다. 어머니는 머리를 풀고 몇 마디 곡을 했다. 그러고는 곧 그치고 어린 아들과 그보다 더 어린 딸, 그리고 그보다 더 어린 젖먹이 딸을 물끄러미 바라보았다. 아직 서른셋밖에 되지 않은 젊은 어머니요 아내였다. 이윽고 그녀는 젖먹이 딸을 업고 일어섰다. 그러더니 남편의 시체 가까이 가서 산 사람에게 말하듯,

"나허구 언년이허구 다려가시우. 그리구 도경이허구 간난이허구 오래오래 잘살게 해주시우."

하더니 한 발을 번쩍 들어서 시체를 타고 넘었다. 그 직후 크고 어려운 일을 치른 것처럼 빙그레 웃으면서 집안의 유일한 아들을 바라보았다. 도경이는 춘원의 자전적 소설 『나』(1947)에 나오는, 소년 이보경의 이름이다.

"이렇게 하면 다려간대."

그 눈빛은 무섭지도 이상하지도 않았다. 이보경은 오히려 무언가 장한 감동마저 받았다.

과연 어머니는 아버지가 돌아가신 뒤 여드레 만에 같은 병으로 돌아가셨다.

이보경은 그때부터 인정의 참으로 쓰디쓴 맛을 두루 맛보았다. 아버지가 살아 있을 때에는 가난했을망정 사람들로부터 허술한 대접을 받은 적이 없었기에 세상은 한층 비정하고 냉혹했다.

겨울날, 소년 이보경은 조부의 집을 찾아가는 길에 어느 고개에서 양지쪽 골짜기를 찾아 들어갔다. 그는 눈 녹은 자리를 골라서 먼저 바지를 벗어 이를 잡고, 다시 그 바지로 웃통을 가리고서 저고리의 이를 잡았다. 어린 마음에도 자존심이 있어 어느 집에 가든 저 때문에 이가 옮았다는 말일랑 듣지 말자는 것이었다. 옷의 이를 다 잡고 난 소년이 이제 머리의 이를 툭툭 털고 있을 때 웬 어른이 곁에 나타났다. 그것이 운명을 바꾸는 계기가 될지, 소년은 미처 알 턱이 없었다. 어른은 지방의 동학 도 접주였다. 그는 가련한 고아 소년을 자기 집으로 데려가 깨끗이 머리도 빗겨 주고 옷도 새로 입혔다. 그러면서 오만 년 무극대도니 수운 선생이니 해월 선생이니 하는 말을 들려주었다. 그 후 그는 소년을 지방의 동학 우두머리인 박찬명 대령에게 데려가 입도시켰다.[9]

세상을 대하는 소년의 눈은 그로부터 완전히 달라진다.

> 선천의 세계는 계급의 세계요 폭력의 세계요, 따라서 법률과 전쟁의 세계였다. 이긴 자와 진 자가 있고, 높은 자와 낮은 자가 있는 세계였다. 그러므로 이긴 자는 진 자를 눌러야 하고 진 자는 이긴 자를 둘러엎어서 보복을 하여야 한다. 이리하여 항상 불평과 쟁투가 있었다. 그러나 후천의 세계는 힘과 법의 세계가 아니오, 도와 사랑의 세계다. 사람과 사람이 서로 하느님으로 알기 때문에 서로 사랑하고 공경함이 있으나, 서로 미워하고 싸우는 일이 있을 수 없는 것이다. 그러므로 그 세계에는 빈부도 귀천도 강약도 없고 오직 평등과 서로 섬김이 있을 뿐이다.[10]

나중에 더 알게 되지만 동학의 후천 개벽 사상은 어두운 선천 세계를 끝내고 후천의 밝은 문명 세계를 일구자는 얘기였다.

이보경의 눈에 동학을 하는 사람들은 다 겸손하고 친절했다. 어린아이라도 도를 위해서 애쓴다 하여 밤중에 찾아가면 아랫목에 재우고 상객으로 대접했다. 말도 해라가 아니라 어른 대접을 했다. 이보경은 빈부귀천과 반상의 구별 없는 평등의 정신을 그런 동학도들에게서 처음 배웠다.

문학 평론가 백철은 1908년 평안북도 의주군 비현면 정산동 샛골에서 태어났다.[11] 압록강에서 가까운 곳이었다. 아명은 백

동학과 천도교는 서북 지방에도 크게 영향을 미쳤다.
사진은 평양의 천도교 교구당.

세철이었다. 용천군 입암에 큰댁이 있었는데, 거기까지 가려면 걸어서 60리 비현 장터까지 가서 기차를 타야 했다. 소년은 아홉 살 때 저보다 세 살 위 조카의 결혼식에 가려고 난생 처음 그렇게 세상 구경을 했다. 열두 살까지는 거문골 서재에 다니면서 사서삼경을 배웠는데, 열 사람이면 열 사람이 죄 목청껏

내질렀기에 마치 무논에 개구리 울음소리처럼 시끄러웠다. 밤에는 컴컴한 남폿불 밑에서 눈을 감고 머리를 좌우로 흔들면서 그날 배운 것을 암송했다. 소년은 어느덧 시제를 놓고 풍월을 읊을 만큼은 되었다. 스무 살짜리 급우들과 겨뤄도 잘된 구절에 찍어주는 비점을 더 많이 받았다. 『삼국지』에 빠진 것도 그 무렵이었다. 너무나 흥미진진해서 몇 번을 읽었는지 모른다.

백세철은 어머니에게서 우리말의 읽기와 쓰기를 배웠다. 어머니가 '언문'으로 된, 수운 최제우의 『용담유사』를 가르쳐주었던 것이다. 실은 그의 아버지가 1902년 동학에 입도하여 접주를 거쳐 종법사까지 역임한 이였다. 백세철의 형 백세명 또한 천도교 의주 지회 대표를 지낸다.

이렇듯 서북 지역은 동학 농민 혁명이 좌절된 이후 교단 재건 운동의 중심이었다.[12] 특히 1896년 말에서 1897년 초에 이르러 평안도와 황해도 지역의 교세가 크게 증가했다. 의암 손병희를 중심으로 한 동학교단은 이 서북 지역을 새로운 기반으로 삼아 교세를 회복하고자 노력했다. 그리하여 1900년을 전후하여 평안도는 전국에서 동학의 세가 가장 강한 지역이 된다. 예컨대 1903년에 교단의 조직 강화를 위해 대두령제를 실시하고 신도 1만 명의 우두머리에 해당하는 의창대령을 네 명 두었는데, 그중 셋이 평안도 사람이었다. 놀랍도록 빠르게 세를 확장하던 개신교단에 뒤지지 않았다. 3·1 운동이 일어날 무렵에는 조선의 천도교 전체 신도 13만 884명 중 51.8퍼센트인 6만 7,763명이 평안도 출신이라는 통계가 있을 정도였다. 다만 이들은 동학 혁명 당시의 격렬한 반외세 투쟁보다는 상대적으로 온건하고 점진적인 문명개화 운동에 더 큰 비중을 두고 활동한다.

백세철은 바로 그 평안도 동학·천도교의 독실한 신도 가정에서 소년기를 보냈던 것이다.

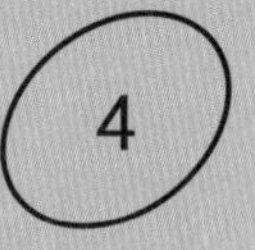

조선의 예루살렘

천주교에 비해 개신교의 한반도 진출은 상대적으로 늦었다. 천주교는 이미 19세기 초부터 여러 차례 대규모 박해를 겪으며 뿌리를 뻗었지만, 개신교는 세기말에 이르러서야 겨우 선교를 시작한다.[1] 1884년 9월 장로교 선교사로 미국인 의사 호러스 뉴턴 알렌이 처음 제물포에 발을 디뎠고, 이듬해인 1885년 4월 5일에는 역시 미국인 선교사 호러스 언더우드와 헨리 아펜젤러가 한국 땅을 밟았다. 한국의 교회 역사는 이들을 최초의 개신교 선교사로 기록한다. 이어 5월과 6월에는 미국 감리교단이 파송한 윌리엄 스크랜턴과 그의 어머니 메리 스크랜턴이 둘 다 선교사이자 의사로 서울에 들어왔다. 알렌은 주한 외국공관들의 공의로 활동하다가 곧 한국 최초의 근대적 병원인 광혜원을 개설하고 고종의 어의로 활동한다. 스크랜턴 모자 역시 서울에서 의술을 펼치는 것으로 활동을 시작한다. 이처럼 개신교의 초기 선교에는 서구의 근대 의학이 큰 역할을 했다. 이후 교세는 빠르게 확장된다.

특히 서북 지역은 중국과 가깝다는 지리적 이유로 초기 선교의 중요한 발판이 된다. 예컨대 스코틀랜드 출신 존 로스는 대동강에서 순교한 로버트 저메인 토머스 선교사의 뜻을 잇기 위해 선교에 나섰다. 첫 선교지는 만주였지만 그의 눈은 늘 조선을 향했다. 1874년 그는 고려문으로 향한다. 고려문은 봉황성과 구련성 사이에 있던 책문柵門으로, 당시 만주에서 국제 무역이 가장 성행한 곳이었다. 통행이 허락되는 개방 시기에는 수많은 상인이 몰려들었다. 존 로스는 성서를 조선말로 번역해줄 사람을 찾고 있었는데, 고려문에 모인 조선 상인 중에서 평안북도 의주 출신의 한약재 장사꾼 이응찬과 인연이 닿았다. 로스가 중국 선양에서 펴낸 『예수셩교젼셔』(1887)는 최초의 한글 합본 신약성서였다. 여기에는 당연히 그에게 한국어를 가르친 이응찬의 영향으로 평안도 방언이 짙게 묻어났다.[2] '오맘·오마니(어머니)', '디키면(지키면)', '정딕케(정직케)', '공경티(공경하지)', '나아오디(나아가지)', '맛당티(합당하지)', '세샹을 이갓티(세상을 이같이)' 등의 표현에서 이를 확인할 수 있다. 이응찬과 함께 세례를 받고 조선 최초의 개신교 신자가 되는 백홍준, 그리고 황해도 장연에 조선 최초의 교회를 세운 서상륜도 의주 출신이었다.

서북에서도 특히 평양은 장차 '조선의 예루살렘'이라는 말을 듣게 될 정도로 교세가 가파르게 확장했다. 평양에서는 앞서 언급한 마포삼열 선교사가 활동 중이었다. 1894년 그가 세운 평양 최초의 교회인 장대현교회가 평양성 안에서도 제일 높은 장대현(장댓재 혹은 널다리골) 마루에서 문을 열었고, 이후 미국

초기 북방 선교에 나선 마포삼열 선교사 일행(1895).

북장로회와 북감리회에서 세운 교회들이 속속 평양성 안팎을 채워나갔다. 내성의 서문인 보통문 주변은 비교적 지형이 높은 언덕으로, 그 일대가 말하자면 서양인들의 선교 기지였다. 광덕학교(1894), 숭덕학교(1894), 숭실학교(1897), 숭의여학교(1903) 등 기독교 계통 학교들도 그 곳에 두루 자리를 잡았다. 장대현교회의 경우, 1900년에는 교인들의 헌금과 선교 보조금을 합하여 무려 72칸에 이르는 교회당을 건립했다. 기역자집에 순 조선식 기와를 얹은 이층 건물로, 규모 면에서는 당대 조선에서 가장 큰 기와집이라 했다.

물론 선교 초기 개신교는 적잖은 난관에 부딪쳤다. 제너럴셔먼호 사건(1866)의 기억을 여전히 간직한 평양 사람들의 반외세 정서 때문이었다. 그해 대동강변에서 토머스 선교사가 참수를 당하면서 개신교 역사에서 최초의 순교자가 나왔다. 이후 평양은 한국의 소돔이요, 조선에서도 가장 희망이 없고 언제나 죄악으로 둘러싸인 새장 같다는 평까지 받았다. 버드 비숍 역시 평양이 기본적으로 적개심이 팽배하고, 기생과 매춘부와 무당으로 혼잡했으며, 축재와 비행으로 악명이 높았다고 적었다. 초기 기독교 선교가 실패한 것은 당연한 일이라고도 했다.[3] 그런 평양이 생각보다 빠르게 기독교를 받아들인 데에는 역설적으로 청일전쟁이 있었다. 끔찍한 전쟁의 참화를 겪는 동안 나라는 어디에도 보이지 않았다. 대신 교회가 나서서 헌신적인 의료 활동과 구호 활동을 통해 전쟁의 상처를 치유하는 데 크게 힘을 보탰다. 아울러 일본이 청을 물리친 것은 새로운 문명의 힘 덕분인데, 교회가 바로 그런 문명의 전파자라는 인식도 널리 퍼졌다.

20세기에 들어와서는 러일전쟁이 다시금 힘없는 나라의 초라한 몰골을 들춰냈다. 평안도는 또 한 번 참혹한 전장이 되었다.『야성의 부름』(1903),『강철군화』(1908) 등으로 유명한 미국의 소설가 잭 런던이 1904년 러일전쟁을 취재하러 조선에 왔는데, 그 역시 평안도에 들어서자 사람들이 죄 도망가버린 마을만을 마주쳤다.[4] 가령 평양 근처 4,000~5,000 인구가 살던 순안도 마을이 텅 비다시피 했다. 사람들은 처음에는 허겁지겁 달아나느라 급한 것들만 몇 개 챙겨 갔으나 차차 눈치껏 산에서 내려와 좀 더 부피가 큰 가재도구들도 가져갔다. 어떤 이들은 문짝이며 창문짝까지 뜯어갔다. 그래서일까, 잭 런던은 평양에서 쓴 한 기사에서 조선인이 의지와 진취성이란 면에서는 세상에서 가장 비능률적인 민족이라면서도 딱 한 가지, 짐을 지는 능력만큼은 아주 뛰어나서 마치 짐 끄는 동물처럼 완벽하다고 비아냥거리기도 했다.

무교회주의 기독교도인 함석헌은 평안북도 용천의 맨 서쪽 바닷가 사점(사자섬) 마을에서 태어나 거기서 자랐다. 그곳에서 30리 거리에 용암포가 있었다. 청일전쟁과 아관파천 이후 조선에 대해 영향력을 확대하던 러시아는 1903년 용암포와 압록강 하구를 점령하고 조차租借를 요구했다. 그곳은 바다가 깊어 러시아 군함도 얼마든지 들어올 수 있었다. 이에 대해 일본이 강력히 항의하면서 갈등이 일고 곧 러일전쟁으로 비화한다. 일본군은 함석헌의 고향 마을에도 들어왔다. 다만 민심을 잃지 않으려는지 행패가 심하지는 않았다. 그래도 일본군이 닭을 치러

나온다는 말이 돌면 주민들은 내남없이 닭을 숨긴다고 야단이었다. 훗날 함석헌은 그때 일을 기억하며 이렇게 말했다.

"나라를 못 감춘 백성이 닭은 어디다 감춘다고!"[5]

춘원도 열두 살 나이 때 제 고향 정주에 들어온 아라사(러시아) 병사들을 목격했다. 그들은 닥치는 대로 약탈과 겁간을 자행했다. 말 그대로 만행이었다. 성안에 살던 조선 백성들은 늙은이들만 남기고 죄 피란을 갔다. 젊은 여자들은 모두 남복을 입었다. 겁간을 당한 여인들이 자살하는 일도 수두룩했다. 소와 돼지는 씨도 없어지고 말았다. 그렇게 기억했다.[6] 실제로 러시아군이 평양에 출현한 것은 1904년 2월 27일이었다.[7] 이날 평양 외곽의 순안에는 100여 명, 평양에는 50~60여 명의 러시아 기병이 도착했는데, 이들은 바이칼 동부 코사크군 소속 정찰병이었다. 평양성 내에 있던 일본군 제12사단의 일부는 러시아군에 총격을 가했다. 이에 따라 러시아군은 정주, 철산, 박천, 의주, 삭주 등 평안북도 각 지역으로 물러갔다. 그 과정에서 평양성 내에는 인심이 크게 들끓어 남녀노소 모두 성 밖으로 피란하고 일부 장정과 역부만 남았다. 그 10년 전 청일전쟁의 기억이 되살아났기 때문이다. 심지어 청일전쟁 때는 그 기간에 열에 아홉이 비었다는 이른바 '십실구공十室九空'이었다면, 이번에는 마을의 모든 집이 완전히 텅 비어버린 '십실십공'의 총체적 엑소더스였다. 평안도 지역은 러시아군이 철수하고 일본군이 진주하는 과정에서도 폐해가 이어졌다. 러시아군에 의한 것은 개전 초기 3개월 미만으로 그것도 일부 지역에 불과한 것이었지만, 일본군의 전방위적 징발과 인력 동원은 거의 1년 6개월 정도 지속되었다. 평안남도 관찰사 이중하가 조정에 보고하기를, 일본군으로 인한 민정의 곤란은 큰길가나 시골 벽촌이 모두 같고, 징수 물품을 배정하고 사역으로 몰아세우고 압박하는데 두서가 없어 관리와 백성이 의지할 길이 없다고 했다. 특히 순안, 안주, 용강, 양덕 등은 관청이 비어 거의 무읍無邑의 지경에 이르렀다고 보고했다. 간첩 행위를 했다는 이유로, 혹은 전선이나 군량을 훔쳤다는 이유로 조선인을 살해하는 경우도 빈번했다. 그래도 대다수 교회에 유유히 내걸린 성조기는 한 번도 내려진 적이 없었다. 주민들은 미국 선교사의 힘을 실감할 수 있었다. 근대 초기 평안도에서 기독교의 폭발적 전도가 가능했던 데에는 이러한 배경도 깔려 있었다.

개신교 초기 전도의 역사에서는 특히 1907년에 주목해야 한다. 그해 10월 평양에서 열린 대부흥회는 한국 개신교 역사에서 또 하나의 기념비적 사건이었다.[8] 장로교와 감리교 합동 사경회에서 신자들은 며칠간 밤을 새워가며 기도를 했고 찬송가를 불렀다. 통성 기도도 그때 처음 시작했다. 마지막 날 길선주 목사(당시는 장로)가 "나는 아간과 같은 죄인이올시다"라며 회개하고 무리에게도 죄를 회개하라고 외치자 난리가 났다. 그는

평양의 기독교 서점.

마치 세례자 요한 같았다. 신도들이 통곡하며 앞다투어 회개를 이어나갔다. 성령에 감동하여 울부짖는 신도들 때문에 밤중까지 교회 문을 닫지도 못했다. 소문은 온 평양에 퍼졌다. 소돔이 예루살렘으로 바뀌는 순간이었다. 이후 기독교세의 확장은 실로 폭발적이었다. 일요일 아침이면 성안이 조용하다 못해 적막할 정도였다. 6만여 인구 중 거의 10퍼센트에 달하는 6,000여 신도가 여기저기 교회에 나가 예배를 보았다. 안식일을 지켜 문 닫는 가게도 부지기수였다. 한 기록에 따르면,[9] 평양에는 장로교에서 장대현교회를 비롯해서 남문밖, 창동, 산정현, 서문밖, 연화동 등 여섯 개 교회를 시내에 두었고, 그밖에도 대동, 중화, 성천, 강동, 황주, 순안, 곡산 등 서북 도처에 무려 120여 개 교회를 두었다. 신도 수는 2만여 명이 넘었고, 교회에서 운영하는 학교도 수십 개였다. 북감리교 역시 그에 못지않은 교세를 떨쳤다. 평양부에만 열여섯 개 교회에 신도는 2,300명이었다.

에큐메니즘(교회 일치 운동) 운동의 개척자 중 한 사람인 존 모트 박사는 1907년 이런 광경을 직접 목격한 뒤 "한국을 방문하고 돌아오는 사람들은 만일 오늘날 한국의 기독교가 이만큼 계속 성장하게 된다면, 한국은 현대 선교 역사상 완전히 복음화된 유일한 기독교국이 될 것"[10]이라고 말했다. 미국인 선교사 헐버트도 "장로교 선교회의 관할 하에 있는 한국 북부 지역은 세계에서 가장 성공한 선교 지역으로 널리 주목을 받고 있다"[11]고 말했다.

「실비명」(1954)의 작가 김이석의 기억 속에서도 교회는 각별한 자리를 차지한다. 그의 집은 평양의 종로 창전리, 바로 장대현교회에서 아주 가까운 거리에 있었다.[12] 그가 아예 「장대현 시절」(1963)이라고 제목을 붙여 쓴 단편에서는 교회에 다니던 시절의 어린 '나'를 엿볼 수 있다.[13] 부모가 창설 교인이어서 그나는 당연히 젖세례(유아세례)도 거기서 받았고, 자연스레 장로교에서 운영하는 숭덕학교에도 다녔다. 주일 학교에도 열심이었는데, 그 주일의 '요절'(중요한 부분)을 어머니에게 외어 바치지 않으면 종아리도 맞았다. 어린 나의 마음을 가장 많이 잡아끈 건 성화 카드였다. 주일 학교에서는 그 주일에 생일이 있는 학생과 신입생을 데려오는 학생에게 오색판으로 인쇄한 카드를 주었다. 대개 예수의 여러 행적을 담은 것으로 당시로서는 매우 귀한 물품이었다. 나는 그 카드에 온통 마음을 빼앗겼지만, 불행히도 생일은 1년에 한 번밖에 없었다. 게다가 몸도 약하고 힘도 세지 않았다. 그러니 주일 아침에 관앞 네거리 같은 큰길에 나가서 오가는 아이들을 주먹으로 위협하여 억지로 끌고 올 능력도 배짱도 없었다. 실제로 교회에는 그런 일을 '직업적으로' 맡아 하는 치들이 대여섯은 있었다. 그 치들은 주먹을 써서 구한 성화 카드를 한 장에 5전씩 가격을 매겨 팔았다. 나는 결국 카드의 유혹을 못 이겨 사지도 않는 공책을 사야 한다고 거짓말을 했고, 아버지의 지갑을 몰래 열기도 했다. 그렇게 모은 성화 카드가 40~50장에 이르렀다. 나는 아무도 없는 방구석에서 그것들을 펼쳐 놓고 바라만 보아도 그저 즐겁고 행복했다. 가장 흥미를 느낀 건, 예수님이 물 위를 걸어 제자들을 놀라게 한 그림과 떡 다섯 개와 생선 두 마리로 수천 명을 먹이고서도 열두 광주리나 남은 기적을 행한 그림이었다. 부모님은 그런 기적을 추호도 의심하지 않았고, 어린 나 역시 그저 입을 벌려 감탄할 따름이었다. 소망이라면 나도 그런 기적을 행해 대동강 위를 걸었으면 하는 거였다. 그렇게만 되면 멀리 다리를 건너 왕복 10리를 오가는 고역 없이도 쉬 강을 건너가 미역을 감을 수 있을 텐데….

시련이 다가온다. 친구가 교회에서 성화를 잔뜩 훔쳤는데, 억울하게 내가 누명을 쓰게 된 거였다. 평소에도 아이들을 보기만 하면 공연히 야단을 치는, 작달막한 키에 어깨가 버그러진 권투 선수 같은 방 목사였다. 그는 요리문답을 잘 외면 주머니를 끌러 돈도 꺼내 주는 인자한 길 목사처럼은 아니더라도 도무지 목사 같은 인자한 구석이 없었다. 변명할 새도 없이 도둑으로 몰려 야단을 맞은 나는 그때부터 주일 학교에 흥미를 잃는다.

> 나는 찬송가를 부를 때도 '군병 같으니'를 '굼벵이 같으니'라고도 하고, 성경을 읽으면서도 '예수가 마귀에 시험받다'를 '예수 까마귀에 시험받다'로 읽어서 남을 웃기기도 했다. 그러면서 그 한 시간이 지루해갔다.

김이석은 1914년 생으로, 어린 그가 장대현교회를 다닌 건 1920년대 초반이었다. 나중에 철저한 사회주의자로 변신하는 김남천도 어린 시절에는 고향 성천에 들어온 교회의 영향을 크게 받았다. 그가 쓴 단편 「그림」(1941)에는 그림과 성서 공부를 통한 캐나다인 목사와의 우정이 소박하게 그려지고 있다.

기독교는 서북 지역의 많은 이들에게 말 그대로 새로운 복음이었다. 나아가 나라가 누란의 위기에 빠지자 지식인들은 이를 쉽게 민족주의와 연결했다. 이승훈, 안창호, 조만식, 김동원, 함석헌 등 서북의 내로라하는 민족주의자들이 거의 다 기독교인들이었다. 김동원은 소설가 김동인의 가형이었다. 그는 일본 메이지 대학을 다니다 돌아와 숭덕학교의 교원과 숭의여학교의 교장을 지냈다. 105인 사건(1911)에 연루되어 감옥에 갇혔을 때에는 배다른 아우 김동인에게 톨스토이의 『부활』을 넣어달라고 시키기도 했다. 나중에 각기 시인과 소설가와 연출가로 성장하는 주요한과 주요섭과 주영섭 삼형제의 부친 주공삼도 이름을 크게 낸 목사였다. 극작가 오영진의 부친 오윤선도 평양 교계의 유명한 장로였다. 전영택 역시 독실한 신자였는데, 일본에 건너가 아예 신학을 전공했고 1927년에는 목사 안수까지 받는다. 그 때문에 훗날 소설에 등한하다는 평마저 듣는다.

평양을 조선의 예루살렘이라고 하지만 실제로는 평안북도 선천이 그런 별칭을 얻을 자격이 훨씬 컸다. 꽤 훗날의 일인데, 시인 정지용이 화가인 벗과 함께 평안북도 국경 지방을 돌아다녔다. 선천에도 들렀다.[14] 선천은 집이 4,000호가 넘고 인구가 2

만인데 초가는 별로 없고 거의 다 기와집 아니면 양옥이었다. 기대 밖의 풍경이었다. 시내 가게마다 양식 식료품, 모사毛絲 의류, 화장품, 약품, 과자 등을 수북이 진열해놓았는데 그것들이 다 품위가 있었다. 한 가지 특이한 것은 어느 가게에서든지 물건을 팔기 위한 아첨일랑 들을 수도 없던 점이었다. 주인이라고 대개 등을 밖으로 향하고 앉아 성서 읽기에 골몰하다가 손님이 들어서면 물건을 건네고 돈을 받은 후에는 별로 수고로운 인사도 없이 다시 돌아앉아 책을 읽는 게 예사 풍경이었다. 선천에선 장로교가 거의 풍속처럼 되었다는 말 그대로였다.

이처럼 근대 초기 평안도의 기독교 교세는 실로 만만치 않았다. 한 기록에 기대면[15] 1901년 장로교 세례교인 중 평안도 사람의 비율이 무려 47.6퍼센트에 달했고, 1907년 조선에서 최초로 탄생한 장로교 목사 7인 중 6인이 또 평안도 출신이었다. 특히 평양이 1907년의 대부흥회 이후 조선의 예루살렘으로 각광을 받았지만, 실제 인구 대비 신자 비율로 따지면 평안북도 선천과 황해도 재령에 미치지 못했다. 예컨대 선천은 인구의 거의 4~5할이 신도여서 '기독교의 왕국'이라는 칭호조차 전혀 낯설지 않았다.[16]

> 조선에서 기독교가 왕성하기로는 제1 선천, 제2 재령, 제3 평양, 제4 경성이다. 이것은 물론 각각 그곳의 인구수에 비

평안북도 선천의 기독교 신자들(1910).
선천은 기독교 신자의 비율이 가장 높았다.

례하여서 한 말이거니와 선천 · 평양으로 말하면 야소교가 수입된 연도도 가장 오래였다. 그래서 선천이라 하면 자연히 기독교를 연상하게 된다.[17]

선천에는 천도교 세력도 만만치 않았지만 그곳을 찾은 한 천도교인조차 "여기는 보이느니 십자가, 들리느니 찬송가. 학교가 기독교의 것, 회사 상점이 그의 것, 대건물이 그의 것, 대산림이 그의 것"[18]이라며 선천의 기독교 세에 혀를 내둘렀다. '주일'에는 아예 장도 열리지 않았다. 장로교의 경우 선천 지부는 전국에서 교인의 비율이 가장 높았다. 읍을 동서남북 넷으로 나눠 각기 예배당을 세우고 소교구로 삼았다.[19] 그러다 보니 술집과 청루가 들어설 공간 자체가 없었다. 반면 남녀 학교라든가 병원, 양로원, 고아원 따위가 수두룩해 선천은 실로 사회 복지 시설의 모범 도시였다. 남교회의 경우 예배당이 거대한 이층 기와집인데, 천 몇백 명이 넉넉히 앉을 홀이 두 개나 되었다. 그곳 소교구의 신도들이 돈을 모아 마련한 거라는데, 건축 경비 6만 원을 앞다투어 냈다고 한다. 또 여자들이 사회 활동에 적극 참여하여 청년회와 합창대 등은 물론이고, 봄가을에 순전히 여자들의 힘으로 운동회를 열어 심지어 시어머니와 며느리가 함께 뛰는 2인 3각 경기를 열기도 했다는 것.[20]

물론 선천의 기독교 역시 일제의 탄압을 피하지 못했다. 특히 1911년 이른바 105인 사건(신민회 사건) 때 엄청난 피해를 입었다.[21] 데라우치 총독을 암살하려 했다는 혐의를 뒤집어씌운 이 사건의 기소자 122명 중 선천 출신은 무려 46명(37.7퍼센트)이었으며, 신성학교 교사는 10명, 학생은 18명이었다. 이들 대부분은 기독교인이었다.

일제 경찰에 끌려가는 105인 사건 관련자들.
평안북도 선천 출신이 가장 많았다.

열아홉 나이로 선천 신성학교 학생이던 선우훈은 그때 당한 엄청난 고문을 기록으로 남겼다. 그건 한마디로 야만의 극치였다.

> 그러자 놈들은 더욱 발악을 했다. 독사 같은 놈들은 달려들어 주먹과 채찍으로 나를 초주검을 만든 후 두 엄지손가락을 포승으로 묶어 한쪽 팔은 가슴 앞으로 돌려 어깨 위

로 올리고 한쪽 팔은 등 뒤로 돌려서 두 손이 서로 닿게 하여 위로 매어다니, 몸이 두 자가량이나 공중에 높이 매달렸다. 그리고는 두 놈이 두 자쯤 되는 죽장 두 개를 마주 잡고 옆구리에서 허리까지 죽죽 내려훑으니 몸이 두 동강이가 되는 듯 하체를 움직일 수가 없어 힘이 쑥 빠지고 맥이 탁 풀려버렸다. 다시 다른 놈이 채찍으로 머리로부터 다리까지 숨 쉴 겨를 없이 난타해대니 전신에서 흐른 땀이 처마에서 낙숫물 쏟아지듯 했다. 호흡은 하늘에 닿고, 가슴엔 불이 붙고, 코에는 불길이 훅훅 쏟아졌다. 당장에라도 목숨이 끊어질 듯 사지가 발발 떨리고, 눈에선 안개가 피어오르고, 가슴은 터질 듯 생과 사의 백척간두에 달려 있는 듯했다. 그러기를 약 20여 분쯤, 전신이 동태처럼 얼어붙어 기혈이 불통하고 감각도 없어졌다. 눈동자는 초점을 잃고 정지되어 있고, 입을 벌리고 혀를 빼물려 늘어진 채로 공중에 매달려 있었다. 숨소리가 없어지고 맥박도 숨어버리니 완전히 혈맥이 끊어져버린 듯하였다.[22]

때는 어느덧 해가 지고 밤이 되었다. 이 석조실에서 옮겨 본관인 큰방으로 들어가니 이곳은 다시 새로운, 또 처음 보는 형구실이었다. 두 팔목을 결박하여 천장 선반같이 생긴 형구 아래 들어 세우니, 높이가 네 자 반쯤 되었다. 온몸을 굽혀보았으나 앉을 수도 없고 설 수도 없게 만든 선반 아래에 치켜 매달고 말처럼 입에 포승으로 재갈을 물려 말도 안 나오게 하였으니, 아무리 죽기로 애를 써봐도 고함소리 하나 지를 수가 없었다. 머리카락도 잡아 선반에 매달았으니, 머리를 숙일 수도 없고 들 수도 없었다. 또 발뒤꿈치도 뒷벽에 치켜 매달아놓으니, 구부러진 몸이 옴쭉달싹 어떻게 할 도리가 없었다. 처음부터 전신이 바르르 떨리고, 고한이 빗물 흘러내리듯이 쏟아지며, 뼈는 송곳으로 쑤시는 듯하여 사지가 불에 탄 초처럼 녹아 흐느적거렸다. (중략) 죽이지도 않고 살리지도 않는다는 형이 바로 이것이었던가.[23]

고문은 매일같이 계속되었고, 그 강도는 나날이 더 심해졌다. 그래도 선우훈은 악착같이 버티고 또 버텼다. 그는 35일간 총 60여 회나 기절했고, 손가락, 팔목, 팔뚝, 다리, 가슴 어느 것 하나 성한 곳이 없을 정도로 구타를 당했고, 수천 개의 채찍을 온몸으로 받았고, 백여 번이나 매달렸다. 성한 데라곤 생식기밖에 남지 않았는데 저들은 그것마저 회초리로 때리고 갈겨 터지도록 부어 앉지도 서지도 못하게 만들었다. 머리털은 다 뜯겨 털 뽑힌 참새가 따로 없었다.

일제는 전국에서 무려 600여 명을 검거해 야만적인 고문으로 허위 자백을 강요했다. 그 과정에서 김근형과 한태동이 사망했고, 많은 사람이 불구자가 되었다. 일제의 재판부는 1912년 9월 28일 105명에 대해 징역 5년에서 10년까지의 유죄 판결을 내렸다. 그러나 기막히게도 1913년 대구복심법원에서는 105명 중 99명을 무죄로 석방했다. 선우훈도 그때 풀려났다. 구속자 중 윤치호, 양기탁, 이승훈, 안태국 등 6명은 징역 5~6년형을 선고받고 복역했다. 이후 이 사건에 연루된 상당수 인사들이 국경을 넘어 망명을 선택했는데, 그들은 독립운동의 새로운 주축으로 성장한다. 3·1 운동 때에도 이 지역 기독교인들은 천도교인들과 함께 만세 시위를 주동했다.

리영희는 1929년 금광으로 유명한 평안북도 운산에서 태어났다. 그는 평생 비기독교인으로 살아왔을 뿐만 아니라, 남한 사회의 광적인 반공주의와 극우 집단의 폭력 체제를 옹호해온 것이 월남한 기독교인, 특히 평안도 출신 기독교인들이라고 비판해왔다. 그런 그의 어린 시절 기억 속에서도 고향 주민들의 셋 중 한 명은 기독교 신자였다. 그는 당시로서는 드물게 유치원에도 다녔는데 보모도 기독교인이었다. 그는 그때 배운 예배 절차라든지 찬송가, 성서에 대해 수십 년이 지난 후에도 꽤 많이 기억했다.[24]

서북의 학교들

근대 초기, 동학과 기독교는

평안도에서 두루 강대한 세력을 꾸렸다. 동학은 평안북도에서는 특히 의주, 구성, 정주, 삭주, 태천이 강했고, 평안남도에서는 평양, 성천, 양덕, 강동, 순천, 안주 지역이 강했다. 반면 기독교는 평양, 의주, 증산, 선천, 용천, 용강, 영유, 중화, 순안 등지에서 세가 강했다. 평양과 의주는 동학과 개신교가 모두 강한 지역으로 꼽혔다.

두 종교는 민족의 위급한 현실에서 민중을 깨치는 데 각기 나름의 노력을 기울였다. 그렇더라도 두 종교 사이에 갈등이 없지는 않았다. 김남천의 『대하』 3부작 중 중간 대목에 해당하는 중편 「개화풍경」(1941)에 이런 갈등이 잘 드러난다. 평안남도 성천에 서학이 들어온 지 7~8년 만에 신도들은 힘을 모아 교회를 신축한다. 서른아홉 칸이나 되는 엄청난 규모의 기와집 건물이었다. 신도들은 며칠 전부터 다들 잔치 분위기에 들떴는데, 평양에서 서양인 목사까지 초빙하여 낙성식을 거행한다. 그 낙성식 예배 때 교회 쪽에서는 지역의 유지로서 천도교 교구장 홍영구도 초청한다. 강연 시간이 되자 동명학교 청년 대표 이태석이 먼저 나서서 〈종소래(종소리)를 들으라〉라는 제목으로

김남천(김효식)의 서대문형무소 수형 카드 사진과 장편 소설 『대하』.

강연하면서 문명 천지에 조선에서는 아직도 무당 판수 따위를 믿는 미신이 횡행함을 비판했다. 거기까지는 좋았다. 하지만 그는 곧 이렇게 말을 보탰다.

"그러나 우상을 섬긴다는 것은 재물을 기울여 소와 도야지를 잡고 장고를 울리며 제금 소리에 맞추어 춤을 추고 지랄을 벌이는 것만을 이름하는 것이 아니라, 비록 한 접시의 소금이나 한 방울의 맹물일지라도 그 정신과 생각에 있어서 조금도 다름이 없겠습니다."

홍영구는 정신이 번쩍 들었다. 이태석의 말이 누구를 겨냥하는지 쉽게 알아차렸기 때문이었다. 청수봉존, 즉 정결한 맹물을 떠놓고 소중히 모시는 것은 바로 천도교의 의례였다. 그렇지 않아도 교회 쪽의 엄청난 세에 기가 조금 죽고 배알이 꼴리던 판이던 홍영구는 제 차례가 되자 그곳이 남의 잔칫집임을 의식하면서도 반격에 나섰다. 먼저 동학의 인내천 사상을 말했는데, 그것은 "하누님이 저 허공이나 혹은 다른 곳에 따로이 있는 것이 아니라 우리 사람 자체 속에 있다는 것을 말하는 것"이며, 따라서 "서학에서처럼 동학에서는 추근스럽게 천주에 대하여 무지스러운 구원을 요구하지는 않는 것"을 설명했다. 내친김에 그는 속의 말을 짯짯이 털어놓았다.

"여러분! 서학에서 말하는 하나님이란 무엇이오니까. 그것은 여호와라고 합네다. 그러면 여호와란 무엇이오이까. 우리 조선 사람과는 아무런 상종도 없었던 저 유태인의 원시적인 민족신이 바로 여호와 하나님이 아닙니까. 비록 금송아지는 아니오, 신위는 없다 하여도 하나님을 이러한 신앙 태도로 모신다는 것은 이 또한 틀림없는 미신, 새로운 귀신을 섬기는 것은 아니오니까."

그런 강연이 청중을 분노케 한 것은 당연한 일이었다. 특히 청년 신도들의 속이 부글부글 끓었다. 그날 밤 교회 청년들은 홍영구의 집에 떼로 몰려가 마구잡이 몰매를 퍼부었다.

한편, 동학 가사를 통해 언문을 익힌 소년 백세철의 뇌리에 잊히지 않는 광경이 있었다. 큰집에 갔을 때 학생들이 씩씩하게 창가를 부르면서 산등성이 길을 행렬을 지어 오르던 모습이었다. 소년은 천지사방 오직 캄캄할 뿐인 장산동 시절을 더는 견뎌낼 수 없었다. 그리하여 어머니의 만류도 뿌리치고 괴나리봇짐 하나만 꾸려 무작정 큰댁이 있는 용천으로 향했다. 그게 소년에게는 문명개화의 시작이었다. 그는 사립 입성학교에 편입한다.

교회는 서북 지역의 교육에도 앞장섰다. 그리하여 앞서 말한 평양의 여러 학교들 말고도 양실학교(의주, 1900), 신성학교(선천, 1906), 보성여학교(선천, 1907), 숭덕학교(영변, 1907), 영실학교(강계, 1907) 등이 속속 문을 열었다. 이 학교들은 민족주의 교육에도 철저했는데, 예컨대 선천의 신성학교는 105인 사건의 근원지로 많은 선생과 학생들 그리고 동문들이 연루되어 다들 큰 곤욕을 치렀다. 훗날 반독재 민주화 운동에 남다른 족적을 남기게 되는 장준하(29회)와 계훈제(30회)도 신성 출신이다. 평안도 민족 사학의 또 다른 선구로 꼽히는 남강 이승훈의 오산학교(정주, 1907)와 도산 안창호의 대성학교(평양, 1908) 또한 이러한 움직임과 깊은 연관을 맺고 있었다.

1907년 헤이그 밀사 사건이 터지자 조선의 민심은 한층 흉

민족 교육의 선각자 도산 안창호와 남강 이승훈.

흉해졌다. 남강은 마음이 답답해 큰 도시 평양으로 갔다. 때마침 미국에 갔던 도산이 평양에 돌아와 연설을 한다는 소문이 들려왔다. 남강도 그의 이름을 익히 알고 있었다. 모란봉 일대는 말 그대로 송곳 하나 꽂을 데 없이 인파로 가득했다. 도산은 세계 정세에 대해, 특히 한반도를 둘러싼 국제 정세에 대해 설명하며, 조선이 4,000년 역사를 빼앗기지 않으려면 이제라도 정신을 바짝 차리고 문명개화와 교육입국의 길로 매진하지 않으면 안 된다고 열변을 토했다. 남강은 가슴이 터질 만큼 벅찬 감동을 받았다. 눈물이 절로 흘러내려 뺨을 적셨다. 남강은 즉시 상투를 베고 술과 담배를 끊었다. 그 길로 고향 정주에 돌아가 강명의숙을 열었다. 도산과 함께 신민회도 꾸렸다. 이동녕, 이동휘, 이회영, 이시영, 전덕기, 안태국, 김동원, 노백린, 김구, 이갑, 양기탁, 신채호, 조성환 등 이제 곧 나라의 자주독립 운동과 교육 및 언론계에서 크게 활약할 위인들이 두루 참여했다.

그해 12월 24일, 남강은 강명의숙 대신 신학문을 가르치는 오산학교를 설립했다. 쇠뿔도 단김에 빼랬다고 사흘 밤낮을 한잠도 자지 않고 골똘히 그 일만 생각한 끝에 내린 결단이었다. 학생은 처음 일곱 명에 불과했다. 남강은 그 일곱 명이 차츰 70명, 700명으로 자라나 나라의 기둥이 될 것을 믿어 의심치 않았다. 그때부터 오산학교를 키우기 위한 남강의 열정은 비단 정주뿐만 아니라 평안도 전체, 나아가 전국으로도 널리 알려졌다. 그는 모든 일에 솔선수범하는 자세를 유지했다. 아침 일찍 운동장을 제일 먼저 쓰는 것도 그였고, 변소를 손수 치우고 상한 데를 고치는 것도 그였다. 학생들의 민족정신을 기르는 데에도 힘을 쏟았고, 좋은 선생을 모셔오는 일에는 돈과 정성을 아끼지 않았다. 그 결과 오산학교에는 조만식, 류영모, 홍명희, 여준, 이윤재, 염상섭 등 쟁쟁한 선생들이 두루 거쳐간다.

춘원 이광수 또한 일본에서 1차 유학을 마치고 왔을 때 교사로 부름을 받았다.[1] 안중근이 하얼빈 역사에서 이토 히로부미를 저격한 직후였고, 나라의 운명이 바람 앞의 등불처럼 위태로운 무렵이었다. 그가 남긴 기록에 기대면, 정주 고읍 역에 내렸을 때 학생들이 열을 지어 대대적으로 환영해주었다. "고주를 고주를 오늘날에 만났도다. 높은 덕을 사모하고…" 하는 환영의 노래도 들었다. '외로운 배'라는 뜻의 고주는 올보리와 함께 춘원 이전에 사용하던 호였다. 그는 생전 처음 받아보는 환대에 감격했다. 그때부터 열과 성을 다해 학생들을 가르쳤다. 고주보다 더 나이가 많은 학생들도 많았지만 그들 또한 고주를 존경하고 잘 따랐다. 하지만 그가 오산에 온 지 한 학기 만에 조선은 마침내 최후의 숨을 거두고 만다. 그 무렵 핼리 혜성이 지구와 부딪쳐 전 세계 인류가 종말을 맞이한다는 흉흉한 소문이 나돌았는데, 8월 말, 내일이면 새 학기가 시작되는 날 아침에는 안개마저 자욱해 마치 황혼 같았다. 고주는 무슨 일이 있어 그 짙은 안개를 뚫고 고읍 역에 나갔다가 대합실 벽에 붙어 있는 문서 하나를 발견했다. 그게 바로 합방 조서였다. 그는 어안이 벙벙한 채 학교로 돌아왔다. 곰곰이 생각하니, 참으로 아득했다. 이튿날 새벽 3시, 그는 종을 쳐서 학생들을 예배당으로 불러 모았다. 거기서 구약 성서의 예레미야 애가를 낭독하며 학생들과 더불어 느껴 울었다.

"어찌하야 이 백성은 과부가 되었나뇨. 여러 나라 중에 크고 여러 지방 중에 여왕이던 자가 속방이 되었나뇨. 그는 밤에 슬피 울어 눈물이 그의 뺨에 있도다. 그를 사랑하던 자들 중에 하나도 그를 위로하는 자가 없고, 그의 친구들은 그를 배반하여 적이 되었도다."

하지만 그런 새벽 기도회조차 헌병의 눈치를 살펴야 했기에 오래 지속할 수는 없었다.

함석헌은 평양고보 재학 중 3·1 운동에 참가한 뒤 학교를 스스로 그만두고 뒤늦게 오산학교에 들어갔다.[2] 남강은 감옥에 있을 때였고, 3·1 운동 당시 일제가 학교 건물에 불을 질러 다 타버렸는데 그때 간신히 복구를 시작한 터였다. 관립이던 평양고보를 다닌 그의 눈에는 초라하기 짝이 없었다. 건물은 기와도 못 얹고 이엉으로 지붕을 덮었고, 책상 걸상 하나 없이 다들 바닥에 앉아서 공부를 해야 했다. 그런데도 학생들은 전국에서 몰려들었다. 마을에 집이라고 수십 채밖에 되지 않는데 학생들은 400~500명이나 모여 바글바글하였다. 그러다 보니 있을 데가 없어 쉽게 옴이 번지고 장질부사(장티푸스)도 돌곤 했다. 아무튼 오산 출신은 훗날 각계각층에서 크게 활약을 하는데, 문학과 예술 방면에서는 특히 화가 이중섭과 시인 김억, 김소월, 백석을 배출한 학교로 유명세를 타게 된다. 김억은 학교를 졸업하고 다시 선생으로 돌아와 교편을 잡기도 했다. 김소월이 그의 제자였다. 소설가 황순원도 평양의 숭덕소학교를 졸업한 뒤 오산학교에 들어가 한 학기를 다녔다고, 그 짧은 기간에도 남강의 감화를 크게 받았노라 회상한 바 있다.

대성학교의 명성은 평양의 기생들마저 익히 알고 있었다. 평양 출신 김사량의 장편 소설 『낙조』(1940)에는 기생 산월이가 "사상가라는 개념은 아직 똑똑지는 않았으되, 막연하나마 그것은 아마 자기를 못살게 한 윤대감 따위를 쳐물리려는 사람들의 명칭이거니 하고 생각"하면서 아직 평양에 살 때는 "그 당시에 울리던 대성학교 출신들의 연설이라면 한사코 들으러 갔었고 또 그 나머지 더욱더욱 윤가에 대한 증오감을 불붙이었던 것"이라고 나온다.[3]

앞서도 언급했듯이, 김남천의 장편 『대하』(1939)는 그의 고향인 평안남도 성천을 공간적 배경으로 하고, 개화의 물결이 뒤늦게 밀려오던 1900년대 초반을 시대적 배경으로 하여 이야기를 전개한다. 소설의 맨 뒷부분에는 단오를 맞이하여 연합대운동회를 개최하는 대목이 나오는데, 이는 곧 교육을 통한 문명개화라는 시대적 사명을 고스란히 드러내는 장면으로서 특별한 감동을 안겨준다.

> 그들은 운동회를 앞두고, 혹은 초닷샛날, 초나흗날, 가까운 곳에서는 당일 아침 새벽에, 각각 열을 정비해 갖고, 한패는 평원 도로를 거쳐 방선문으로, 한패는 서쪽으로부터

승선교 다리로 비류강을 건너서, 또 한패는 윗길로부터 산비탈을 돌아서, 마중 나간 시민과 동명학교 학도들에게 영접되어 나팔 소리 유량하게, 이 고을로 들어와서 숙소를 따라 흩어졌던 것이다. 동명학교 운동장으로 들어가는 향교 골목 입구에는 물론, 읍내의 처처에 커다란 솔문을 세우고, 솔문에는 현판에 메밀이나 좁쌀로 크게 축하와 환영의 문자를 새겨, 흥성흥성한 기분을 돋우어 놓았다. 운동장에는 새끼줄을 돌려 치고 만국기를 오색이 찬란하게 날려 띄우고, 한쪽으론 차일을 치고, 그 밖에 일반 관람석에는 멍석과 노전을 깔아 놓았다. 아침이 되자 조반을 먹어치우고, 집집에는 운동장으로 행렬을 지어서 올라가는 학도들을 구경하느라고, 남녀와 노유가 모두 문 밖에 나와서 있고, 내외하는 아낙들도 대문 틈과 바자 틈으로, 설거지를 하다 말고, 이 광경에 눈을 쏟고 있었다. 학도들이 숙소 따라 한패 한패 향교 고샅으로 올라가니, 그 뒤에는 운동을 관람하려는 시민의 무리가, 흰 새의 떼처럼 몰리어 꼬리를 물고 줄을 만들어 뒤따라 섰다. 엄하게 내외하는 집 색시 처녀를 남겨 놓고, 이날 고을 안의 집집은 빈집처럼 텅 비었었다.[4]

연합 대운동회에는 평양에서 대성학교와 일신학교 두 곳에서 각각 열 명씩의 학생들이 참가하고, 용강과 강서와 영유에서도 대여섯 명씩 학생들을 보냈다. 가까운 고을에서는 순천이 빠지고, 은산과 자산에서 각각 열 명씩을 보냈다. 성천에서는 이 고을보다 먼저 개화사상을 받아들인 대드리, 갱고지, 남전에서 학생들이 거의 다 참가했다. 그리하여 주빈인 동명학교 학생들까지 합해서 모두 250여 명이나 참가하는 거창한 행사가 꾸려졌다.

서북의 학교들은 이런 식으로 문명개화의 대열에 앞장섰다.

6

신작로, 그리고
먼지를 뒤집어쓴 사람들

한반도에서 육상 교통의 근대화는 침략자 일제의 의도를 정확히 반영하는 형태로 전개될 수밖에 없었는데, 이는 우선 철도망 구축으로부터 시작되었다. 그러나 철도망만으로는 주요 도시들을 거미줄처럼 연결하는 게 불가능했다. 당연히 근대적 의미의 도로가 필요했다. 1901년 『제국신문』에 처음 등장하는 '신작로'라는 용어는 이후 일제가 주도적으로 개입하여 건설한 당대의 고품격 도로를 일컫는다.[1] 예컨대 차량이 원활하게 왕래하는 것을 전제로 근대적 토목 기술을 적용해 계획적으로 건설한 2~4칸 정도의 폭을 지닌 것으로 무엇보다 한반도 통치를 위한 일제의 의도가 반영된 도로였다. 경성에서 각 도청 소재지, 일본군 주요 사단 주둔지, 주요 개항지 및 철도역을 연결하는 1등 도로(폭 7미터), 도청 소재지에서 관할 부와 군을 연결하는 2등 도로(폭 5미터), 부청과 군청 소재지에서 관할 중요 지점들을 연결하는 3등 도로(폭 3미터) 등이 있었다. 이들 도로에는 양쪽으로 가로수를 심어 구별하는 게 보통이었다. 한반도의 주요 신작로들은 대체로 1907년에 건설이 시작되어 1938년 도로 규칙이 폐지되고 조선도로령이 공포될 때 일단락된다. 제1기 도로건설사업

기간(1911~1917) 중 평안도에는 평양-원산 간에 1등 도로가, 안주-강계, 맹중리-운산 간에 2등 도로가 건설되었다. 제2기(1917~1928)에는 개성-평양, 평양-의주, 정주-신의주, 구성-삭주, 운산-창성, 창성-초산, 초산-자성 등에 1등, 2등 도로가 건설되었다.[2]

신작로는 철도와 마찬가지로 근대 문명의 이기였다. 그러나 당대 한반도의 대다수 백성들은 단순히 문명개화의 관점에서만 신작로를 바라볼 수는 없었다. 수없이 쏟아져 나온 이른바 신작로 가사들이 식민지근대화론의 허를 통렬히 찌른다.

> 문전의 옥토는 어찌 되고
> 쪽박의 신세가 웬말인가
> 밭은 헐어서 신작로 되고
> 집은 헐어서 정거장 되네
>
> 앞산아 뒷산아 왜 무너졌느냐
> 신작로 날려고 무너졌다
> 신작로 위에는 자동차가 가고
> 자동차 안에는 운전수 앉고
> 운전수 무릎에는 기생이 앉고
> 기생이 팔목에 금시계 차고

신작로가 나자 가장 크게 이득을 보는 것은 엉뚱하게도 일본인이었다. 『대하』에서도 고을에 들어온 일본인 나카니시는 잡화상을 꾸려 제법 이득을 취하고 있었는데, 평양까지 오가는 160리 신작로(평원도로)가 생기자마자 재빨리 그것을 더 큰 기회로 이용한다. 즉 얼른 평양에 가서는 소달구지 가득히 듣도 보도 못한 잡화를 실어왔던 것이다. 그가 부려놓는 짐 꾸러미에서는 미국 뉴욕 솔표 석유라고 쓴 나무 상자 속에 든 왜유 초롱이 제일 먼저 나왔다. 이어 구두버선, 양초, 물감통, 양산, 수세미, 요강, 궐련, 은단 따위가 마르지 않는 화수분처럼 쏟아져 나왔다. 갑에 든 성냥도 성천 고을에서는 처음 보는 물건이었다. 나카니시는 둘러선 사람들 앞에서 보란 듯 성냥을 척 그은 다음 왜유 초롱의 기름을 부은 남포등에 불을 붙였다. 그것은 당장 사람들의 감탄을 자아낸, 가장 훌륭한 문명의 이기였다. 물론 일본인만 그 신작로를 반긴 건 아니었다. 반지빠른 조선인 이칠성 또한 평양을 오갈 꿈에 부풀어 자행거(자전거)를 샀다. 싫든 좋든 이제 그 신작로를 타고 들어오는 개화의 바람은 막을 수 없게 된 것이었다. 덩달아 청년들의 마음도 바빠졌다. 소설의 주인공 형걸이에게도 신작로는 새로운 문명의 상징이어서, 그는 『대하』의 마지막 장면을 이렇게 장식한다.

형걸이의 마음속에 이루어진 결심, 그것은 막연하기는 하나, 오늘 밤 안으로 이 고장을 떠나서 평양으로든가, 더 먼 곳으로든가, 새로운 행방을 잡아보자는 것이었다. 그는 몇 시간 뒤에 평원도로를 향해, 방선문 밖 신작로를 걸어 나갈 것을 상상하며, 문우성 선생이 기숙하고 있는 예배당으로 병대처럼 뚜벅뚜벅 걸어갔다.

평원도로는 평양에서 원산까지 222.7킬로미터를 가로로 잇는 아주 중요한 1등 도로였다. 사업비도 다른 여타 1등 도로와 비교할 수 없을 만큼 많이 들었다. 예컨대 223.9킬로미터로 길이가 거의 같은 서울-원산 간 1등 도로가 3년간(1912~1914) 3만 7,344원 들었는데 반해, 평원도로는 무려 102만 253원이 들었다. 공사는 1911년에 시작되어 1915년에 끝났다.[3]

김남천은 고향에서 가까운 양덕 온천을 종종 찾았다.[4] 성천에서 가자면 전에는 신성역까지 30리를 승합 자동차로 가고 거기서 다시 평원 서부선 기차를 타야 해서 교통이 제법 번거로웠는데, 평원선 1등 도로가 뚫린 이후에는 양덕까지 자동차로 곧장 내달릴 수 있었다. 그가 한번은 양덕에서도 동쪽으로 한참 더 나아가 있는 석탕지 온천에 든 적이 있었다. 같은 양덕의 온천이라도 전국적으로 유명한 대탕지 온천하고는 차이가 컸다. 내지인이 운영하는 여관에 들었는데도 식사는 보잘것없

평양에서 제일 번화한 대화정의 신작로.

고, 방에는 노래기가 들끓고, 논밭에서는 밤새도록 개구리가 울었다. 남포등 아래 책이라도 펴놓고 앉았노라면 때때로 우심한 고독에 붙들리지 않을 수 없었다. 그는 그 쓸쓸한 경험을 바탕으로 제 후기 문학을 대표하는 이른바 전향소설 3부작의 한 편 『낭비』(1940~1941)를 써낼 수 있었다.

김남천은 실제로 그 석탕지 온천의 2층 방에서 즐겨 평원도로를 내다보았는데, 차량, 특히 트럭의 왕래가 여간 많은 게 아니었다. 사실 성천부터는 벌써 산간 지대여서 여기저기 산에서 잘라내는 나무들을 평양으로 서울로 부지런히 실어내기 때문이었다. 그래서 한번은 일일이 지나는 트럭들을 헤아렸더니 짧은 시간에 쉽게 마흔 대, 쉰 대를 넘기는 것이었다. 덕분에 처음에 말끔하게 닦아 놓은 도로는 여기저기 패여 엉망이었다.

그래도 그건 훨씬 훗날의 일이다. 신작로와 자동차는 꽤 오랫동안 근대의 상징이었다. 그리고 그 근대는 지난 시절에는 도무지 상상할 수도 없었던 새로운 풍속도를 거침없이 들이밀었다.

평양 출신 최명익이 쓴 단편 「봄과 신작로」(1939)[5]에서 평양 근교 시골에 사는 유감이와 금녀 동갑내기 두 새색시는 물을 길러 갔다가 자동차 운전수를 만난다. 당시 자동차 운전수는 이를테면 하나의 권력이었다. 길을 질주하다가 우마차라도 만나면 빵빵 경적을 울리고, 조금이라도 늦게 비켜서면 마구 욕을 퍼부었다. 촌사람들은 한바탕 이는 먼지와 함께 욕바가지를 뒤집어쓴 채 자동차가 달아난 곳만 멍하니 바라보는 수밖에 달리 도리가 없었다.

소설에서 두 색시에게서 물을 얻어먹은 운전수는 이후 수시로 마을에 나타났다. 그는 두 색시의 가슴에 한 번도 가보지 못한 평양에 대한 욕망을 가득 채워놓았다.

“얼마나 훌륭하갔네 글쎄. 신작로루 내내 가문 피양(평양)인데 사꾸라래나? 요좀이 한창이래 애.”

두 색시 중 금녀는 한층 애가 달았다.

> 들을 바라보던 금녀의 눈에는 까만 벌판을 건너 자줏빛 아지랑이 낀 산모퉁이에서 나타난 짐자동차가 보였다. 느린 소 걸음을 재촉하여 한 바퀴 돌아서 보게 될 때마다 신작로 저편 끝에 보이는 자동차는 조금씩 조금씩 커갔다. 금녀는 마치 손꼽아 기다리는 명절이 속히 오라고 밤마다 일찍 자보는 처녀 때의 조바심으로 자동차 안 보이는 반 바퀴를 빨리 돌아서 조금 더 커진 자동차를 보았다.
>
> 다시 볼 때마다 커지는 자동차가 혹시 물 길으러 가기 전에 우물을 지나가고 말지나 않을까 하는 생각에 금녀는 안타까워졌다. 마침내 등이 단 금녀의 회초리는 소 궁둥이에서 부러졌다.

"끼랴 망할 놈의 소."

금녀는 결국 평양에 가서 함께 살자는 운전수의 유혹에 넘어가고, 치명적인 성병에 걸려 목숨을 잃고 만다. 그녀가 죽기 하루 전 금녀네 시집의 송아지도 죽었다. 배를 갈라본 결과 알 수 없는 우역牛疫의 원인은 미국산 아카시아였다.

금녀의 상여가 나갈 때 신작로에는 자동차 한 대가 나타났다. 자동차는 상여 옆에서 속도를 줄일 수밖에 없었는데, 유감이가 난데없이 와 하고 울어 사람들을 당혹시켰다. 유감이는 그 자동차의 운전사가 누구인지, 제 친구 금녀에게 어떤 짓을 했는지 알고 있었기 때문이다. 자동차는 상여를 지나자마자 바람처럼 내뺐다.

"그놈의 병두 자동차 타구 왔다든가?"

사정을 알 리 없는 춘삼이는 뾰얗게 먼지를 뒤집어쓴 사람들에게 우역을 두고 툭 한마디를 던질 뿐이었다. 신작로는 이렇게 두 개의 계급을 만들었다. 자동차를 타고 그 위를 질주하는 계급과 뒤에 남아 먼지를 홀딱 뒤집어쓰는 계급.

7

여우난골족의 세계

신작로에서 먼지를 뒤집어 쓴 사람들, 그들은 누구였을까.

같은 평안도에서도 물이 다르고 산이 다르면 사람 사는 모습도 당연히 달랐다. 평안도 남북을 가리지 않고 해안가는 대개 너른 평야와 신작로, 철도를 끼고 있어 사는 형편이 상대적으로 나은 편이었다. 이에 반해 동북쪽 내륙은 산악이 점점 발달하여 나중에는 아예 캄캄한 산맥이 얼마 되지 않는 논틀밭틀마저 잡아먹는 형국이었다.

가령 평안북도 초산군 동면 구룡동이 그런 데였다.[1] 서울에서 까마득히 1,500리나 되고, 면 소재지인 동당거리에서 초산 읍내까지도 40리나 되었다. 초산에 신작로가 난 게 1920년대였는데, 1등 도로 3번 국도가 초산에서 남진하여 희천을 만나 계속 남진한다. 그밖에 10번 도로는 압록강변 군청 소재지들을 연결하며 도청이 있는 신의주까지 나아간다. 그래도 겨울이면 종종 길이 끊겼다. 앙토동 신도장에는 압록강 선착장이 있다. 벼 150석을 실은 목선이 닿았다. 1920년대 중반 이후에는 프로펠러로 움직이는 배가 나와 신의주까지 당일로도 갈 수 있었다. 압록강의 명물이었다. 초산을 가로지르는 충만강도 아이진에서 압록강으로 합류했다. 그래도 겨울이면 물길마저 얼어붙었다.

동당거리에는 주재소가 있고, 보통학교가 있고, 예배당과 건잠장도 있었다. 의원은 물론 없고 의생이라는 이가 한 명 있었다. 마을은 30여 호에 한 200여 명이 살았다. 신작로가 생긴 뒤 하루에 한 차례 버스가 다녔다. 이따금 화물차도 다녀 운이 좋으면 얻어 탈 수도 있었다. 대개는 걸어 다녔다. 읍내를 가려면 신작로로 한 10리를 가서 지름길로 질러가게 되는데, 중간에 상구막(상여집) 고개가 있어 여간 무서운 게 아니었다. 양덕동 서쪽 어느 골에는 금광이 있었다. 길을 가다가 싱애, 오디, 앵두, 산딸기 따위 갖가지 열매를 따먹는 재미도 있었다. 봄에는 뒷베랑과 냉천 둔지 등 온산에 진달래가 만발하여 장관을 이룬다. 5월 단오는 연중 가장 큰 명절로 남자는 씨름, 여자는 그네로 즐겁게 지낸다. 여름은 짧은 편이지만 더위는 대단했다. 온 마을 사람들이 섬동 개울에 나가 목욕을 하며 더위를 식혔다. 두 개천이 합쳐지는 섬동은 넓고 물도 깊어 놀기에도 좋지만 뱀장어, 메기, 독종개, 버들치, 종개, 행베리 등 물고기도 지천이었다. 그런 데서 멱을 감고 나서 깎아먹는 참외 맛은 무엇에도 비길 바 없었다. 삼굿도 여름에 한다. 삼을 쪄서 그 껍질로 삼을 삼고 베를 짠다. 삼굿을 할 때는 호박이나 강냉이를 같이 쪄서 먹는다. 비오는 날이면 동네 사람들이 모여 앉아 싸리나

평안북도 초산군 전경.
압록강을 끼고 있는 국경 지방의 험한 지세가 한눈에 들어온다.

무로 다랭이나 광지(광주리)를 엮는데, 이때는 깻국이나 누룹짝 가루를 섞은 강냉이 국수를 별식으로 해먹는다. 팥보생이(팥고물)에 수수떡을 묻힌 쉬당지와 고장떡은 가히 마을의 명물이었다. 물론 아무 때나 먹지는 못하고 아이들 생일날 같은 때 주로 해먹었다. 가을도 짧기는 마찬가지라, 앞뒤 산에 단풍이 들었네 싶으면 벌써 낙엽이 떨어져 겨울 차비에 마음이 급해진다. 그래도 오곡이 익고, 똘광이와 머루를 먹고, 추수를 해서 들판이 휑하니 비게 되니 가을인 것이다. 추석은 단오만 못하지만 조상을 위해 차례를 지내는 일만큼은 정성을 다한다. 이제 겨울이다. 가장 길고 가장 초산다운 계절이다. 한가하고 평화롭다. 눈이 오면 펑펑 주먹만큼 한 눈송이들이 퍼부어 겨우내 산과 들을 덮는다. 아이들은 썰매와 발구놀이를 하느라고 추운 줄도 모른다. 꿩과 참새, 노루, 토끼를 쉽게들 잡는다. 멧돼지와 곰 잡은 것도 가끔 본다. 고면 고장에는 호랑이도 나타난 적이 있는데, 이마에 임금 왕자가 새겨져 있었고 어찌나 큰지 중소 정도는 되었다 했다. 겨울 추위 대단한 거야 말할 나위 없지만, 개털 모자, 개토시, 개털 귀딱지를 하고 덧버선에 털가죽을 댄 초신을 신으면 추위도 일없었다. 눈은 3월 하순에서야 녹기 시작하는데, 더 깊은 골짜기의 눈과 얼음은 초여름까지도 남아 있었다.[2]

추울 때 평안도 사람들이 즐겨 먹던 음식이 냉면이었다. 나중에 평양 냉면이라는 이름으로 통일되는 그 냉면은 여름보다 겨울에 특히 별미였다. 김남천은 겨울에 온면이나 어묵 장국을 애호하는 사람이 있다지만 그건 늙은이들이나 할 짓이라면서, 웬만큼 국수(냉면) 맛을 아는 사람은 한겨울 엄동에 오히려 그 맛을 즐긴다고 주장했다. 혀를 울리는 쩌르르한 동치미 국물에 국수를 풀어놓고 돼지비계 같은 흰 잔디 쪽 위에 다대기를 얹어 훅훅 들이켜는 맛은 무엇에도 비교하기 어려운 훌륭한 별미라는 것.[3] 이런 의견에는 정주 출신 백석도 동의했다. 눈이 많이 와서 산새들이 들판으로 내려오고 토끼도 더러 눈구덩이에 빠지곤 하는 겨울이면 어김없이 '이것'이 온다고 했다.

이것은 어늬 양지귀 혹은 능달쪽 외따른 산 넢 은댕이 예데가리 밭에서
하로밤 뽀오햔 흰 김 속에 접시귀 소기름불이 뿌우현 부엌에
산멍에 같은 분틀을 타고 오는 것이다
이것은 아득한 녯날 한가하고 즐겁든 세월로부터
실 같은 봄비 속을 타는 듯한 녀름볕 속을 지나서 들쿠레한 구시월 갈바람 속을 지나서
대대로 나며 죽으며 죽으며 나며 하는 이 마을 사람들의 으젓한 마음을 지나서 텁텁한 꿈을 지나서
지붕에 마당에 우물든덩에 함박눈이 푹푹 쌓이는 여늬 하

로밤
아배 앞에 그 어린 아들 앞에 아배 앞에는 왕사발에 아들 앞에는 새끼사발에 그득히 사리워 오는 것이다
이것은 그 곰의 잔등에 업혀서 길여났다는 먼 녯적 큰마니가 또 그 짚등색이에 서서 자채기를 하면 산 넘엣 마을까지 들렸다는
먼 녯적 큰아바지가 오는 것같이 오는 것이다

아, 이 반가운 것은 무엇인가
이 히수무레하고 부드럽고 수수하고 슴슴한 것은 무엇인가
겨울밤 쩡하니 닉은 동티미국을 좋아하고 얼얼한 댕추가루를 좋아하고 싱싱한 산꿩의 고기를 좋아하고
그리고 담배 내음새 탄수 내음새 또 수육을 삶는 육수국 내음새 자욱한 더북한 삿방 쩔쩔 끓는 아르궅을 좋아하는 이것은 무엇인가

이 조용한 마을과 이 마을의 으젓한 사람들과 살틀하니 친한 것은 무엇인가
이 그지없이 고담하고 소박한 것은 무엇인가(「국수」)[4]

평안도는 자연이 워낙 험하니 자연히 사람들이 삼가는 것도

많고 섬기는 것도 많았다. 사방 천지에 없는 신이 없었다. 심지어 측간에도 측귀가 있어 일을 보러 가려면 미리 에헴 하고 헛기침을 하고 침을 퉤하고 뱉어야 했다.

정비석의 소설 「성황당」(1937)은 평안북도의 천마산, 그중에서도 이른바 삼천마라 해서 구성 천마·삭주 천마·의주 천마가 갈라지는 깊은 산골을 무대로 한다. 거기 사는 순이와 원보 부부는 고무신 한 켤레 댕기 한 개에도 크게 기뻐할 만큼 순박하다. 원보가 고무신을 사다 준 날 순이는 밤새도록 자지도 않고 신만 신었다 벗었다 했다. 그런 고무신은 아무리 돈 많은 사람이라도 함부로 신을 것이 못 되어 보였다. 행복하기 그지없는 순이는 기어이 또 성황님께 감사하고서야 눈을 붙인다. 순이는 이 세상 모든 재앙과 영광은 성황님께서 주장하는 줄로만 믿는다. 이튿날 남편 원보가 숯가마 일터로 가기 위해 언덕을 오를 때 순이가 헐레벌떡 쫓아가 불렀다.

"와 그루? 와 그래?"

"인자 갈 때 성황님께 비는 것 잊어버렸디요?"

"난 또 큰 변 났다구!"

"그럼, 큰 변이 아니구요! 성황님께 불공 안 했다간 큰 변 나는 줄 모르우?"

순이는 벌써 돌을 열 개나 주워서 현보에게 주면서 던지라고 했다. 그제야 현보도 돌을 받아서 공손히 던졌다. 둘은 행복하게 웃었다. 하지만 그날, 순이는 하마터면 산림 간수 김주사에게 겁탈을 당할 뻔했다. 현보의 작은 실수가 사달을 불러왔을지 몰랐다. 욕심을 채우지 못한 김 주사는 이틀 후 순사와 함께 다시 찾아와 이번에는 현보를 잡아간다.

상대적으로 평야 지대라 할 수 있는, 그래서 소월이 "정주 곽산 차 가고 배 가는 곳"(「길」)이라 했던 그 평안북도 정주 땅의 소년 이보경의 집에서도 섬기는 귀신이 무척 많았다.

> 우리 집도 구가라 위하는 귀신이 많았다. 내 기억에 남은 대로 꼽더라도 안방, 윗목, 시렁 위에 문 밑께로부터 차례로 좌정한 귀신이 첫째로 마을, 둘째로 서천인데, 해마다 세간을 들어내고 방에 새로 흙물을 바를 때에 마을·서천의 설작* 을 열어보면, 마을에는 무명과 명주로 만든 여자의 옷과 피륙이 있고 그밖에 커다란 장지에다가 채색으로 말을 그린 마지라는 것이 들어 있고, 서천이라는 검은 칠한 설작에는 백목과 굵은 베가 피륙대로 들어 있었다. 마을·서천이라는 것은 큰 그릇 위에는 이름은 잊었으나 작은 것이 둘인가 셋인가 차례로 놓여 있었다. 보 위에 베와 백지를 접어서 매어단 성주는 말할 것도 없거니와 곳간에

* 설작: 서랍의 방언.

는 제석님이라는 신이 모셔 있었고, 뒤울 안에는 '철륭'*
이라는 큰 오장이**가 놓여 있어서 이 속에는 집을 지키
는 구렁이가 들어서 산다고 하며, 대문간에는 광대·삼성
이라는 찬란한 오색 비단 헝겊을 늘인 귀신이 있으니 이것
은 대과에 급제한 집에만 있다는 명예로운 귀신이었다.[5]

조선이 500년 세월 동안 유교를 앞세워 오직 사람의 일과 현생에 우선 순위를 두었다. 공자는 제자인 계로가 귀신을 섬기는 것에 대해 물으니, '사람을 잘 섬기지도 못하는데 어찌 귀신을 섬기겠는가' 하고 대답했다. 계로가 다시 죽음에 대해 물어보자 '삶도 알지 못하는데 어찌 죽음을 알겠는가' 하고 대답했다. 『논어』 선진 편에 나오는 말이다. 그래도 글 모르는 백성들의 세상은 달랐다. 귀신이 없이 사람도 있을 수 없었다. 귀신들은 싫든 좋든 늘 사람과 더불어 살았다.

춘원보다 한 세대 아래인 백석도 아예 "마을은 맨천 구신이 돼서" 한 발짝도 나돌아다닐 수가 없다고 엄살을 부리기도 했다.[6] 방 안에는 성주님, 토방에는 디운구신, 부엌에는 조앙님, 고방에는 데석님, 굴통에는 굴대장군, 뒤울안에는 곱새녕 아래

* 철륭: 장독간을 지키는 신.

** 오장이: 오쟁이의 방언. 오쟁이는 짚으로 엮어 만든 작은 섬. 여러 가지 물건을 담는다.

털능구신, 대문간에는 근력 좋은 수문장…. 가까스로 대문을 빠져나가더라도 연자간에는 연자망 구신이니, "나는 고만 디겁을 하여 큰 행길로 나서서 마음 놓고 회리서리 걸어가다 보니/아아 말 마라 내 발뒤축에는 오나가나 묻어 다니는 달걀구신"이다. 이러매 "마을에는 온데간데 맨천 구신이 돼서 나는 아무 데도 갈 수 없다"고 손을 들어버리는 수밖에.

사실 이 귀신들은 사람들과 늘 가까이 함께 살던, 실제로는 무섭다기보다 무엇 하나 빠지면 오히려 이빨이라도 빠진 듯 여길 만큼 친숙하고 때로는 유쾌한 귀신들이었다. 말하자면 그런 귀신들이 한 천 년은 크게 바뀌지 않은 세상을 사람들과 함께 영욕을 나눠온 것이었다. 적어도 신작로가 생기기 전까지는.

백석의 일가가 모여 살던 '여우난골'이 꼭 그런 데였다. 말 그대로 여우가 난 골짜기 동네였는데, 명절 때 '나'는 엄마 아버지를 따라 그곳에 가면 별별 친척들을 다 만났다.[7] 얼굴에 별자국이 솜솜 난, 눈을 껌벅거리면서도 하루에 베 한 필을 짠다는 신리 고모, 고모의 딸 이녀하고 작은 이녀. 열여섯 살에 사십 넘은 홀아비의 후처가 된 토산 고모, 고모의 딸 승녀하고 아들 승동이. 코끝이 빨갛고 언제나 흰옷을 정결하게 입었지만 무슨 말 끝에 서럽게 눈물을 짤 때가 많은 큰골 고모, 고모의 딸 홍녀하고 아들 홍동이와 작은 홍동이. 먼 섬에 반디젓 담그러 가기를 좋아하는 삼촌, 삼촌 가족들…. 그런 친척들이 다 모여서 음식도 만들고, 이야기도 나누고, 아이들은 숨바꼭질도 하고, 그러다 보면 밤은 벌써 깊은데, 그렇다고 누구 하나 먼저 자려는 사람은 없었다.

> 밤이 깊어가는 집 안엔 엄매는 엄매들끼리 아르간에서들 웃고 이야기하고 아이들은 아이들끼리 웃간 한 방을 잡고 조아질하고 쌈방이 굴리고 바리깨돌림하고 호박떼기하고 제비손이구손이하고 이렇게 화디의 사기방등에 심지를 멫 번이나 돋구고 홍게닭이 멫 번이나 울어서 졸음이 오면 아릇목싸움 자리싸움을 하며 히드득거리다 잠이 든다 그래서는 문창에 텅납새의 그림자가 치는 아츰 시누이 동세들이 욱적하니 흥성거리는 부엌으론 샛문틈으로 장지문틈으로 무이징게국을 끓이는 맛있는 내음새가 올라오도록 잔다.[8]

실제로 백석이 본적을 둔 평안북도 정주군 갈산면 익성동은 대대로 수원 백씨의 집성촌으로, 백석에게는 큰아버지 한 명과 작은아버지 둘, 그리고 고모 넷이 있었다.[9] 산 너머 해안가 덕언면 중봉동에 시집간 큰고모는 남편이 서른한 살에 요절해 과부로 살았다. 이씨 집안으로 시집간 둘째 고모는 얼굴이 곰보에다 말도 더듬었다. 또 영변 근처 토산에 사는 승두현에게 시집간 셋째 고모 그리고 김훈호에게 시집간 막내 고모까지 백석네는 특히 고모네들하고 가깝게 지냈다. 물론 이런 공동체가 다만 신작로 하나 때문에 하루아침 무너지는 건 아니었다. 그래도 일제가 들어온 후 세상이 변하는 속도는 여우가 난 골짜기에 살던 족속들이 감당하기에는 빨라도 너무 빨랐다.

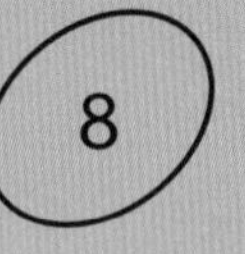

도시, 꿈을 깨다

우리나라 최초의 장편 소설 『무정』(1917)에서 평양은 서울 못지않게 중요한 무대였다. 물론 박영채에게 평양은 비운의 도시였다. 아버지 박 진사와 두 오빠가 누명을 쓰고 옥에 갇힌 곳이 평양이었고, 그들의 뒷바라지를 위해 제가 기생이 된 곳도 평양이었다. 심지어 그런 저 때문에 아버지와 두 오빠는 모두 감옥에서 자진한다. 이제 서울 청량사에서 겁간을 당한 박영채로선 저 역시 평양에 가서 죽는 것 이외에 다른 선택이 없었다. 눈앞에 오직 대동강 푸른 물만이 넘실거릴 뿐이었다. 그 박영채를 경성학교 교사 이형식이 급히 찾아 나선다. 어려서 고아가 된 이형식을 거둬들인 스승이 바로 박 진사였다. 그때 어린 형식은 머리에 흰 댕기를 드리고 감발을 하고 아장아장 칠성문을 지나갔다. 가까운 대동문 거리에서는 가게의 커다란 유리창을 보고 놀랐다. 대동강에서는 '빵' 하고 달아나는 화륜선을 보고 기겁했다. 마치 일본의 국민 작가 나쓰메 소세키의 소설 속 주인공 산시로가 구마모토 촌에서 유학을 떠나 난생 처음 도쿄에 도착했을 때 놀라던 장면을 연상시킨다. 그는 먼저 땡땡 종을 치는 전차에 놀랐고, 높은 마루노우치 빌딩을 보고 또 놀랐다. 게다가 아무리 가도 도

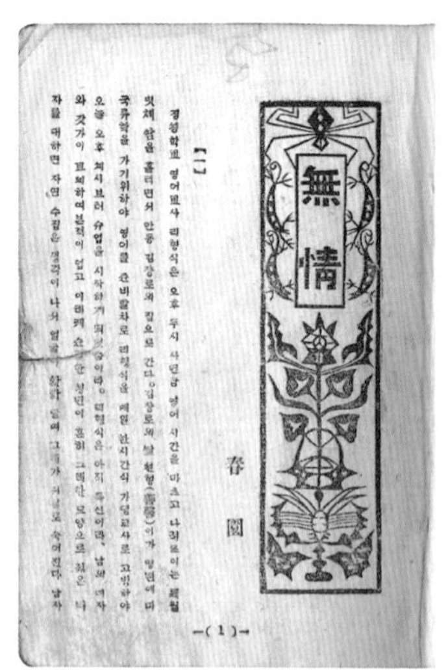

無情

春園

【一】

경셩학교 영어교사 리형식은 오후 두시 사년급 영어 시간을 마초고 나려쪼이는 륙월 볏체 땀을 흘리면서 안동 김장로의 집으로 간다。김장로의 딸 션형(善馨)이가 명년에 미국류학을 가기위하야 영어를 쥰비할차로 리형식을 매일 한시간식 가뎡교사로 고빙하야 오늘 오후 세시브터 슈업을 시작하게 되얏슴이라。리형식은 아직 독신이라, 남의 녀자와 갓가이 교제하여본적이 업고 이러케 슌결한 청년이 흔히 그러한 모양으로 젊은 녀자를 대하면 자연 수줍은 생각이 나서 얼골이 확확 달며 고개가 저졀로 숙어진다 남자

—(1)—

청년 시절의 이광수와 장편 소설『무정』.

쿄가 끝나지 않아 가장 크게 놀랐다. 그게 문명의 격렬한 '활동'이 벌어지던 도쿄의 첫 인상이었다.

산시로의 '도쿄'가 이형식의 '평양'이었다. 그때 그 평양 칠성문 밖에서 소년은 한 노인을 만났다. 그리고 이제 다시 평양에 온 이형식은 계월향(박영채)의 동생뻘 기생 계화와 더불어 칠성문을 나서다가 그 노인을 다시 본다. 노인은 수십 년 전 조선이 아직 옛날 조선으로 있을 때에는 선화당 안에서 즐겁게 노

평양의 관문 대동문. 『무정』의 주인공 이형식은
소년 시절 이 근처에서 가게 유리창을 난생처음 보고 놀란다.

닐었다. 하지만 세상은 뒤집힌 지 이미 오래였다. 대동강 화륜선에 놀라던 소년은 '빵' 하던 그 순간에 죽었다. 그리고 그 소년의 껍데기에 전혀 다른 새 이형식이 들어앉았다. 마치 선화당이 도청이 되고, 감사가 도장관(도지사)이 된 변화와 다르지 않았다. 허나 노인은 어떤가. 그는 낡아빠진 탕건을 쓰고, 그 더운 날에도 때 묻은 무명옷을 입고, 평상에 앉아 몸을 앞뒤로 흔들흔들하면서 그저 행인들을 바라볼 뿐이었다.

이형식에게 그 노인은 '화석'과 다름없었다.

> 저 노인도 갑오 전 한창 서슬이 푸르렀을 적에는 평양 강산이 다 나를 위하여 있고, 천하 미인이 다 나를 위하여 있다고 생각하였으리라. 그러나 갑오년 을밀대 대포 한 방에 그가 꿈꾸던 태평시대는 어느덧 깨어지고 마치 캄캄한 밤에 번개가 번쩍하는 모양으로 새 시대가 돌아왔다. 그래서 그는 세상에서 버려진 사람이 되고 세상은 그가 알지도 못하던, 또는 보지도 못하던 젊은 사람의 손으로 돌아가고 말았다. 그는 철도를 모르고 전신과 전화를 모르고 더구나 잠행정이나 수뢰정을 알 리가 없다. 그는 대동문 거리에서 오 리가 못 되는 칠성문 밖에 있으면서 평양 성내에서 날마다 밤마다 어떠한 일이 일어나는지도 모른다. 그의 머리에는 선화당이 있을 뿐이요, 도청이라는 것을 알지 못한다. 그는 영원히 이 세상이 무엇인지를 깨닫지 못하리니, 그는 이 세상에 살아 있으면서 이 세상 밖에 있음과 같다. (중략) 형식은 그 노인에게 대하여 일종 말할 수 없는 설움을 깨달았다. 계향은 형식이가 오래 서서 무슨 생각을 하는 양을 보다가 형식의 소매를 끌며, "어서 가세요!" 한다. 형식은 다시 그 노인을 돌아보고 '돌로 만든 사람이라' 하다가 '아니다, 화석化石한 사람이라' 하였다.[1]

이형식은 스승의 무덤 앞에 가서도 눈물이 나오지 않았다. 다만 스승이 시도했던 꿈을 되새겼다. 그리하여 그 무덤 밑에 있는 스승의 썩다가 남은 뼈를 생각하고 슬퍼하기보다 그 썩어지는 살을 먹고 자란 무덤 위의 꽃을 보고 즐거워하리라 다짐했다. 중요한 것은 산 자였고, 앞으로 살아갈 자였다. 그렇기에 그는 '죽은' 박영채에 더는 매달리지 않았다. 그보다는 '깨끗한 어린아이' 같은 계향을 두고 떠나는 일이 서운할 뿐이었다. 서울로 돌아가는 기차 안에서 이형식은 스스로 '꿈이 깬 듯하다' 하면서 여러 번 웃는다. 그 '각성'은 "자신은 다른 아무러한 사람과도 꼭 같지 아니한 지知와 의지와 위치와 사명과 색채가 있음"에 대한 깨달음과 다르지 않았다. 『무정』의 도시적 계몽주의는 그때부터 본격화된다.

조선의 청년들은 『무정』에 열광했다. 그건 사회에 대한 반역이었다. 늙은 아비와 할아비에 대한 선전 포고요, 조혼과 생식기주의에 대한 선전 포고였다. 자존심 강한 평양의 중인 계급 청년 김동인도 감동하여 오직 존경의 마음으로 그를 우러렀다.[2] 조선의 소설가 가운데서 그 지식의 풍부함과 그 경험의 광범함과 교양의 많음과 정력의 절륜함과 필재筆材의 원만함이 그를 따를 자가 없다고 단언했다. 어떤 면에서 이광수는 실로 '용감한 돈키호테'였다. 단기필마로 창을 빗겨들고 온갖 도덕, 온갖 제도, 온갖 법치, 온갖 예의, 한마디로 재래의 '옳다'고 생각한 온갖 것에 반항했다. 어색할망정 근대 한국어가 처음으로 고루한 문체를 압도한 것도 그를 통해서였다.

대부흥회 이후 조선의 예루살렘도 급격한 변화의 소용돌이에 휩싸인다. 기독교는 평양을 비롯한 서북 일대의 민족주의를 크게 고양시켰다. 이른바 105인 사건은 기소자 123명 가운데 116명이 평안도 출신에, 그중 91명이 개신교도였다. 평안도의 3·1 운동도 서울 못지않게 조직적이었고 규모 역시 대단했다. 3월 1일 당일에만도 평양, 진남포, 안주, 의주, 선천에서 시위를 벌였고, 이어 중화, 강서, 용강, 순천, 성천 등지로 빠르게 불길이 번져나갔다. 이때 개신교를 비롯해 천주교, 천도교 등 각종 종교 세력이 크게 힘을 떨친 것은 굳이 말을 보탤 필요가 없다. 그만큼 희생도 컸다.[3] 사망자를 7,000명 이상으로 집계한 『한일관계사료집』이나 『한국독립운동지혈사』를 좇으면 전체 네 명 중 한 명 이상이 평안도에서 나왔다. 평안도 지역의 전국 대비 인구 비율인 13.9퍼센트를 훌쩍 뛰어넘는 것이다. 실증된 자료만 추산해 가장 보수적일 수밖에 없는 국사편찬위원회의 데이터베이스에 기대면 그 비율이 훨씬 커진다. 전체 사망자 934명 중 평안도 사람은 423명으로 무려 45퍼센트에 달한다.

늘봄 전영택의 단편 「생명의 봄」(1920)은 첫 장면에 3·1 운동으로 구속되었다가 숨진 P 목사의 영결식 장면을 배치한다.

평양의 기독교 감리회 남산현 예배당.

3·1 운동을 시대적 배경으로 한 전영택의 소설 「생명의 봄」의 무대.

날짜까지 나온다. 1919년 12월 18일이다. 주인공 영순이 읽는 조사에 남산현 예배당의 수천 명 회중이 모두 목 놓아 통곡했다. 목사의 영구를 따라나선 행렬만도 3,000에 달했다. 시가의 상인들은 장사를 그치고 행인들은 걸음을 멈추고 경의를 표했다. 실제로도 남산현교회는 3·1 운동 당시 중심적인 역할을 했다. 담임목사 신홍식은 「독립선언서」에 서명한 민족 대표 33인의 한 사람으로 징역 2년의 옥고를 치렀다. 부목사 박석훈은 3월 1일의 만세 시위를 주도한 혐의로 체포되어 모진 고문을 당했고, 그 후유증으로 11월 15일 옥중에서 사망했다. 「생명의 봄」의 P목사는 이 박석훈 목사가 모델이었다. 소설에는 딱 한 달 늦게 12월 15일 오전 9시에 사망하는 것으로 나온다.

박석훈은 훗날 소설가로 성장하는 박영준의 부친이다.

사실 「생명의 봄」은 전영택이 1919년 3·1 운동 이후 겪은 체험을 고스란히 반영한 작품으로, 주인공 영순은 작가 전영택의 분신이나 다름없다.[4] 소설에서 영순은 직업이 전도사이자 교회 학교의 교사이고 아울러 "그가 동인으로 있는, 조선에 하나밖에 없는 (서울서 하는) 순문예잡지 『창작』에 「오동준」이라는 단편 소설 한 개"를 발표한 신진 소설가로 등장한다. 아닌 게 아니라 전영택은 당시 진남포에서 전도사이자 기독교계 학교에서 영어 교사로 재직 중이었다. 아울러 김동인이 주재한 『창조』의 동인으로 활동하면서 그때 막 '오동준'이란 인물을 주인공으로 내세운 단편 「운명」(『창조』 3호, 1919)을 발표한 바 있었다.

소설에서는 영순의 처 영선도 투옥되었다가 겨우 풀려난다. 실제로 전영택의 처 채혜수는 이화학당 출신으로 3·1 운동에 참가했다가 하필이면 결혼식 다음 날 체포된다. 그녀는 감옥에서 유산을 하는데, 전영택은 그 끔찍한 이야기를 소설(「독약을 마시는 여인」, 1921)로 다시 풀어냈다. 「생명의 봄」에서 영선은 감옥에서 석방되었다가 이번에는 맹위를 떨친 독감에 걸려 사경을 오간다. 필경 당시 전 세계적으로 유행하며 적어도 2,000만 명 이상 사망자를 낸 스페인 독감일 터였다. 남편 영순은 그런 아내를 기홀병원에 입원시키고 지극정성으로 간호한다. 1896년 서문 가까이에 들어선 기홀병원은 청일전쟁 당시 평양에서 순교한 감리교 선교사이자 의사였던 제임스 홀을 기념하는 의미에서 그런 이름(기홀紀忽)을 붙였다.

어느 날 영순은 병원을 나와 서양 선교사 주택의 담장 사이를 돌았을 때 남산현 예배당 대문 앞에서 문득 이런 광경을 눈에 담는다.

> 멀리 눈앞에, 다 한 빛으로 덮어 놓은 굽이굽이 뻗쳐 있는 대동강과, 그 건너 망망한 벌판과, 파랗고 희고 강하고도 세미한 곡선을 나타낸 매수봉의 봉우리 봉우리는 우윳빛

같이 뽀얀 석양의 추운 아지랑이에 싸였는데, 구름 사이로 싸여서 쏘아 내려오는 붉은빛을 반사하여, 무어라고 형용할 수 없는 진실로 아름다운 색채를 이루었다. 이 지극히 장엄하고 지극히 미려한 석양의 설경을 내다볼 때에 그는 문득 가슴이 시원하고 정신이 깨끗함을 깨달았다. 그는 발을 멈추고 우뚝 서서 한참이나 얼빠진 듯이 바라보고 있다가 숨을 후- 내쉬면서 혼자 중얼거렸다.

"아, 좋다. 언제 보든지 좋다."[5]

평양의 이토록 기막힌 자연은 영순으로 하여금 스스로 제 속에 잠재해 있던 예술적 자아를 깨닫게 만든다. 그는 목사가 되는 것보다, 교사가 되는 것보다, 먼저 생명 있는 사람이 되어야겠다고도 생각한다. 평양은 그런 그를 더 이상 품지 못한다. 얼마 후 그는 '세상에 나온 보람'을 찾기 위해 어디론가 떠난다. 적어도 여기까지는, 「생명의 봄」보다 몇 년 앞서 발표된 제임스 조이스의 소설 『젊은 예술가의 초상』(1916)에서 작가의 분신 스티븐 디덜러스가 사제의 길 대신 예술가의 길을 택해 식민 도시 더블린을 떠나는 것과 크게 다르지 않다.

9

대동강의 평양

이중환의 『택리지』에서는
강가에 살 만한 곳으로 조선 팔도에서 평양을 으뜸으로 쳤다. 앞뒤로 100리 벌판이 펼쳐지고, 산빛은 수려하며, 강은 급하지 않게 출렁거린다 했다. 이렇게 산과 들과 물이 조화를 잘 이루니 별천지라 했다. 봄과 여름엔 여인들이 빨아 너는 하얀 빨래가 10리 강변에 눈부시고, 집들은 빗살처럼 촘촘하고, 저자는 번화하다고 했다.

일본의 근대 문학에서 자연주의의 대표 작가로 손꼽히던 소설가 다야마 가타이도 적어도 6개월쯤 오래 머무르고 싶은 도시라며 평양을 상찬했다.[1] 짧게 스쳐가는 여행자 처지에서도 특히 을밀대 주변에서부터 바라본 산수는 어디까지나 조선의 그것이지 중국이나 일본과는 전혀 다른 느낌이라고 말했다. 그래도 조선의 풍속을 닮았던 일본이니만큼 헤이안 시대의 천년 고도 교토쯤이 딱 그런 느낌이지 않을까 생각했다. 말린 과자 같다. 모든 것이 얕고 푸르고 단순하다. 아무리 해도 거기에서는 쓸쓸함이나 어두움이나 우울함을 느낄 수 없다고 했다. 특히 대동강은 절로 감탄이 나올 만큼 아름답다고, 그러면서 '아무것도 섞이지 않은 동양'인 것만큼은 분명하다고 말을 보탰다.

그 평양에 평양성이 있다.

지름길 묻길래 대답했지요.
물 한 모금 달라기에 샘물 떠 주고,
그러고는 인사하기 웃고 받았지요.

평양성에 해 안 뜬대두
난 모르오.

웃은 죄밖에.(김동환, 「웃은 죄」, 1938)

평양성의 주춧돌이 고조선 때 처음 놓였다는 주장이 있다. 단군왕검이 "경인년에 평양성에 도읍을 정하고 비로소 조선이라 불렀다"라든지 "평양성은 옛날 한나라의 낙랑군"이라는 『삼국유사』의 기록이 대표적이겠다. 이와 관련하여 예컨대 일제는 평양에 낙랑의 이미지를 강하게 덧씌움으로써 우리 상고사의 타율성을 강조했는데, 반대로 우리 역사의 주체성을 강조하여 평양을 단군의 유지로 못 박는 견해도 많다. 물론 이런 견해, 즉 현진건의 「단군성적순례」(1932)나 이광수의 「단군릉」(1936)이 보여준 것과 같은 식의 입장은 또 그것대로 좀 더 따지고 밝히고 채워야 할 부분도 적지 않다. 이는 당연히 같은 옛 도읍으로서 경주나 부여하고 비교할 때 평양의 역사가 지니는 불확정성 혹은 모호함하고도 연결된다.[2] 다만 오늘 우리 앞에 전해 내려온 실물로서의 평양성이 6세기 중반 고구려 평원왕 때 쌓은 장안성이라는 데에는 다툼의 여지가 거의 없다. 평원왕은 재위 28년이 되던 해(586)에 대성산성에 있던 사직을 아예 옮겨왔다.

평양성은 해자 구실을 하는 두 강, 대동강과 보통강 사이에 자리 잡고 있는데, 전체 성곽은 북성, 내성, 중성, 외성으로 구성되며 총길이가 23킬로미터에 이른다. 한양 도성이 19킬로미터가 좀 못 되니 그 규모를 가늠할 수 있다. 북쪽이 금수산(모란봉) 산지로 되어 있는 지리적 특징상 북성과 내성은 산성 형태를 띠고 있으며, 외성은 가장 넓은 면적으로 평지를 품에 안는다. 고려 말에 무너져 황폐해진 것을 조선조에 들어와 대대적으로 개축했다. 평안 감사를 지낸 윤두수의 『평양지』(1590)를 보면 내성과 외성만으로 이루어진 것이 오늘의 평양성하고는 다르다. 임진왜란과 병자호란으로 피해를 입은 평양성은 그 후 다시 정비되는데, 숙종 때는 내성과 외성 사이에 중성이라는 공간을 만들고 이어 북성도 세운다. 그의 후손으로 역시 평안 감사를 지낸 윤유가 편찬한 『평양속지』(1730)에 수록된 그림 〈평양관부도〉는 이제 꼴을 다 갖춘 평양성을 보여준다(31쪽 그림 참고). 동북쪽이 높고 남서쪽이 낮고 넓게 퍼진 지형을 따

연광정 풍경. 빨래하는 아낙네들의 모습이 인상적이다.

라 축조된 자루 혹은 표주박처럼 생긴 모양이 확연하다.

예부터 평양성에는 부벽루, 연광정, 함벽정, 읍호루, 풍월루 등 아름다운 누정樓亭이 많았다. 열 걸음에 누각이 한 채요 다섯 걸음에 정자가 하나라고 할 정도였다. 고려의 문인 김황원은 부벽루에 올라 눈앞에 펼쳐지는 장관에 넋을 빼앗겼다. 현판에 내걸린 시들 따위론 어림없었기에 손수 시를 짓기 시작했다. "긴 성곽 한편에는 철철 넘치나니 물이요, 너른 들 동쪽 머리에는 점점이 산이로다" 하는 데까지는 거침이 없었다. 하지만 도무지 칠언 절구의 뒤를 잇지 못했다. 마침내 그는 제 재주 없음을 크게 탄식한 뒤 산길을 내려오고 말았다. 해는 떨어진 지 이미 오래였다. 김시습의 『금오신화』(1465)에도 대동강에 뱃놀이를 나갔다가 밤늦게 부벽루에서 한 선녀를 만나 인연을 나눈 개성 상인 홍생의 이야기가 「취유부벽정기」로 남아 있다.

평양성이든 누정이든 평양의 아름다움은 무엇보다 대동강 때문이었다. 명의 사신 주지번은 연광정에 올랐다가 눈앞의 풍광에 감탄한 나머지 '천하제일강산'의 현판을 직접 써서 붙였다. 병자년의 호란 당시 청의 황제가 군대를 물려 돌아가던 길에 역시 연광정에 들렀다. 그는 "중원에 금릉과 절강이 있는데 여기가 어찌 제일이라 하느냐"며 당장 현판을 깨라고 명령했다. 그러다가 곧 마음을 바꾸었다. 글씨가 좋으니 '천하' 두 글자만 없애라고 했다는 것. 겸재 정선의 그림을 보면 과연 강변에 우뚝 솟은 바위 위로 연광정의 고고한 '진경'을 고스란히 느낄 수 있다. 정자 앞 커다란 능수버들이 수직으로 선 바위의 거칠음을 넉넉히 감싸는데, 저만큼 모란봉 중턱에 걸린 구름은 대동강이 마치 하늘에서 비롯하는 듯한 느낌마저 안겨준다. 화가는 강 맞은편에 딱 한 척 조각배를 띄우고 사공 한 명을 그 위에 태워, 넘치지도 모자라지도 않는 여유를 완성한다. 조선에서 가장 빼어난 경치를 가장 솜씨 좋게 그렸다고 쓴, 낙관 옆

2006년, 독일 상트 오틸리엔 수도원에서 반환된
겸재 화첩 속 진경산수화 〈연광정〉.

'해동제일승제일필海東第一勝第一筆'의 여덟 글자가 크게 오만하지 않다. 소월도 "평양에 대동강은/우리나라에/곱기로 으뜸가는 가람"(「춘향과 이도령」)이라고 했다.

하더라도 평양을 말할 때 '풍류'를 빼지 못하는 이유가 비단 풍광 때문만은 아니다. 조선시대에 들어와 평양은 무엇보다 종묘사직이 강요하는 정치적 중압감으로부터 꽤 자유로울 수 있었다. 한양에서 550리 머나먼 길이었다. 1904년에 기공한 경의선은 1906년 청천강과 대동강 철교가 준공되면서 전 구간이 개통되었다. 그런 만큼 육당 최남선도 1909년에야 난생 처음으로 '평양행'의 엄두를 냈을 만큼 심리적 거리도 만만치 않았다. 대개는 팔첩 병풍 〈평양성도〉를 보며 애타는 마음을 달랠 뿐이었다. 그러니 평양행 기차에 올랐을 때는 "그 가슴이 타던 못 본 우리 님이 얼마나 잘났나 시원하게 눈으로 좀 보자"는 마음에 찻삯 4원 3전이 전혀 아깝지 않았다.[3] 예전 시기 관찰사들이야 오죽했으랴. 그들도 말로만 전해 듣고 어쩌다 그림으로만 겨우 보았을 그 평양에만 오면 즉시 긴장이 풀어졌던 모양이다. 사실 감사가 부임하는 날은 평양 백성에게도 잔칫날이었다. 대동강에는 진작 수십 척 배가 떠서 그것만으로도 볼거리를 제공했다. 능라도에서는 판소리 한마당이 벌어진다. 중성과 내성 사이 들판에서는 건장한 청년들이 두 패로 갈라서서 돌팔매 싸움을 한다. 기겁할 일은 아니다. 예부터 유명한 평양의 석전, 즉

돌팔매놀이일 뿐이다. 왁자지껄한 방언이 귀를 찌른다. 개가 놀라 꼬리를 말고 닭도 놀라 꼬꼬댁 운다. 평양성이 들썩거린다. 그래도 절정은 따로 있었다. 관찰사는 대동강을 건너 대동문 안 관아로 들어서는 순간 이미 저 유명한 평양 기생들이 펼쳐 보이는 춤과 노래에 눈과 귀를 홀딱 빼앗기게 마련이었다.

『무정』에서 확인했듯이, 평양을 배경으로 하는 근대 소설에도 기생이 흔히 등장한다. 이 경우 누구보다도 김동인에게 가장 큰 지분이 있을 것이다. 질탕하기로 유명한 그의 사생활 때문이다. 널리 알려진 대로 평양 대부호의 아들로 태어난 그는 젊은 시절에 물려받은 막대한 유산을 주색잡기로 탕진했다. 여기까지는 그 시절 파락호들의 흔한 경로일 터이지만, 그에게 특이한 건 스스로 "영업적 매녀賣女 아닌 여인에게는 동양적 불감증"이었노라 고백했다는 점이다. 그는 평양, 진남포, 경성, 대구, 경주는 물론이고 일본과 만주까지 오가며 무수한 기생들과 더불어 방탕의 행각을 일삼았다. 김옥엽, 황경옥, 김산월, 노산홍, 김백옥, 그리고 일본 기생 세미마루가 말하자면 그의 도저한 탐미주의를 지탱해준 '도반'들이었다.[4]

그러나 적어도 단편 「눈을 겨우 뜰 때」(1923)[5]를 읽을 때만큼은 작가의 그토록 질탕한 난봉 행각을 염두에 두어서는 안 된다. 오히려 이 소설의 작가가 "나도 여자의 머리를 남자의 그것과 같이 말할 수가 없다. 아니 나는 여자의 영혼의 존재(여러 가지 논거 아래서)를 절대로 부인한다"[6]고 당당히 주장했던 그 작가하고 같은 인물인지 꾸준히 의심해봐야 할 것이다.

소설은 1917년 4월 초파일을 맞이하여 몇 년 만에 '불놀이'가 부활된 대동강을 무대로 펼쳐진다. 그 불놀이가, 우리나라 최초의 자유시로 유명한 주요한의 바로 그 시에서는 이렇게 묘사된다.

> 아아 날이 저문다, 서편 하늘에, 외로운 강물 위에, 스러져 가는 분홍빛 놀… 아아 해가 저물면 해가 저물면, 날마다, 살구나무 그늘에 혼자 우는 밤이 또 오건마는, 오늘은 사월이라 파일날, 큰길을 물밀어가는 사람소리는 듣기만 하여도 흥성스러운 것을 왜 나만 혼자 가슴에 눈물을 참을 수 없는고? 아아 춤을 춘다, 춤을 춘다. 시뻘건 불덩이가, 춤을 춘다.

급한 마음을 잠시 접고 먼저 그 불놀이를 감상하는 여유가 필요하리라. 대동강의 불놀이가 평양 사람들에게 얼마나 황홀한 축복이었는지, 그것을 묘사하는 김동인의 손끝은 일필휘지 거침이 없다.

> 위아래, 동서남북, 모두 불이다.

강 좌우편 언덕에 달아 놓은 불, 배에서 빛나는 수천의 불, 지적거리며 오르내리는 수없는 배, 배 틈으로 조금씩 보이는 물에서 반짝이는 푸른 불, 언덕과 배에서 지걸거리는 사람의 떼, 그 지걸거림을 누르고 때로는 크게 울리는 기생의 노래, 그것을 모두 싼 어두운 대기에 반사하는 빛, 강렬한 사람의 냄새… 유명한 평양 4월 8일의 불놀이의 경치를 순서 없이 벌여 놓으면 대개 이것이다.

도깨비 어둠에 모여들고 사람은 불에 모여든다.

그들은 거기서 삶을 찾고 즐거움을 찾고 위안을 찾으려 한다.

김동인은 소설에서 몇 해 동안 열리지 못했던 불놀이가 금년에는 실현되었을 때 평양 사람의 마음은 뛰었다고 썼다. 밤을 기다려 다들 대동강으로 몰려들었다고 썼다. 그리하여 평양성 내에는 늙은이와 탈난 사람이 집을 지킬 뿐 10리 길이 되는 해관 선창에서 부벽루까지 총총 달아놓은 등 아래는 좋이 수만 명은 될 사람 병풍이 세워졌다고 썼다.

과연 대동강에는 오륙백 짝의 배가 떠 장관을 이루었다.

물 위에는 형형색색의 배가 불과 사람으로 장식하고, 기름보다도 잔잔하고 구름보다도 검고 수정보다도 맑은 물 위

대동강에서 뱃놀이를 하는 기생들.
김동인의 소설 「눈을 겨우 뜰 때」의 주인공 기생 금패도
이런 식의 뱃놀이를 자주 했다.

를 헤어다닌다.

배와 물에서 띄워 내려보내는 수없는 불방석들은 목숨의 불빛같이 가늘게 불붙으면서 아래로 아래로 흘러간다. 불, 불, 불 천지이다.

강 좌우편에 단 불, 물에 뜬 불, 매화포의 불, 그것들이 비친 물속의 불, 도로 하늘로 반사한 대기의 빛, 거기에 또 여기저기서 나는 기생의 노래, 한국 아악.

이리하여 대동강, 모란봉, 부벽루, 청류벽, 능라도, 반월도, 모래섬 그 일대는 불로 변하고 사람으로 장식되고 음악으로 싸였다.

'배가 한 짝 얻고 싶다.'

뭍에 서 있는 사람들의 말하지 않는 말은 이것이겠지. 한 짝 배를 얻어 타고 마음껏 불속에 잠겨서 불을 즐기는 것은 얼마나 유쾌한 일이랴. 여기는 온갖 것을 초월한 '삶'의 문제가 있다. 그리고 또 그만큼 배 한 짝을 얻어 탄 사람은 행복된 사람이었다.

금패도 이 행복된 사람 가운데의 하나였었다.

금패는 기생이다. 아홉 살 때 기생서재에 입학해 열네 살까지 시사를 받았다. 이제는 어엿한 평양 기생으로 제 한 몸을 능히 건사할 능력이 있었다. 초파일날, 그 금패를 태운 배가 능라도까지 올라가며 놀았다. 금패는 다른 기생 월선이와 함께 가장 흥성스러운 〈방아타령〉을 주고받았다. 유창한 월선이의 소리는 숙련된 금패의 장고와 함께, 높고 낮게 그 시끄러운 불놀이 소리 가운데도 빼어나게 울려 나갔다. 뭇배들의 시선이 금패네 배로 쏠렸다. 저 먼 데 배에서까지 잘한다 소리가 터져 나왔다. 금패는 스스로 자랑스러웠다. 그때 여학생들이 탄 배와 마주쳤다. 여학생들은 숙고사 치마에 비취 비나에 꽤 말쑥하게 치장한 금패네를 비웃었다.

"옷이나 잘 넙으면 뭘 해. 너 이제 10년만 디내봐라. 데것들의 꼴이 뭐이 되나. 미처 시집두 못 가구, 구주주하게…."

그 말이 귀에 쏙 들어왔다.

금패는 처음에 네 까짓 것들 하고 경멸했다. 그러다가 새삼 느끼는 바가 있었다. 그들의 말마따나 10년 후라면? 그러면 저는 어찌 되어 있을까? 커다란 구렁텅이가 불쑥 나타났다! 금패는 성이 났다. 여학생들에게 대한 적개심이 일어났다. 그러나 그들을 태운 배는 벌써 어디론가 사라지고 없었다.

그 뒤에도 금패는 분주했다. 뱃놀이, 연회, 술좌석, 모든 것이 그녀를 기다렸다. 하염없이 불리어가는 금패는 집으로 돌아올 때마다 얼마의 기쁨과 유쾌함을 얻었다. 평양 명기, 자랑스러운 이 한마디에 온갖 피로가 씻겨나갔다. 그래도 그녀의 가슴속에는 늘 초파일 능라도에서 마주친 여학생들의 말이 떠나지 않았다. 그날 이후 비로소 제가 '무엇'인지 생각하게 되었던 것이다.

> 그가 다만 하나 알은 바는, 그는 결코 남에게 온전한 사람의 대접은 못 받고 있다는 심히 불유쾌한 점이었다. 손님은 그들 '기생'을 '업신여길 수 있으므로 사랑스러운 동물'로 알았다. 부모는 '돈벌이하는 잡은 것'으로 대하였다. 예

수교인은 마귀로 알았다. 도학자는 요물로 알았다. 어린애들은 '영문 앞의 도상'이라고 비웃어줄 곱게 차린 동물로 알았다. 노동자는 '자기네도 돈만 있으면 살 수 있는 물건'으로 알았다. 늙은이나 젊은이나 한결같이 그들을 다만 춘정을 파는 아름다운 동물로 알 뿐, 한 개 인격을 가진 '사람'으로는 보지 않았다. 그를 사랑하는 자나 그를 미워하는 자나, 또는 (돈이나 경우로 말미암아) 감히 접근치도 못하는 자까지도 그를 어떤 음란스런 생각 아래서 볼 뿐, 한 개 사람으로는 안 보았다.

심지어 처음 온 어떤 손님은 대놓고 지껄이기를, 기생은 사람이 아니라고 했다. 박쥐가 새이면서도 조류에 들지 못하는 것처럼, 기생도 사람이면서도 인류에 들지 못한다 했다. 금패는 가슴이 찢어지는 것 같았다.

이듬해 단오가 다시 찾아왔을 때 금패는 친한 손님 몇과 더불어 어죽놀음을 나갔다. 거기서 손님들이 시키는 대로 닭을 잡다가 문득 '살림살이'에 대해 생각을 하게 되었다. 그리고 그날 금패는 술을 처음으로 마셨다. 취한 금패는 치마를 뒤집어 쓰고 드러누웠다. 머리가 쑤시고 눈물이 하염없이 흘렀다. 그 이튿날 어떤 뱃놀이에 불리어 갔던 금패는 돌아오는 길에 끔찍하고 무서운 일을 목격했다. 청류벽 근처에서 갑자기 무엇이

철썩하는 소리를 들었다. 뒤늦게 알게 되지만, 한 여자애가 물에 뛰어든 거였다. 금패의 머릿속에는 '죽음'이라는 문제가 한층 크게 자라났다. 단오 마지막 날, 금패는 아우와 함께 기자묘에 가서 그네를 탔다. 그네는 구름까지 치솟았다. 사늘한 바람이 이마와 콧등과 귀를 스치고 뒤로 달아났다. 을밀대 지붕까지 보이게 되었다. 누군가 "잘은 올라간다"고 고함을 질렀다. 그 순간이었다. 줄을 잡은 금패의 손아귀 힘이 조금 풀렸다. 그게 누구의 의지인지 저도 잘 몰랐지만, 그게 그녀의 끝인 것만은 분명했다.

이 소설을 두고 '대동강을 무대로 한 소설'이라고 했는데, 이 말을 수정해야 한다. 김동인의 의도를 좇는다면, 이 소설의 주인공은 금패가 아니라 대동강 그 자체이기 때문이다. 대동강이 아니었던들 이 소설은 처음부터 불가능했다. 초파일의 불놀이, 칠월 칠석의 밤배놀이, 단오의 어죽놀이와 그네타기, 이 모든 것이 금패를 꼭두각시인 양 끈에 달고 희롱했다. 그리하여 마침내 금패의 죽음조차 대동강 황홀경의 일부가 된다. 같은 작가가 뱃사람 형제간의 질투와 오해가 빚은 비극을 또 다른 소설 「배따라기」(1921)에서 풀어내는데, 그 절절한 애원성에 귀를 빌려줄 때 대동강만큼 적당한 곳도 흔치는 않을 터였다. 이렇듯 대동강은 김동인의 도저한 탐미주의를 낳았고, 김동인의 평양은 그래서 평양 출신 다른 여러 작가들의 그것하고도 확연히 구별되는 것이다.

김동인은 평양인의 생명이 대동강에 있다고 말했다. 대동강 없이는 평양도 생각할 수 없다고 말했다. 그래도 부족한지 다시금 "평양의 대동강이 아니라 대동강의 평양"이라고 고집스럽게 제가 하고픈 말의 매듭을 지었다.[7]

10

평양의
균열과 타락

3·1 운동 직전 남강 이승훈은 평양의 기독병원에 입원해 있었다. 실제로 아파서 그랬던 게 아니었다. 거사를 위해 사람을 두루 만나야 하는데 의심을 받지 않으려면 거기보다 더 나은 장소가 드물었기 때문이다. 그때 숭덕학교 고등과 교사였던 황순원의 부친도 남강의 호출을 받고 찾아가 거사 계획을 듣고 그대로 따랐다. 시위에 몸 바칠 청년 몇을 구해달라는 부탁이었다. 그렇듯 치밀하게 준비한 결과 거사는 성공적이었다. 장닷재 예배당(장대현교회)의 종소리를 신호로 독립선언서와 태극기가 사람들에게 나눠졌고, 곧바로 만세 함성이 터져 나왔다. 그때 벌써 평양 시가지는 온통 만세 바다였다고, 황순원은 아버지에게 직접 들은 대로 그 이야기를 썼다.[1] 3·1 운동을 주도한 혐의로 남강은 다시 3년 옥고를 치르는데, 민족 대표 중에서도 제일 늦게 나오게 된다. 황순원의 부친 황찬영 역시 투옥을 피하지 못했다.

훗날 「사랑 손님과 어머니」로 명성을 얻게 되는 주요섭은 등사판 『독립신문』을 발간·반포한 혐의로 체포되어 소위 보안법과 출판법 위반으로 징역 5월을 선고받고 평양감옥에 갇혔다. 그의 형 주요한은 당시 일본에서도 수재들만 다닌다는 도

大韓民國八年十一月三十日 독립신문 第一百九十八號 (一)

旬刊 독립

(第一百九十八號)

半萬年歷史의 權威

三千萬同胞의 誠忠

發行所 獨立新聞社

印刷所 南京〇〇社

通信處 上海郵務信箱二五二 韓 獨 新

定價 每部一角 每月二角 半年一元

廣告料 一行三角 多行另議

統一機運이 圓熟된 때에

『독립신문』.

교제일고등학교 학생이었지만, 학업을 그만둔 채 상하이로 건너가 임정의 기관지인 『독립신문』을 만드는 작업에 뛰어든다. 신문사의 사장은 역시 2·8 독립 선언 후 도쿄를 탈출한 이광수였다.

김동인은 일본에 유학 도중 1919년 2월 24일 도쿄 히비야 공원에서 열린 유학생 집회에 참여했다가 구금되었다. 이 사건을 전해들은 만형 김동원이 전보를 쳐서 그를 급히 귀국시켰다. 그러나 고향인 평양에서도 만세 운동의 열기는 뜨거웠다. 그는 동생 김동평이 삐라를 작성할 때 초안을 만들어준 혐의로 3월 26일 체포되어 3개월간 수감 생활을 한다. 이때의 경험을 바탕으로 단편 「태형」(1922)을 썼다.

「태형」은 당시 평양형무소의 풍경을 매우 사실적으로 보여준다.[2]

푹푹 찌는 여름날, 다섯 평도 안 되는 미결수 감방에는 무려 40여 명에 달하는 수인들이 바늘 하나 더 꽂을 틈 없이 빽빽하게 들어차 있다. 잠인들 제대로 잘 수 없다. 가슴이 답답해 깨서 보면 가슴과 머리는 온통 수십 개의 남의 다리 아래 깔려 있다. 방 안에 온통 그런 다리뿐이었다. 그것도 송장의 것과 다름없는 시퍼런 다리들.

사루는 듯한 더위는 등지고 있는 창밖에서 등을 타치고,

안고 있는 담벽에서 반사하여 가슴을 타치고, 곁에 빽빽이 사람의 열기로 온몸을 썩인다. 게다가 똥오줌 무르녹은 냄새와 살 썩은 냄새와 옴약 내에, 매일 수없이 흐르는 땀 썩은 냄새를 합하여, 일종의 독가스를 이룬 무거운 기체는 방에 가라앉아서 환기까지 되지 않는다. 우리의 피곤하여 둔하게 된 감각으로도, 넉넉히 깨달을 수 있는 역한 냄새이었다. 간수가 가까이 와서 들여다보지 않는 것도 당연한 일이었었다.

그러고 보니 생각나거니와 나뿐 아니라 온 사람의 몸에는 종기투성이였다. 가득 차고 일변 증발하는 변기 위에 올라앉아서 뒤를 볼 때마다 역정 나는 독한 습기가 엉덩이에 묻어서, 거기서 생긴 종기를 이와 빈대가 온몸에 펴쳐서 종기투성이 아닌 사람이 없었다.

땀은 온몸에 뚝뚝—이라는 것보다, 좔좔 흐른다.

그 속에서 숨 한 번 제대로 쉬지 못하는 '나'의 머리에는 독립도 자결도 자유도 없고 사랑스러운 아내나 아들이나 부모도 없다. 바라는 게 있다면 오로지 냉수 한 그릇과 맑은 공기뿐이다. 엉덩이 종기를 핑계로 진찰실에 가서 동생을 만나고 돌아온 날, '영원 영감'도 재판소에 나갔다가 돌아왔다. 어떻게 되었느냐는 내 질문에 영감은 힘없이 대답한다.

"태형 구십 도랍니다."

"거 잘됐구려! 이제 사흘 뒤에는, 담배두 먹구, 바람두 쏘이구… 난 언제나…."

"여보! 잘됐시요? 무어이 잘된단 말이요? 나이 칠십 줄에 들어서 태 맞으면…. 말하기두 싫소. 난 아직 죽긴 싫어! 공소했쉐다!"

그는 벌컥 성을 내어 내게 달려들었다. 그러나 나도 그에게 지지를 않았다.

"여보! 시끄럽소. 노망했소? 당신은 당신이 죽겠다구 걱정하지만, 그래 당신만 사람이란 말이오? 이 방 사십여 명이 당신 하나 나가면 그만큼 자리가 넓어지는 건 생각지 않소? 아들 둘 다 총 맞아 죽은 다음에 당신 하나 살아 있으면 무얼 해? 여보!"

나는 곁에 있는 다른 사람들에게 "여기 태형 언도를 공소한 사람이 있답니다" 하고 일렀다. 다른 사람들도 영감을 용서치 않았다. 노망들었다, 바보로다, 제 몸만 생각한다, 내쫓아라, 여러 가지의 불평이 일어났다. 영감은 대답 없이 긴 한숨만 내쉬었다. 결국 아들 둘을 앞세운 영감은 공소를 취하한다. 영감이 태형을 받으러 가자 나와 다른 사람들은 자리가 그만큼이라도 넓어졌다는 생각에 기쁜 빛을 감추지 못했다. 모처럼 목욕을 하고 돌아오는데, 담장 너머로 사람의 비명이 들려온다. 바로 매를 맞는 영원 영감의 비명이었다.

한 가지 의문이 든다. 일제 강점기에도 과연 야만적인 태형 제도가 존재했던 것일까.

사실이다. 1910년 한일 병합 이후 일제는 극단적인 무단 통치를 시행했는데, 1912년에 제정된 '조선태형령'은 그 대표적인 사례였다.[3] 놀랍게도 이 법률이 오직 식민지 조선인에게만 적용되었다. 태형 집행 대상은 16~60세 남자로 3개월 이하의 징역 또는 구류에 처해야 할 자, 100원 이하의 벌금 또는 과료에 처해야 할 자 중 조선 내에 일정한 주소를 갖고 있지 않거나 무자산으로 인정되는 자였다. 집행에 사용하는 태笞는 조선 시대의 그것과는 달리 대나무의 마디를 없애고 삼베로 감아 만들었다. 형판도 예전에는 상궤床几 모양이었으나 이를 십자 형태로 개량했다. 아울러 일몰 이후에는 형을 집행하지 못한다든지, 무엇보다 집행 전에 의사로 하여금 진단을 하도록 했다는 점 따위를 들어 조선태형령에 의한 태형이 조선 시대의 야만적인 혹형과는 다르다고 주장했다. 그러나 역설적으로 3·1 운동 이후 새로 부임한 사이토 총독이 조선에서 긴급히 개선해야 할 방침 중 하나로 태형 제도 폐지가 들어 있음을 볼 때 그들 스스로 이 제도가 얼마나 야만적인지 잘 알고 있었다고 하겠다. 자료에 따르면, 태형 제도가 시작된 1912년에 태형의 비율은 40퍼센트였고, 이후에 그 비율은 꾸준히 늘어 가령 1916년에는 거의

50퍼센트에 육박할 정도였다.

3·1 운동 이후 평양은 급격한 변화에 휩싸인다. 대개 엄청난 탄압 때문이겠지만 내부에서도 적잖은 균열이 목격된다. 예컨대 조선의 예루살렘으로서 누리던 지위와 명성이 급속히 추락했다. 1920년대의 신문이며 잡지들은 평양에서 일어난 교회 분규 소식을 수시로 전했다. 1923년에는 서문외교회에서 예배당 건축비 문제로 분규가 일어났고, 1925년에는 장대현교회에서 길선주 목사를 배척하는 분규가 발생했다. '육박전'이니 '난투'니 '습격'이니 하는 저잣거리의 낱말들이 예사로 박혀 나왔다. 한 관찰자는 평양에 가니 온 데 다 목사며 장로 천지인데, "심지어 코머리(퇴기)집에 가도 목사, 장로(쉬- 이것은 비밀한 일이다. 함부로 말하지 마라), 간통 사건 소송자도 장로, 고리대금업자도 목사, 장로"라 하며 조롱할 정도였다. 또 "정치적으로 경제적으로 학대를 받는 나머지에 기독교로 몰리어 안심 생명의 길이나 구하는 이 무리들은 언제나 요단강을 건너나 하여 마음을 가공의 천국에 매여 달아두고 한갓 현실을 저주하여 마지않는다." "오늘날의 기독교회는 현상 긍정과 참고서 복종하는 것을 미로 추장推奬하고 있다"고도 되게 비판한다.[4] 이 기사가 실린 게 천도교 계열의 잡지이기는 하지만 다른 지면에서도 상황은 크게 다르지 않았다. 평양과 평안도의 기독교가 민족주의적 색채를 상실한 채 개인적 구복 신앙으로 변질되었다는 비판도

진남포의 조선인 마을.
염상섭의 소설 「표본실의 청개구리」의 무대.

얼마든지 가능했다. 이 점, 1907년의 평양 대부흥회에도 일정 한 책임이 돌아간다고 하지 않을 수 없을 것이다.

염상섭은 「암야」(1922)와 「만세전」(원제 「무덤」, 1922) 같은 초기 작품들을 통해 식민지 경성을 '무덤'으로 그려냈다. 사실 그의 비관적인 시대 의식은 등단작인 「표본실의 청개구리」

(1921) 때부터 선명했다.[5] 거기서는 경성 대신 평양이 호된 비판 대상이 된다. 화자인 '나'는 현실에 지쳐 수시로 자살 충동에 시달린다. 그러다가 벗 H의 권유로 겨우 서울을 떠나 남포로 향한다. 남포는 원래 삼화현의 작은 어촌이었는데, 통상 조약에 따라 1897년에 개항장으로 문호를 열었다. 영국, 러시아, 일본 영사관이 있었다. 이어 일제는 청일전쟁 당시 청나라 군대를 진압하고 남포에 상륙했다고 하여 누를 '진鎭' 자를 붙여 진남포라 불렀다. 공식적으로는 해방 이후에 가서야 '진' 자를 떼고 남포시로 이름을 변경하게 된다.

아무튼 '나'는 평양을 거쳐 찾아간 그 남포에서 '북국의 철인哲人'이자 '남포의 광인'인 김창억을 만나는데, 고작 3원 50전의 돈으로 삼층집을 지었다는 해괴한 소문의 주인공이었다. 하느님의 명령으로 세계평화를 위한 동서친목회를 조직하려 한다는 그는 흥분해 이렇게도 말한다.

"연전 여름 방학에 서울에 올라가서 중등학교에 일어 강습을 하러 다닐 때에 서양 사람의 집을 보니까 위생에도 좋고 사람 사는 것 같기에 우리 조선 사람도 팔자 좋게 못 사는 법이 어디 있겠소? 기왕이면 삼층쯤 높직이 지어볼까 해서…. 우리가 그놈들만 못할 것이 무엇이오. 나도 교회에 좀 다녀 보았지만 그놈들처럼 무식하고 아첨 좋아하는 놈은 없습디다…. 헷, 그 중에서도 목산지 하는 것들 한참 때에 대원군이나 뫼신 듯이 서양놈들이 입다 남은 양복 조각들을 떨쳐입고 그 더러운 놈들 밑에서 굽실굽실하며 돌아다니는 것을 보면 이 주먹으로 대구리를….”

김창억의 광기 역시 3·1 운동에 그 불행의 뿌리를 뻗고 있다. 그는 부유한 객줏집의 아들로 태어났다. 그러나 열네 살 때 부모를 다 잃고, 하나밖에 없던 누이동생도 열다섯 나이로 죽는다. 그때 아내는 그와 함께 매일같이 울었다. 불행은 거기서 끝이 아니었다. 조혼한 그 아내, 그래서 “1년 열두 달 말 한마디 건네보지 않는” 아내마저 겨우 젖을 뗀 딸 하나만 남기고 죽은 것이다. 이후 그는 다시 마음을 추슬러 후처를 얻고 저는 교사로 지내면서 한 5~6년 제법 잘살지만, 10년 근속 기념식을 한 달 앞두고 바로 그 ‘불의의 사건’(3·1 운동)으로 철창신세를 지게 된다. 불행은 끝을 알 수 없었다. 4개월 옥중 생활을 마치고 돌아오니 아내는 진작 바람이 나서 세간을 다 들고 달아난 뒤였다. 그는 평양으로 아내를 찾아 떠났다가, 문득 바다가 없다는 생각에 발길을 돌린다. 그때부터 그는 방 안에 틀어박혀 두문불출하다가 기어이 정신줄을 놓고 만다.

김창억에게 세상은 끔찍한 폭력 자체였다. 그의 정신은 그것을 견뎌내지 못한다. 그런 그에게 ‘평양’은 세상의 다른 이름이었다. 실성한 그는 남포에 자기만의 성채를 구축하려 한다. 하지만 세상을 버리는 일이 쉽지 않은 것처럼 그로선 평양을 벗어나는 일 또한 불가능했다. 그는 결국 남포 삼층집에 불을 지르고 기어이 평양행을 선택할 수밖에 없었던 것이다. 스스로 "뱀보다도 더 두려워하고 꺼리는" 평양은 후처의 본가가 있는 곳으로, 김창억은 보통문 밖에서 걸인으로 살아간다. 이러매 평양은 화자인 나의 생각처럼 '세상의 끝'일지도 몰랐다.

평양 출생의 전영택도 시속의 변화를 통탄한다.

「평양성을 바라보면서」(1921)[6]의 주인공 남녀, '나'와 애인은 어느 가을날 대동강 건너편으로 산보를 나갔다. 거기서 평양성을 바라본다. 둘의 대화는 곧바로 평양에 대한 비판으로 이어진다. 도대체 옛날 같지가 않다는 것이 요지였다. 옛날 평양 사람들은 참 호랑이같이 무서웠다는데, 특별히 요즘 평양 청년들은 모두 썩었다, 이래 가지고야 역사 깊은 고도 평양을 자랑할 것 하나도 없다고 했다.

> 아, 기막힙니다. 옛날은 그만두고 지금부터 한 십여 년 전까지도 그렇지 않았다오. 우리 평양이 과연 조선의 신지식 수입의 선도자요 문명 발달의 선구자이었지요. 그때의 평양이야말로 참 산 평양이었지요. 살았었지요. 펄떡펄떡 뛰고 들썩들썩 놀았지요. 멀리서도 그것이 완연히 보였지요. 무슨 소리가 늘 요란하게 들렸지요. 그것은 죄다 청년의 움직임이오, 청년의 사안소래이었지요. 그때는 과연 평양

평양의 대동강을 가로지르는 철교.

성이 더르렁더르렁 울어서 천하를 진동하였지요. 그래서 모든 사람들이 평양을 바라보고 평양을 숭배하고 평양을 본받았지요.

여기서 말하는 '지금'은 3·1 운동 직후를 가리킨다. 따라서 만세 운동이 호된 탄압을 받으면서 전망을 상실한 당대의 분위기를 말하는 것이다. 평양에 이제 제대로 된 사람은 없다. 가령 평양에 부자가 많다 하나 그들이 은행을 하나 세웠나, 회사를 하나 세웠나, 무슨 실업 학교를 세웠나 하고 비판한다. 또 "요새 평양 사람은 청년이나 실업가나 소위 교육가나 물론하고 아무 이상도 없고 아무 뜻이 없다" 하면서 질책한다. 애인도 말을 보탠다. 신사라는 이들도 여자들만 보면 침을 째째 흘리고 달려든다. 남자하고 같이 걸어가기라도 하면 무슨 큰 구경이라도 난 듯이 모두 하던 일을 멈추고 뚫어지게들 쳐다본다. 그러다가 고약한 욕까지 한다…. 나는 내 경험으로 말한다. 조선의 도시 중에서도 책을 제일 안 읽는 것도 평양이다, 사회를 위해 헌신하고 일할 준비를 하는 사람은 도무지 만나볼 수가 없다, 이렇게 비판한다.

그들의 절망은 그것으로 끝이 아니다.

"돈만 주면 제 아비라도 팔아먹는 형세야요."

"평양같이 돈냥이나 있는 자만 대가리질을 하게 되면 여태 멀었어요."

둘은 그렇게라도 시원하게 가슴속에 있던 말을 나눌 수 있게 되어 서로에게 고맙다고 말한다. 그런 다음 곧 대동강을 건너가기 위해 언덕길을 내려간다.

평양=기생

개성 출신의 한량 한재락이

쓴 『녹파잡기』(1829)는 그가 만난 평양 기생 예순여섯 명에 대한 나름의 평을 담고 있는 것만으로도 눈길을 끈다.[1] 더 인상적인 것은 거기 나오는 평양 기생 어느 누구도 전혀 속되거나 천박하지 않게 그려지고 있다는 사실이다. 예컨대 나섬은 자태가 곱고도 빼어났는데 뜻이 도도하여 자중자애했으며, 아름답고도 준수한 남자라면 비록 모자나 옷차림이 해어졌어도 하룻저녁 사이에 정을 붙이지만, 악착같고 천박한 사내라면 아무리 화대를 백 꿰미나 줄지라도 눈길을 주지 않았노라 했다. 평양 기생들은 또 거개가 탁월한 예인이었다. 노래와 춤은 물론이고 시서화에도 솜씨를 나타냈다. 가령 진홍은 담담하게 화장하고 한가로이 앉아서는 붓을 쥐고 난을 칠 때면 꽃과 잎이 보드랍고 아리따워 사람도 난초와 더불어 향기롭다고 했다.

하지만 옛 시절 평양의 기생은 대개 관기였다.[2] 윤유의 『속평양지』에 따르면, 평양 감영 소속 관기가 마흔다섯 명이었으며, 평양부 소속 관기는 서른아홉 명이었다고 한다. 이들은 각종 연회에 참석할 의무를 지녔다. 또 다른 관기들과 마찬가지로 지방 관리나 군인 및 사신들을 위해 수청도 들어야 했다. 중국을 오가는 연행사들의 사행길에서도 이들의 역할이 존재했다. 일행은 장차 오랫동안 금욕을 한다는 핑계로 평안도 땅에 들어서기 무섭게 기생을 찾았다. 평양에서 묵는 날은 더욱 소란스러웠다. 평양이 이른바 '색향'으로 이름이 났지만 노약자와 지방 수령의 총애를 받는 자를 빼야 하니 정작 손님을 치를 만한 기생은 많지 않았다. 비장이나 역원 두세 명에 기생 한 명 꼴로 배정이 되었다 한다. 기생들은 여기저기 나뉘어 묵는 사행단을 찾아 미친 듯이 돌아다녀야 했다. 성질이 급한 이들은 소리쳐 기생을 찾았고, 새벽까지 소란이 끊이지 않는 적도 많았다. 연행록 작가들 중에는 자리를 함께한 기생의 이름과 나이는 물론, 접대의 좋고 나쁨까지 적은 이들도 있었다.[3] 조선 후기에 접어들면 평양 기생의 수가 부쩍 늘어난다. 1870년대 읍지에 의하면 평양에는 기생이 180명 있었다. 전주의 34명, 공주의 20명, 대구의 35명, 영흥의 44명 등 다른 지방과 비교하여 월등히 많은 수였다. 그 후 1894년 갑오개혁으로 공사노비가 모두 혁파되면서 기생들도 신분상으로는 자유의 몸이 된다. 그러나 가난한 집 부모들에게 기생은 뿌리치기 힘든 유혹이었다. 1897년 『독립신문』은 평양 사람들은 여자 아이들을 길러 성혼시킬 생각은 아니하고 기생이나 시킬 생각들을 한다고 꼬집었다. 평양 기생 중 한 명이 서울 권력가 재상의 첩이 되어 가면서 부귀영화를 누렸다는 소문이 그 같은 정서를 부채질

했다. 1907년에는 엄귀비가 후원한 진명여학교가 평양에 들어섰다. 그러나 여자들의 교육에 관심을 기울이는 이는 극히 드물었다. 김동인은 「김연실전」에서 기생이며 소실의 딸들이나 그 학교에 들어간다고, 그래서 세간에서는 학교 이름을 대놓고 '기생 학교'라 부른다고 비꼬았다.

평양 기생의 명성은 일제 강점기에 들어서면서 더욱 높아졌다. 이는 평양의 기생 조합(뒤에는 '권번'이라 개칭), 그리고 이 조합에서 설립한 기생 학교와 밀접한 관련이 있었다.

김이석의 단편 「실비명」(1954) 역시 한 사람의 평양 기생이 어떻게 탄생하는지 그 배경을 추적한다. 인력거꾼 덕구는 해마다 열리던 평양 시민 대운동회에서 마라톤 부문에 나가 삼등 상을 탔다. 사실 상장보다는 광목 세 통의 부상이 훨씬 흡족했다. 그러나 함께 기뻐하던 아내는 일곱 살 난 딸 하나만 남긴 채 먼저 세상을 등지고 말았다. 덕구는 한 번도 쓰지 않은 광목을 옷장에서 꺼내어 아내의 시체를 감아야 했다. 그때부터 덕구는 홀로 외동딸 도화를 키우는데, 아무리 힘들어도 희망을 잃지 않았다. 훗날 딸이 훌륭한 의사가 되기를 바랐기 때문이다. 하지만 딸은 연극 무대에 섰다는 이유로 여학교에서 퇴학을 당한다. 덕구는 희망의 끈을 놓지 않는다. 학교를 나오지 않아도 간호사가 되고, 따로 시험을 쳐서 의사가 되는 길이 있다고 들었던 것이다. 덕구는 도화를 간호사로 만든다. 하지만 그

일은 너무 고되었다. 함박눈이 펑펑 쏟아지는 어느 날 도화를 보러 병원에 간 덕구는 딸이 너무 불쌍해 보였다. 고작 석 달 만에 탐스럽던 얼굴은 다 어디로 가고 없었다. 덕구는 당장 짐을 꾸려 병원을 나오게 했다.

이제 부녀가 눈 오는 평양의 밤길을 걷는다.

> 어두운 숫눈길을 한참이나 말없이 걸어나오다 문득 덕구는 뒤돌아서며 “그렇게도 맹추가, 제 몸 생각할 줄도 모르고” 하고 처음으로 입을 열었다. 인력거 뒤에서 잠잠히 따라오는 도화의 눈에는 수정 같은 방울이 힐끔 띄었다. 덕구는 못 본 척하고 다시금 인력거를 끌었다. 눈 위로 굴러가는 바퀴 소리만 또 한참 계속되었다. 덕구는 얼만큼 가다가 서서 도화에게 고개를 돌려, “타간” 했다. 도화는 이번에도 말없이 고개만 흔들었다. 좀 더 가다가 덕구는 불이 환한 계물전 앞에 다시 서서 “눈도 오는데 타려무나” 했다. 도화는 싫다고 좀 전보다도 고개를 더 흔들었다. 얼마 안 가서 큰거리로 나서자 이번에는 인도 옆으로 인력거를 대놓으며, “어서 올라 타구 빨리 가자꾸나” 했다. 도화는 “싫다는데두” 하고 울상을 지었다. 덕구는 다시 인력거채를 쥐고 묵묵히 걸었다. 얼마 동안 가서 남문 거리로 들어서자 갑자기 인력거를 놓고 나서 “정말 못 타간” 하고 씨근

을밀대에 오른 평양 기생들.

붓글씨를 쓰는 평양 기생.

거리던 숨소리가 벌컥 소리를 질렀다. 도화는 더욱 울상이 되어 움츠러들자, 덕구의 손은 와락 달려들어 도화의 머리채를 그러잡고 인력거에 올려놓았다. 도화는 무서워선지 어째선지 얼굴을 손에 묻고 흐느끼기 시작했다. 행길의 사람들이 모두들 이상스럽게 힐끔힐끔 쳐다보고 지나갔다. 그러나 덕구는 태연스럽게 종을 한 번 '찌링' 하고 울리고 나서 달리기 시작했다. 눈과 마찰되는 바퀴 소리가 점점 더욱 요란스럽게 요동침을 따라 인력거의 속도는 가속도로 빨라졌다. 어느덧 그의 이마에는 땀방울이 떨어지고 입에서는 입김이 퍽퍽 쏟아졌다. 왕년에 마라톤을 뛰던 그 기세랄까, 걸핏걸핏 순식간에 서문 거리를 지나고, 대동문 앞을 지나고, 다시금 신창리 팔각집 모퉁이를 돌아들던 바로 그때였다. 달려드는 헤드라이트에 악 소리도 칠 사이 없이 자동차에 깔린 덕구는 네 활개를 벌리고 피를 물었고, 공중에 튀어난 도화는 눈 위에 떨어진 채 정신을 잃었다. 참으로 눈 깜짝할 동안의 일이었다.[4]

아버지 사후, 도화는 결국 기생 학교에 다니는 친구 연실이를 따라 기생이 된다. 기생 학교에 들어가 열심히 가무를 익혔다. 도화의 장기는 승무였다. 승무에는 북 치는 게 중요해서 연습을 게을리하지 않았다. 마음이 울적해지면 고 채를 들고 가서 북을 꽝꽝 울렸다. 도화는 그렇게 해서 한 사람의 평양 기생이 되었다. 여기저기 불려나갔다. 그래도 그는 아버지 생각에 차마 인력거를 타지는 못했다. 비가 악스럽게 퍼붓는 밤에도 옷을 적시며 혼자 걸어 집으로 돌아왔다. 달도 없는 강변을 홀로 걸을 때면 강 건너편 반월도의 윤곽이 갑자기 무서워지기도 했다. 그럴 때 아버지가 잘 부르던 〈수심가〉를 부르면 제법 용기가 났다. 〈수심가〉는 〈배따라기〉와 함께 대표적인 서도 민요였다.

김남천이 제 고향 성천을 배경으로 어린 주인공을 내세운 연작 소설에는 어김없이 가난한 집안을 위해 제 한 몸을 희생한 기생 누이가 등장한다. 「남매」(1937)[5]에서도 아직 어린 봉근이는 기생 계향이가 된 누이가 자랑스러웠다. 돈 없고 구차한 세무서 사내하고 좋아지내게 된 다음부터는 어머니나 양아버지가 아무리 조르고 달래고 심지어 때리기까지 해도 결코 다른 사내하고는 잠자리를 같이하지 않았던 것이다. 봉근이는 그런 누이를 볼 때마다 무슨 숭고하고 신성한 것을 발견한 것같이 우러러뵈기까지 했다. 평양 가서 여학교를 다니다가 방학 때마다 돌아오는 누구누구의 평판 높은 처녀들도 이렇게 신성하고 마음이 깨끗하지 않을 것 같았다. 그래서 만나는 이들이 저를 보고 짓궂게 "깅호꽁(김봉근) 매부 한 다스? 두 다스?" 할 때에도 속으로는 얼마든지 당당할 수 있었다. 그 누이는, 「소년행」(1937)[6]

에서 7년 후 봉근이가 서울의 약방에서 일을 할 때에야 겨우 다시 만난다. 봉근이 쪽에서 자꾸 피했던 것이다. 누이가 편지를 먼저 보내왔는데, 거기에는 순천으로 안주로 정주로 개천으로 화물자동차 모양으로 흘러다닌 이력을 짧게 적었다. 봉근이는 결국 누이를 찾아간다. 그랬다가 한 집에 있는 다른 기생 최연화를 본다. 마침 누이는 목욕을 가서 없었다.

봉근이가 최연화에게 이렇게 묻는다.

"평양서 오신 지 오래야요?"

그러자 최연화는 정색하던 표정을 금세 허물고 무슨 큰 기특한 일이라도 당한 듯이 물었다.

"내 사투리로 알았어요?"

"사투리보다도 치마하구 바지하구 버선!"

최연화는 짧은 치마 밑으로 보이는 긴 바지 그리고 목달이 긴 버선으로 평양 기생들이 그 근래에 집에서 즐겨 입는 입성을 하고 있었다. 봉근이가 그것으로 미루어 평양 출신임을 짐작하자, 최연화는 기쁨을 참을 수 없다는 표정이 되었다. 봉근이는 봉근이대로 그런 그녀의 얼굴에서 귀엽고 순진한 어린아이 같은 표정을 발견하곤, 7년 전 제 누이에게서 느꼈던 그 무슨 "청신하고 맑고 깨끗한 정서"를 고스란히 되새길 수 있었다.

최연화는 넋이 나간 표정으로 또 이렇게 중얼거렸다.

"지금 참 모란봉이 좋겠다. 대동강, 능라도, 돋아나오는 버드

신창리의 평양 기생 학교.

일본인 관광객을 위한
평양 기생 학교 안내 포스터.

나무 잎새하구 단군전 뒤 언덕의 잔디. 경재리랑 신창릴 한바탕 싸다녔으문 좋겠다."

경재리와 신창리는 저 유명한 평양의 기생 학교가 있던 동리였다. 최연화는 아마 그 길에 서서 봄빛을 안고 거닐고 있을 수많은 동료들을 생각하는 모양이었다.

평양에는 조선 후기부터 관기들을 교육하는 기관이 있었다. 대한제국 시절에는 '기생서재'라는 데서 가무를 가르쳤다. 기생서재를 흔히 가무서재라 불렀던 것도 이 때문이다. 일제 강점기에는 이런 가무 학교들이 여러 곳 생겼다. 1918년에 평양경찰서는 일본인 교사 한 명을 초빙하여 평양 기생들에게 일본어와 사미센 그리고 일본 가곡 등을 가르치도록 했다. 일본인 관광객들을 평양에 유치하기 위해서였다. 이때부터 기생들에 대한 좀 더 체계적인 교육이 필요해져, 1920년에 평양의 기생 조합은 기성*권번으로 이름을 고치고 본격적으로 강습소를 운영하기 시작한다. 이것이 바로 전국적으로 유명세를 타게 되는 평양 기생 학교의 시작이었다. 학교에서는 시조, 가곡, 검무, 가야금은 물론 한문과 시서화, 그리고 일본어를 교과 과정으로 편성했다. 학생들은 다달이 1원 50전의 월사금을 냈다. 수업 기간은 3년이었으며 입학 연령은 8세에서 20세 사이였다. 대동문

---

* 기성(箕城): 기자의 도읍이라는 뜻에서 붙인 평양의 옛 이름.

부근 채관리 골목에 있던 학교는 1930년대에 들어서면서 대동강변에 따로 3층 건물을 지어 이사했다. 연광정에서 대동강을 끼고 부벽루 쪽을 향해 한참 올라가노라면 나타나는 호화로운 3층 다락 건물인데, 양식 절반 조선식 절반의 커다란 건물이었다. 주소는 평양부 신창리 17번지. 「실비명」에서 인력거꾼 덕구가 사고를 당한 지점의 '신창리 팔각집'이 아마 이 건물일 터였다. 입구에 '기성기생양성소'라고 간판을 내걸었다. 이 평양 기생 학교는 해마다 100명 가까운 졸업생을 배출하여, 1940년경까지 졸업생을 약 2,500명 배출했다.

기생 학교의 수업 시간표를 보자.[7]

월	국어	서화	가곡	내지 노래	잡가	노래 복습
화	국어	서화	가곡	내지 노래	예절 교육	음악
수	작문	서화	가곡	내지 노래	잡가	노래 복습
목	회화	서화	가곡	내지 노래	성악	예절 교육
금	독해	서화	가곡	내지 노래	잡가	노래 복습
토	독해	서화	가곡	회화		

여기에는 나오지 않지만 1학년은 창가와 무용, 2학년은 시조와 악전樂典 시간이 있었다. 물론 가장 중요한 것은 노래였는데, "양반들이 유유자적하면서 위엄을 잃지 않는 분위기로 노래하

는 가곡, 읊조리는 풍의 시조, 마음 깊은 곳에서 짜내는 듯이 비장한 남도 소리, 혹은 애절하게 가슴을 울리는 〈아리랑〉, 서도소리 〈수심가〉, 그리고 로맨틱한 〈도라지타령〉, 에로틱한 속가에 이르기까지 이것저것 가리지 않고 전부 배워야" 했다.

평양의 기생은 이처럼 조직적으로 육성되었다.

12

칠성문 밖의 평양

소설가 한설야는 함흥 출신인데 그가 쓴 장편 『탑』(1940)에는 서울로 유학 간 주인공 상도가 서모의 고향 평양에 놀러간 이야기가 슬쩍 나온다. 거기서도 평양은 참으로 아름다운 고장이었다. 차라리 너무 많은 명승을 한꺼번에 가진 듯하다고 했다. 그래서 열흘간 갔다 와서도 쉽게 그 아름다운 자연을 잊지 못했다.

하지만 평양이 죄 아름답기만 한 것은 아니었다.

칠성문은 평양성의 북문이다. 이름은 당연히 북두칠성에서 따온 것이다. 문루는 정면 세 칸 측면 두 칸의 단층 건물이며, 기둥과 기둥 사이를 무엇으로 막거나 가리지 않았다. 그 밑으로 수레 하나 겨우 지나갈 정도의 문을 냈다. 성의 다른 문들하고 달리 마치 사람과 마소의 자유로운 통행을 막는 데 뜻을 둔 암문暗門인 양 보인다. 암문은 적에게 들키지 않게 문루 없이 짓는 게 일반이기에 칠성문은 물론 암문이 아니다. 성문 옆에는 돌출한 형태의 옹성을 바짝 붙여 쌓아 외적의 침입에 대비했다.

이 칠성문이 유명해지는 데 김동인의 「감자」(1925)가 크게 한몫했다.

칠성문. 평양성의 북문이며 문밖은 평양에서 유명한 빈민굴이었다.

> 싸움, 간통, 살인, 도둑, 구걸, 징역, 이 세상의 모든 비극과 활극의 출원지인 칠성문 밖 빈민굴로 오기 전까지는, 복녀의 부처는, (사농공상의 제2위에 드는) 농민이었었다.[1]

소설의 이 놀라운 첫머리는 장차 복녀에게 닥칠 운명, 그 모든 비극과 활극을 정확히 예언한다. 복녀는 가난하지만 정직한 농가에서 규칙 있게 자라난 처녀였다. 물론 다른 집 처녀들같이 여름에는 벌거벗고 개울에서 멱 감고 바짓바람으로 동네를 돌아다니는 것을 예사로 알기는 알았지만, 마음속에는 막연하나마 도덕이라는 것에 대한 저품(두려움)을 가지고 있었다. 하지만 열다섯 나이에 그보다 스무 살이나 나이 많은 홀아비에게 팔십 원에 팔려 시집이라고 간 뒤 운명의 실타래는 험한 구렁으로만 풀리기 시작했다. 열아홉 나이에는 기어이 칠성문 밖으로 밀려나고 말았다. 그곳은 평양의 유명한 빈민굴이었다. 그곳 사람들의 본업은 거지였는데, 부업으로는 도둑질과 매음, 그밖에 '세상의 모든 무섭고 더러운 죄악'을 가리지 않았다. 복녀도 처음에는 집안의 체통을 생각해 이것도 가리고 저것도 가렸지만 기자묘 밖 송충이잡이 일을 계기로 달라진다. 마을의 다른 여자들처럼 '일 안 하고 품삯 많이 받는 인부'의 한 사람이 된 것이다.

> 복녀의 도덕관 내지 인생관은, 그때부터 변하였다.
>
> 그는 아직껏 딴 사내와 관계를 한다는 것을 생각하여본 일도 없었다. 그것은 사람의 일이 아니요, 짐승의 하는 짓쯤으로만 알고 있었다. 혹은 그런 일을 하면 탁 죽어지는지도 모를 일로 알았다.
>
> 그러나 이런 이상한 일이 어디 다시 있을까. 사람인 자기도 그런 일을 한 것을 보면, 그것은 결코 사람으로 못할 일

칠성문 밖 기자묘.

이 아니었었다. 게다가 일 안 하고도 돈 더 받고, 긴장된 유쾌가 있고, 빌어먹는 것보다 점잖고…. 일본말로 하자면 '삼박자' 같은 좋은 일은 이것뿐이었었다. 이것이야말로 삶의 비결이 아닐까. 뿐만 아니라, 이 일이 있은 뒤부터 그는 처음으로 한 개 사람이 된 것 같은 자신까지 얻었다.

그 뒤부터는 그의 얼굴에 조금씩 분도 바르게 되었다.

「눈을 겨우 뜰 때」의 금패가 처음에 기생으로서 자부심을 지녔던 것처럼, 「감자」의 복녀에게 매춘은 생각했던 만큼의 타락이 전혀 아니었다. '짐승의 하는 짓'이기는커녕 세상에서 가장 쉽고 즐겁고 게다가 점잖은, 삼박자를 두루 갖춘 돈벌이였다. 무엇보다 복녀는 매춘을 통해 처음으로 '한 개 사람'이 된 것 같은 자신감까지 얻는다. 사실 그 전에야 누가 그를 사람으로 취급했을까. 아버지조차 그를 물건처럼 팔지 않았던가. 남편은 그를 제 대신 일하러 온 가축인 양 여겼다. 그런데 이제 '그런 일'을 하고 나서 복녀는 사람으로서 눈을 뜬 셈이었다. 비로소 삶의 비결을 터득한 듯도 싶었다. 물론 그 자신감은 오래가지 못한다. 복녀는 자신의 몸을 그토록 탐하던 중국인 왕 서방이 색시를 새로 들이자 기어이 분노의 낫을 휘두른다. 그리고 그곳, 칠성문 밖 외딴 밭 가운데 홀로 서 있는 왕 서방의 집에서 일어난 한바탕 활극은 어느덧 비극으로 마무리된다. 사흘이 지나도록 집에 가지도 못하던 복녀의 송장은 십 원짜리 지폐 석 장이 오고간 후에야 남편의 손으로 넘어간다.

김동인은 이 「감자」를 통해 평양성 바깥에서 진행되던 평양의 또 다른 '근대'를 생생하게 재현하는 데 성공한다. 그게 탐미주의자 김동인의 진짜 의도는 아니었을지라도.

복녀가 송충이잡이를 하며 처음 몸을 판 곳이 칠성문 밖 기자묘 어디쯤이었다. 기자묘는 기자의 무덤으로 알려지고 있지

평양의 북쪽을 흐르는 보통강과 보통문.

만 후대의 추정일 따름이다. 아시다시피 기자는 중국 상고시대 은나라의 현인으로 주나라 무왕에 쫓겨 조선까지 들어와 마침내 기자 조선을 세웠다는, 이른바 기자 동래설의 주인공이다. 그게 기원전 1122년의 일이라 했다. 그에 관한 서사가 들쑥날쑥한 만큼 기자묘에 관한 기록들도 쉽게 믿기 어렵다. 어쨌든 그 기자묘가 오래도록 보통강변 한쪽에 자리 잡고 있으면서 이른바 평양 8경의 하나로도 꼽혀왔다. 그러나 훨씬 분명한 사실

하나는 그 주변이 20세기에 들어서면서 어느덧 평양에서 가장 큰 빈민굴로 이름을 얻었다는 점이다.

「감자」보다 훨씬 뒷시대 작품이지만, 김사량의 「기자림」(1940)도 칠성문 일대의 빈민굴을 배경으로 한다.

> 성안으로 들어오는 칠성문 서쪽에는 야트막한 만수대라고 하는 언덕이 있다. 그 서쪽 경사면에는 초가지붕의 볼품없는 집들이 발 디딜 틈도 없이 빼곡하게 들어서 있었다. 산기슭에는 눅눅한 저습지가 이어져 있고 멀리 남쪽에는 개울 철도 선로가 달리고 있다. 그것을 넘으면 넓은 평야의 조망이 펼쳐져 있다. 그 옛날 이 언덕 일대에는 높은 나무가 울밀하게 들어차 있어서 죄인을 효수하는 형장으로 사용됐는데 지금은 유명한 빈민굴로 그 모습이 바뀌었다.[2]

기 초시는 기자림 입구에서 관상을 봐주며 살아간다. 스스로 기자의 후손이라는 자부심을 갖고 있지만, 그건 허울뿐이었다. 그는 딸 탄실이가 감자의 복녀처럼 밀매음을 해서 버는 돈에 노년의 구차한 삶을 기댔던 것이다.

김사량이 일어로 쓴 또 다른 소설 「토성랑」(1936) 역시 일제강점기 평양 빈민들의 막장 같은 삶을 탁월하게 묘사한 작품이다.[3] 토성랑은 보통강변의 빈민굴로, 「감자」며 「기자림」의 무대와도 크게 다르지 않았다. 옛날 성터에 복도廊처럼 들어섰다고 해서 불린 이름인데, 청일전쟁 때는 두 나라가 크게 전투를 벌인 현장이기도 했다. 경의선 선로 옆의 넓은 늪지와 비탈에 나무토막이나 지푸라기 따위로 얼키설키 덮은 움막집들이 다닥다닥 붙어서 거대한 빈민굴을 이루었다. 말이 집이지 문도 따로 없이 거적때기로 겨우 시늉만 낼 뿐이었다. 비라도 내리면 난리가 아니었다. 일대는 온통 진창으로 변해버렸다. 날씨 좋은 날에는 사람과 개와 돼지가 여기저기 아무렇게나 싸지른 배설물 냄새가 숨통을 조였다. 도살장에서는 언제고 멱을 찔린 가축들의 비명이 터져나왔다. 밤이면 언덕 너머 저 멀리 불야성을 이룬 성안의 풍경과 더욱 비교가 되었다. 신문에서는 그곳에 사는 수천 명을 토막민이라 불렀다.

소설은 노비 생활을 청산하고 토성랑에 들어온 원삼 영감을 중심으로 이야기를 전개한다. 토성랑의 토막민들은 폭풍우와 장마에도 악착같이 버텼다. 둑이 터져도 살아남았다. 가을이 되자 삶의 기반을 잃은 무리가 어디선가 몰려와 토성랑의 새 주민이 되었다. 하지만 물난리보다 더 무서운 날벼락이 찾아왔다. 평양 부회의 유력한 인사인 다카기 의원이 토성랑 철거에 앞장선 것이다. 봉천행 국제 열차가 지나갈 때마다 여객들의 눈살을 찌푸리게 할 수는 없다고 했다. 토막민들이 완강히 반대했지만 철거 작업은 거침없이 진행되었다. 움막들은 매일같이 도랑 속으로 처박혔다. 그러던 어느 날 밤 특급 열차가 급정거하는 사태가 벌어졌다. 선로 한복판에 잔뜩 쌓아놓은 돌무더기 때문이었다. 하마터면 전복될 위기를 가까스로 피했다. 그리고 그 이튿날 거기서 멀찌감치 떨어진 밭두둑에 몸뚱이에서 떨어져 나온 한 사내의 머리가 발견된다. 바로 원삼 영감의 머리였다.

마지막 장면은 후일담이다. 제방은 다시 튼튼하게 재건되었고, 이제는 제법 수문까지 갖추었다. 심지어 아름다웠다.

> 제방 위에는 벚나무가 양쪽에 심어져 있었다. 봄에는 민들레와 누에콩 꽃이 노랗게 또는 희게 잔디 사이에서 능라를 짠 것처럼 피었다. 벚나무가 젖빛 싹을 틔우고 있을 무렵에는 포플러가 하얀 꽃을 팔랑팔랑 무수하게 날리고 있었다. 여름이 되면 저녁노을이 아름다웠다. 시원한 바람이 저 멀리 강 너머에까지 이어져 있는 논에서부터 불어왔다. 흙둑은 완전히 저물어 있었다. 그때 부채를 흔들면서 남녀가 개를 데리고 산책을 하고 있는 것이 보였다.
>
> 어디에선가 〈아리랑〉이 구슬프게 들려왔다. 그리고 가을이 찾아왔다. 9월 9일이 되자 제비들이 돌아왔다. 건조한 바람은 색이 바란 포플러와 벚나무 잎을 강 속으로 불어서

> 떨어뜨리고는 휘이휘이거리면서 소리를 높였다. 매일같이 쌀가마니를 쌓아올린 트럭이 줄지어서 돌다리 위를 먼지를 풀풀 날리면서 끊임없이 달리고 있었다. 흙둑 동쪽의 낮은 지대에는 몇 천 평도 넘는 땅위에 커다란 벽돌 공장이 완공되었다. 높은 9월 하늘에 우뚝 솟은 붉은 굴뚝에는 하얀 글자로 '다카기상회 연와제작소'라고 적혀 있었다.

이 작품은 1936년 일본의 한 동인지에 처음 발표되는데, 김사량이 제10회 아쿠타가와상 후보가 된 이후에는 일본의 유력 잡지 『문예수도』(1940)에 다시 수록된다. 이때 작가는 내용을 꽤 많이 수정한다. 무엇보다 토성랑을 철거하는 데 앞장 선 다카기 의원의 존재를 아예 지워버린다. 위에 인용한 부분도 사라진다. 당연히 초판본에서 두드러졌던 민족 갈등도 자취를 감춘다. 철거 작업은 그 주체가 누구인지 밝히지 않은 채 진행되는데, 작가는 토성랑을 덮치는 자연 재해(홍수)에 훨씬 큰 적대적 의미를 부여한다. 태평양전쟁을 목전에 둔 당대의 분위기를 쉽게 무시할 수 없었을 것이다.

김사량은 해방되던 해 봄에 중국으로 건너갔고, 기회를 엿보다가 일본군의 봉쇄선을 넘어 기어이 탈출에 성공한다. 그 길로 그는 태항산의 조선의용군을 찾아갔다.

13

강계 숙모 만나기

소월 김정식이 쓴 시에 평안도의 지명이 여러 개 나온다. 누구나 다 아는 "영변에 약산"(「진달래꽃」)을 비롯해서, "진두강 가람가"(「접동새」), "평양에도 이름 높은 장별리"(「장별리」), "정주 곽산 차 가고 배 가는 곳"(「길」) 등이다. 이중 정주 곽산은 소월의 고향이다. 진두강은 평안북도 박천에 있다는 강으로, 소월은 어린 시절 그 강가에 살던 오누이 중 큰누이가 계모에게 억울한 죽음을 당했다는 설화를 듣고 자랐다.

이밖에도 '삭주구성'이라는 지명을 아예 제목으로 빼 쓴 시가 있다.

물로 사흘 배 사흘
먼 삼천리
더더구나 걸어넘는 먼 삼천리
삭주구성은 산을 넘은 육천리요

물맞아 함빡이 젖은 제비도
가다가 비에 걸려 오노랍니다

저녁에는 높은 산
밤에 높은 산

삭주구성은 산 넘어
먼 육천리
가끔가끔 꿈에는 사오천리
가다오다 돌아오는 길이겠지요

서로 떠난 몸이길래 몸이 그리워
님을 둔 곳이길래 곳이 그리워
못 보았소 새들도 집이 그리워
남북으로 오며가며 아니합디까

들 끝에 날아가는 나는 구름은
밤쯤은 어디 바로 가있을텐고
삭주구성은 산 넘어
먼 육천리

삭주구성은 삭주와 구성을 한데 이르는 말이다. 굳이 가를 필요가 없다. 그저 아득히 먼 곳들일 따름이니까. 실재해도 실재하지 않는 것과 다를 바 없다. 하도 멀어 물로 사흘 배로 사

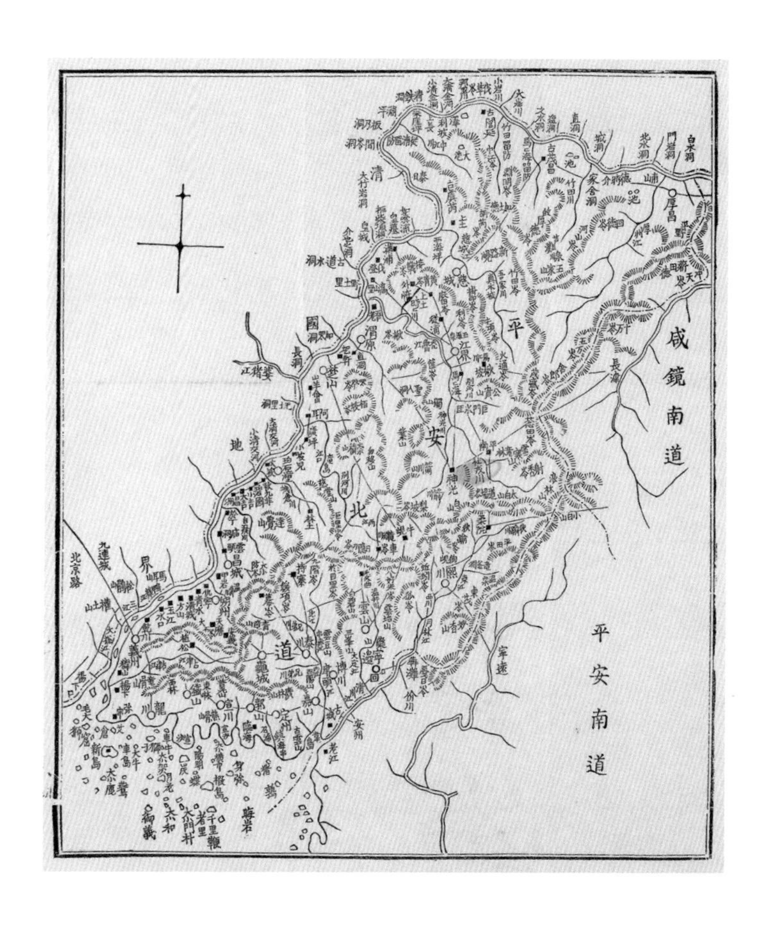

〈대한전도〉 중 평안북도 지도.

흘이고, 더더군다나 걸어 넘자면 먼 삼천리, 도대체 며칠이나 걸릴지 짐작도 가지 않는다. 게다가 높다. 저녁에도 높고 밤에도 높다. 봄소식을 전하려고 떠났던 제비도 함빡 비에 젖어서나 겨우 닿는 곳이려니. 그러자니 어느새 삼천리가 육천리로 쉽게 늘어난다. 이수里數 따위는 아무 의미가 없다. 어쩌다 꿈에서는 고맙게도 사오천 리가 되지만, 길은 어차피 가다가 돌아오게 마련이다. 마침내 삭주구성은 산 넘어 먼 6,000리가 되고야 만다. 그쯤에서 '님'은 있어도 차라리 없느니만 못하다. 없으면 그리워하지나 않았을 것을!

삭주구성은 말 그대로 변방이었다. 평안도에서도 서북쪽 끝으로 일찍부터 국경선을 두고 외세와 숱한 다툼이 있어왔다. 삭주의 '삭朔'은 '삭풍'의 그 삭이다. 겨울철 북쪽에서 불어오는 찬바람. 그 삭풍을 온몸으로 견디며 수자리 서던 병졸들의 모습이 절로 아련하다. 구성은 특히 고려 때 거란족의 거듭되는 침략을 막아낸 최전선이었다. 서희는 오직 말로써 소손녕의 대군을 물리치고 강동 6주의 땅을 얻었다 했다. 살수대첩, 한산도대첩과 함께 한국사를 빛낸 3대첩의 하나로 불리는 강감찬의 귀주대첩 역시 귀주, 즉 구성 땅에서 거란을 상대로 거둔 승리였다.

그런데 삭주구성이 아무리 멀어도 '먼 육천리'라는 건 순전한 시적 수사일 뿐이다. 시의 화자가 우리나라 땅 어디에 있어도 그런 이수는 성립하지 않기 때문이다. 하물며 소월이 태어

삭주 읍내 원경. 큰 교회 건물이 눈에 띈다.

난 정주에서야 구성은 바로 경계를 맞댄 고을이고, 삭주 또한 그리 멀지 않다. 사실 구성은 시인의 처가가 있는 곳이었다. 소월은 1926년부터 아예 구성에 정착해 『동아일보』 지국을 운영했다. 기대와 달리 경영은 쉽지 않았다. 돈에 몰리는 날이 점점 늘어났던 모양이다. 덩달아 몸과 마음도 피폐해졌다. 술을 접하는 날도 많았다. 거기서 훌쩍 10년, 소월은 "독서도 아니 하고 습작도 아니 하고 사업도 아니 하고 그저 다시 잡기 힘든 돈만 좀 놓아 보낸" 세월을 보낸다. 그새 "산천은 별로 변함이 없어

보여도 인사人事는 아주 글러진 듯"하고 "세기世紀는 저를 버리고 혼자 앞서서 달아난 것" 같았다.[1] 소월은 고향을 떠난 혹독한 외로움을 느꼈다. 스승인 안서 김억에게 그렇게 편지를 썼다. 한 10년 만에 선조의 무덤을 찾아 고향으로 가려 한다고도 썼다. 「삭주구성」은 1923년 『개벽』에 발표되지만 마치 그 편지 직전에 쓴 시처럼 읽힌다. 편지를 쓰고 난 지 3개월 만에 소월은 구성에서 스스로 목숨을 버린다. 1934년 12월 24일, 성탄 전야였다.

안타깝게도 소월은 구성에서 시를 거의 쓰지 않았다. 그래도 한국 문학사에서 가장 아득한 시에 속할 「삭주구성」을 미리 써두어 장차 다가올 구성 시절의 제 마음을 대신하도록 했는지 모른다.

물론 평안도에는 실제로 아득하고 캄캄한 곳들도 많다. 강계도 그중 한 고을이겠다. 예전에는 평안북도에 속했는데, 해방 이후 1949년부터는 자강도로 소속 행정 구역이 바뀌었다. 그곳 출신 한 월남 인사가 고향을 생각하며 쓴 산문에서 '비도鄙都'라는 말을 사용했다.[2] 나쁜 뜻일 리 없다. 읽기도 쓰기도 힘든 '鄙'라는 한자가 자전에는 '더러울 비'나 '인색할 비' 쯤으로 나오는데, 그게 '마을 비'로 쓰이면 그저 너무 멀고 아득한 고장이라는 뜻이 된다. 안 그래도 산 높고 골 깊은 두메산골인데 분단이 되어 아예 갈 수조차 없게 되었으니 그 심리적 거리야 말할 나위도 없었을 터.

일제 강점기에 순전히 호기심으로 그곳을 향해 길 나섰다는 여행자가 있었다. 그가 쓴 글에 기대면,[3] 강계는 경성을 기준으로 무려 1,270리, 거의 500킬로미터에 육박했다. 기차를 타고 평양을 지나 안주와 희천을 거쳐 가는 긴 여정으로 무려 3박 4일이 걸렸다. 대체 만주를 가는 것도 아니고 우리나라에서 그리 먼 데가 있을까 싶지만, 평안도의 '삼수갑산' 쯤으로 생각하면 이해가 될 것이다. 문명의 덕을 봤기에 그 정도였다. 예전 시대라면 같은 평안도 땅 안주에서도 550리(215킬로미터), 바삐 걸어도 열흘이 넘게 걸렸다. 20세기의 그 여행자도 오죽했으면 평안도의 '파촉巴蜀'이라고 혀를 내둘렀을까. 일찍이 이백이 그의 시 「촉도난蜀道難」에서 "촉으로 가는 길, 푸른 하늘 가기보다 어렵네" 한 말이 절로 떠올랐던 모양이다.

여행자는 경성에서 만주 봉천행 야간 열차를 타고 이튿날 아침 신안주역에서 내린다. 본디 평안도라는 도명이 평양과 안주를 가리켰을 만큼 예부터 안주는 큰 고을이었지만 여행자는 마음이 바쁘다. 곧바로 경편 철도로 갈아타고 개천으로 간다. 원래 철광석 수송을 목적으로 만들어진 기차라 여객이 타기에는 좁고 또 볼품이 없다. 그렇더라도 교통수단이라는 게 달리 없으니 차 안은 늘 만원이다. 신안주에서 개천까지 두 시간이 조금 못 걸린다. 마음 급한 여행자는 멀리 사라지는 바다에도 눈길을 주지 않는다. 경편 철도는 안주박천의 너른 평야를 느릿느릿 가로지른다.

언제 그 기차를 탄 시인이 있었다. 그의 눈에는 경편 철도가 꼭 자기가 좋아하던 노새나 나귀처럼 보였을 것이다.

> 흙꽃 니는 이른 봄의 무연한 벌을
> 경편철도가 노새의 맘을 먹고 지나간다
> 멀리 바다가 뵈이는
> 가정차장假停車場도 없는 벌판에서
> 차는 머물고
> 젊은 새악시 둘이 내린다[4]

개천은 아직 평안남도에 속한다. 거기서부터는 자동차로 안만선(안주-만포) 2등 도로에 기대어 청천강 상류로 향한다. 사실 그건 개천에서 희천행 자동차를 바로 집어탔을 때의 일이다. 여행자가 내렸을 때에는 서선자동차상회의 희천행 승합차가 이미 만석인 데다가 그날치 편도 그것으로 끝이어서 부득이 역 앞 군우리에서 하루를 묵을 수밖에 없었다. 이튿날 다시 길을 떠난다. 멀리 동쪽에 흰 눈을 뒤집어 쓴 묘향산이 나타난다. 머지않아 첩첩한 산들이 눈길을 가로막는다. 3월 중순에 떠난 길인데도 그곳은 여전히 은세계였다. 산을 넘으면 또 산, 강을 지나면 또 강이다. 그 사이 험한 길을 질주하는 문명의 이기에 놀라고 차창 뒤로 씽씽 물러나는 자연에 더욱 놀라, 입에서는 감탄사가 그칠 새가 없었다. 산꼭대기에서 불어오는 찬바람을 맞으며 오후 3시, 드디어 희천에 도착한다. 비로소 평안북도 땅이다. 고단한 몸, 거기서 하루를 묵는다. 희천은 안주와 강계 중간에 위치한 산간의 큰 읍으로, 강계에 가려면 반드시 거치는 곳이다. 이튿날 아침 희천을 자동차로 출발하여 다시 안만 도로를 타고 가는데, 그 전해 9월에 이른바 희천 독립단 사건으로 온 마을이 불타고 다수의 사상자가 났다는 북면 면 소재지 명문동을 지난다. 여행자는 불탄 초가집의 잔해를 보며 당시의 '잔학'을 상상할 수 있다고 썼다. 관립 경성고보를 나와 당시 조선 총독부 조사과 관리로 있던 그의 입지를 짐작케 한다.

사실 희천 말고도 초산, 벽동, 위원, 강계, 후창, 자성 따위 그 일대가 세상에 이름을 드러낼 때란 수해, 냉해, 한발 따위 자연 재해가 생겼을 때나 범, 곰, 이리 따위 큰 짐승이 나타났을 때 말고는 무엇보다 이런저런 시국 사건들이 발생할 때였다.

> "순사 복장한 42명 침입, 희천군에 나타나서 소와 좁쌀 징발"(『매일신보』, 1921.11.22.)
> "40여 명의 습격으로 위원군 주재소 순사 부장의 처와 한 명이 참살되어"(『매일신보』, 1923.1.24.)

"3시간 대격전, 강계 첨성동 전중에서 독립단의 소굴을 습격하여 두 명을 총살하고 군기 압수, 평안북도 경찰부 주사반의 대활동."(『매일신보』, 1923.11.18.)

"적도賊徒 침입 6인을 총살, 평안북도 초산군에"(『경성일보』, 1924.5.23.)

"자성군에 또 독립단, 경관과 충돌하야 한 명 피살"(『시대일보』, 1924.6.29.)

이만하기에 그가 떠나기 전 주변에서도 어지간히 말렸던 것이다.

리영희의 어머니가 벽동 사람이었다.[5] 그녀의 아버지는 벽동에서 천석꾼으로 알려진 부자 최봉학이었다. 일자무식이지만 그 많은 재산을 자기 당대에 오직 먹을 것을 먹지 않고 쓸 것을 쓰지 않아가며 일구었다. 그에게 문학빈이라는 머슴이 있었다. 평생 최봉학의 밑에서 성실히 일했다. 정성으로 지주를 섬기고 주인의 딸을 제 딸처럼 귀여워했다. 3·1 운동이 지나고 몇 해 후 그 문학빈이 온데간데없이 사라졌다.

어느 해 겨울, 벽동 최봉학의 집 담장을 뛰어넘어 들어온 세 사람이 잠자던 영감을 총 개머리판으로 흔들어 깨웠다. 소스라치게 놀라 와들와들 떨고 있던 최봉학의 눈에 얼핏 낯익은 사나이의 얼굴이 보였다. 놀랍게도 문학빈이었다.

그가 사과하듯 낮은 목소리로 말했다.

"놀라게 해드려서 미안하우다. 문학빈이외다. 나는 3·1 운동을 겪으면서 보았수다. 조선의 독립은 맨주먹으로는 이룰 수 없다는 것을 깨닫고 만주로 건너가 독립군에 가담했수다."

그 목소리가 공손했다고, 명령대로 이불을 뒤집어쓰고 있던 리영희의 어머니는 기억했다. 최봉학은 다시는 찾아오지 않는다는 약조를 받고 돈을 건네주었다. 무장대 세 사람은 올 때와 마찬가지로 가볍게 담을 타고 넘어 삭풍이 몰아치던 칠흑의 어둠 속으로 바람처럼 사라졌다. 그 길로, 두껍게 얼어붙은 압록강을 건너 만주로 넘어간 것이다.

마치 영화의 한 장면 같은 그 일은 이듬해 다시 벌어졌다. 그때도 겨울밤에 찾아와 약속을 어겼다고 항의하는 노인의 가슴에 총부리를 들이대고 적잖은 돈을 빼앗아 달아났다. 1925년에 문학빈 일파가 세 번째로 찾아왔다. 그때 리영희의 어머니는 초산으로 시집을 갔으나 마침 친정 나들이를 와 있을 때였다. 최봉학은 그런 벽지에서는 볼 수 없던 커다란 도사견 두 마리를 기르며 대비하고 있었다. 그러나 독립단 앞에서는 송아지만 한 일본 개들도 짖지를 못하더라고 리영희의 어머니는 회상했다. 최봉학은 거세게 저항했다. "나라의 독립이고 뭐고, 어떻게 번 돈인데 세 번씩이나 내줄 수 있느냐"고 대들었다. 그러는 새 밖의 어둠이 점차 엷어지고, 담 밖에서 망을 보던 다른 이들의 밭은 기침 소리가 들렸다. 위험하다는 신호였다. 문학빈은 리영희의 외할아버지 가슴에 겨눈 장총의 방아쇠를 당겼다. 그의 딸이 놀라 달려갔을 때 최봉학은 팔다리를 허우적거리다가 곧 피투성이 시체가 되었다. 총소리를 듣고 일본 경비대와 조선인 순사들이 달려왔지만 문학빈 일파는 유유히 사라진 뒤였다. 리영희의 어머니는 이후 죽을 때까지 문학빈을 저주했다.

사건은 신문에도 크게 보도되었다. '비적' 문학빈은 독립운동사에도 이름을 남겼다. 그는 정의부 군무 위원장 오동진 장군의 휘하 독립군이었다. 1926년에는 제3중대장을 맡았고, 나이는 38세였다. 기록에는 그가 다른 중대장들보다도 더 넓은 지역을 오가며 활동한 것으로 나온다.

희천 명문동에서는 1923년 9월 21일 밤 무장단 30여 명이 먼저 전선을 끊고 나서 주재소와 면소를 습격했다. 나중에 밝혀진 바로는, 명문동 조준룡 외 25인이 독립단 천마대 사령관 최시흥의 부하 최오산과 같이 맥을 같이하여 감행한 사건이라 했다. 주재소와 면사무소를 습격하는 과정에서 경찰관 한 명이 죽었다. 경찰은 이에 대한 보복으로 관련자들을 체포하여 손톱 밑을 죽침으로 찌르고 음경에 불심지를 박는 등 무지막지한 고문을 가했다. 신문에서는 "말만 들어도 소름끼치는 이 고문법"으로 몸에 난 상처를 개수까지 자세히 보도했다.[6]

이제 길은 점점 고도를 높여 곧 저 유명한 구현령을 내민다.

평안북도 강계 인빈문 전경(1913년 촬영).

옛 조선에, 부임하느니 차라리 사직서를 내리라 싶을 만큼 험해 사직령이라 이름 붙은 고개들이 제법 있었다 하나, 이 구현령만큼 심한 고개도 드물 터였다. 숫제 깎아지른 절벽이다. 해발 815미터의 고갯마루에 헐떡헐떡 오르면 비로소 가야 할 강계 땅이 보인다. 그 꼭대기를 경계로 해서 남쪽은 청천강, 북쪽은 독로강의 발원지다. 독로강은 압록강의 지류로 길이가 239킬로미터며, 그 유역에서 벌채된 원목은 뗏목을 통해 압록강 하류로 운반된다. 차가 구현령 정상을 지날 때는 마치 비행기를 타고 창공을 나는 듯했다. 북쪽으로는 모든 게 달라 보인다. 바람마저 다르게 느껴진다. 계절을 달리하여 그곳에 오른, 앞서의 월남 인사는 "희천 쪽에서 바라보면 아직 조금도 누런빛이 보이지 않는 늦여름인데 고개를 다 올라서서 굽어보면 아주 줄을 그은 듯이 선명하게 고갯마루를 경계로 북쪽(강계 쪽)은 울긋불긋 단풍이 들어 졸지에 환절換節을 느끼게 된다"[7]고 쓰기도 했다.

이제 도로에 1미터가 넘게 쌓인 눈을 뚫고 가야 한다. 오가는 차가 거의 없다. 이따금 빨간 완장을 차고서 길 치우는 인부들이 보일 뿐이다. 고개를 다 내려가면 그때부터 독로강을 끼고 간다. 여름 같으면 그 강에 조는 듯 떠 있을 흰 돛단배를 즐겼을지 모른다. 지금은 눈 속에 자칫 길을 잃기가 십상이다. 차가 빠지면 모두가 내려 눈을 치우고 차를 민다. 눈길을 겨우 벗어나면 이번에는 빙판길을 아슬아슬 달려야 한다. 자칫 실수하면 낭떠러지로 굴러 뼛가루가 될까 마음이 조마조마하다. 실로 운전이 아니고 곡예요 비행이다. 구현령보다 조금 낮은 화경치를 지나면 전천에 이르는데, 경찰서, 우편국, 면사무소 등이 있는 300여 호의 꽤 큰 마을이다. 이어 별하동을 지나고 부지령을 넘으면 지금까지 본 산들은 홀연 사라지고 꿈을 꾼 듯 기이하게도 평야가 눈에 들어온다. 마침내 강계에 접어든 것이다. 어느덧 땅거미가 졌다. 아직 안심해서는 안 된다. 이때부터는 백두산 깊은 골을 타고 내려온 광풍이 평원을 때린다. 살을 에는 찬바람이다. 그래도 그 따가운 눈보라를 뚫고 점점 길 가는 이들의 수가 늘어나니 마침내 승지* 강계의 읍내가 훌륭한 모습을 드러내는 것이다. 그쯤에선 지나온 길이 꿈처럼 아득할 뿐이다.

강계가 조선시대에는 가장 먼 유배지 중 하나로 꼽혔다. 성리학자 이언적이 1547년(명종 2) 윤원형 일당이 조작한 이른바 양재역 벽서 사건에 연루되어 유배당한 곳이었다. 이언적은 강계에서 많은 저술을 남기고 세상을 떠났다.

실은, 강계가 전국에서 가장 면적이 넓은 군으로도 유명했다. 충청북도 전체의 대략 4분의 3 정도였다. 1930년대 중반의 인구도 2읍 15면을 통틀어 무려 20만이 넘었다. 강계읍이 3만, 만포읍이 2만이 넘었다. 그러니 나머지 산간벽지에도 골골처처에 무수히 사람들이 틀어박혀 삶을 꾸려가고 있었다는 말이다.

이정호의 작품 중에 「강계 숙모」(1976)라는 제목의 단편이 있다.[8]

---

* 승지(勝地): 경치가 빼어난 곳.

압록강 뗏목이 모이는 신의주 연안의 저목장.

소설 속 강계 숙모는 장 노인이 한창 젊었을 때 강계에서 만난 여자로 굉장한 미인이었다. 아랫녘에서 순천 미인을 꼽는다면 윗녘에서는 강계 미인을 꼽았다. 강계 숙모는 그런 강계에서도 드물게 보는 미인이라, 처음 보는 이들은 기생이 아니었을까 의혹을 품을 정도였다. 장 노인은 강계 시절에 원시림을 누비며 원목 사업을 했다. 사나이 사업으로 원목상처럼 호연하고 패기가 넘치는 일은 없다고 했다. 몇 만 평 원시림의 산판을 값을 후려쳐서 손에 넣는 것은 일종의 투기요, 아름드리 입목을 채벌하는 것은 자연을 정복하는 통쾌함이며, 원목을 산 밑으로 떨어뜨리는 반출 과정은 손에 땀을 쥐게 하는 스릴이라고 했다. 게다가 그 원목들을 두만강에서 뗏목으로 흘려보낼 때의 낭만은 무엇에도 비길 바 없다고도 했다. 장 노인은 인생에서 가장 화려한 그 시절에 바로 강계 숙모를 만난 것이었다. 해방 후 두 사람은 함께 월남했다. 하지만 장 노인은 바람을 피웠고, 강계 숙모는 나이 들어가며 횡설수설하더니 폐인이 되었다. 마치 환갑 때까지만 살기로 작정한 사람처럼 보였다. 그때부터 장 노인은 선천댁을 얻어 따로 살림을 꾸렸다. 소설은 그 강계 숙모의 부음으로 시작되고 장례식으로 끝이 난다. 하지만 하관 후, 평소 말이 없고 얌전하던 선천댁은 기어이 울음을 터뜨린다.

"나는 뭐야요. 실컷 뒷바라지만 하고, 네 없으면 못 간다고 영감님은 침이 마르도록 말씀하시지만 보시라요. 두 분이 딱 합장하잖습네까. 난 무얼 바라고 살아야 합네까?"

그럴 만도 했다. 장 노인은 진작 만들어놓은 제 분묘에 강계 숙모를 탈관해 묻었던 것이다. 물론 그 고급 화강암 석관에는 나중에 제가 들어갈 자리를 반만큼 또 남겨두었다.

소설가 이정호의 고향은 정작 평안도가 아니라 함경도였다. 하지만 그녀의 고향 신흥은 개마고원 속에서 장진하고 붙어 있고, 장진은 또 강계하고 도와 군의 경계선을 공유한다.

강계를 끼고 있는 독로강 유역에서만 압록강 목재의 약 절반이 생산된다. 또 만포에는 동양 굴지의 만포제재소를 비롯해 여러 제재소가 있었다. 그런데 소설에서는 강계 제일의 원목상 장 노인의 원목이 압록강이 아니라 두만강의 뗏목이 되는 것으로 나온다. 지도를 오래 들여다봐도 어떻게 그런 경로가 가능한지 쉽게 답을 얻지 못한다. 장 노인이 함경남도 삼수갑산도 넘어 함경북도 땅까지 넓게 산판을 쥐고 있었던 것이라면 혹 모르지만. 실제로는 대개 무산 쪽 삼림 지대에서 벌채되는 목재는 압록강 상류의 혜산진을 통해 뗏목으로 신의주 쪽으로 운반되었고, 서부 개마고원 부근의 나무들은 장진강을 이용해 그보다 아래 신갈파진에서 압록강으로 운반되었다.[9]

14

압록강을 건너는 여러 가지 방법

흔히 압록강이 백두산 천지에서 발원한다고 생각하지만, 실제로는 장군봉(병사봉)에서 남서쪽으로 약 8킬로미터 내려간 부근에서 비롯한다.[1] 당연히 처음에는 작은 개울로 흐르다가 차차 물줄기가 커지는데, 깊은 골짜기를 지날 때는 유속이 빠르고 거친 흐름을 이어간다. 상류에서는 계단식으로 높은 하안 단구를 이룬다. 가림천·오시천 등 여러 하천을 합하며 혜산을 지나면서는 서쪽으로 방향을 바꾼다. 개마고원 쪽에서 허천강·장진강 등 큰 강들이 흘러드는 것도 그쯤에서이다. 상류 지역은 강폭이 비교적 좁고 유속이 빠르나, 신갈파를 지나 중강진 부근에서 남서쪽으로 물길을 바꾸면서부터는 강물의 흐름이 갑자기 느려지고 급한 여울도 많이 나타난다. 이제 강은 자성강, 독로강, 위원강, 충만강, 삼교천 등과 중국 쪽에서 나오는 훈강을 합하며 황해로 흘러간다. 그때까지 만포, 위원, 초산, 벽동, 창성을 지나 삭주, 의주를 만난다. 하류는 퇴적층을 이루고 있으며, 특히 하구에는 넓은 삼각주와 충적 평야가 펼쳐진다. 조선 건국의 역사로 유명한 위화도라든지 러일전쟁의 단초가 된 용암포 등이 그곳에 있다. 신의주에서 철교를 건너면 곧바로 중국의 도시 단둥(안동)

이 나타난다.

사실 이런 식으로 압록강에 대해 말하는 건 크게 의미가 없을지 모른다. 백두산이 그렇듯, 두만강이 그렇듯, 압록강 역시 몇 줄 글로 설명할 수 있는 강이 아니기 때문이다. 가령 그것이 한 나라의 왕세자가 볼모로 끌려갔다가 돌아오며 마침내 눈앞에서 마주친 강이라면? 환국하는 세자의 행차는 장했다. 마땅히 그래야 할 일이었다. 하지만… 하필이면 겨울이었다.

> 날이 춥고 땅이 얼어 장한 행차도 고됨을 면할 수가 없었다. 시위들의 입술이 언 소라고둥에 달라붙어 고둥의 소리는 장하지 못하고, 째진 입술에서 피가 묻었다. 가는 곳마다 서둘러 불을 피웠으나 간신히 세자 저하의 몸을 녹일 뿐이었다. 앞은 녹고 뒤는 언 세자 저하의 얼굴도 내리 파리했다. 빈궁 마마가 타신 가마 안으로는 연신 탕약과 환약이 들어갔다. 동상을 입은 노비들의 떨어져 나간 발가락이 행차의 뒤쪽으로 남았다. 그렇게 책문을 넘어 압록강에 이른 것이 해를 지나 숭정 17년 정월 초닷새의 일이었다.
>
> 추운 날에는 오줌도 마렵지 않으나, 압록강에 이르러 늙은 바지춤을 내리고 오줌을 누었다. 오줌이 줄줄 흘러내려 바지춤을 적셨다. 그렇더라도 적의 땅에 남기고 갈 것이었다. 압록강 건너 조선의 땅이 보였다. 눈이 쌓인 듯 나루

가 온통 하얬다. 조선의 백성들이 모두 달려나와 세자 저하를 기다리고 있음이었다. 늙은이들의 울음소리가 강을 건너 들렸다. 상께서 민폐를 금하셨으나 민의 마음까지는 금하지 못하심이었다. 저하께서 더 울지 말라 하셨으니 울지 말아야겠으나, 늙어 눈물이 흔해져 어찌할 수 없이 또 눈물이 흘러내리는데 그것이 바지춤을 적신 오줌 줄기 같았다.[2]

그렇게 세자의 행차가 압록강을 건넌 것이 1644년(인조 22) 정월이었다. 경진년 환국 이후로 두 번째, 그러나 그게 영원한 환국은 아니었다. 더 치러야 할 수모가 산처럼 쌓여 있었다. 아비가 삼전도에 설치한 수항단에서 청 태종에게 삼궤구고두三跪九叩頭의 예를 올렸다. "일고두", "재고두", "삼고두" 호령에 따라 임금은 두 손을 땅에 댄 다음 이마가 땅에 닿을 듯 머리를 조아리는데, 그런 행동을 세 차례 하고 "기起"의 호령에 따라 일어섰다. 이와 같은 행동을 세 차례 반복했다. 청은 항복을 받아들였고 인질을 요구했다. 세자 소현이 볼모를 자청했다. 청나라 수도 심양(선양)으로 가서 심양관에 억류되었다. 그가 완전히 환국하는 것은 1645년 음력 2월, 처음 나라를 떠날 때로부터 따지면 9년 만이었다. 그가 가슴속에 뜻을 품었으되, 어떤 뜻을 품었는지 정확히 아는 이는 없었다. 하지만 소현은 귀국한 지 얼마 지나지 않아 곧 세상을 뜨고 만다. 그의 뜻도 함께 사라졌다. 다들 의문의 죽음이라 했다.

한 나라의 세자가 당한 수모를 병자호란 때 서울 장안의 사대부 집안 처녀들 수백 명이 똑같이 당했다. 그리고 이른바 화친이 성립되어 그들이 돌아올 때, 적의 땅 마지막 나루에서 배를 기다리며 눈앞의 압록강을 바라볼 때 어떤 마음이었는지 알려진 바는 없다.

다만 임경업이 있어 능멸의 서사를 뒤집었다. 그의 이야기가 특히 압록강 의주, 삭주, 용천 백성들 사이에 널리 회자되었다.[3]

백마강 만호 임경업이 개성 천마산성 쌓으라는 명을 받고 와보니 일이 만만치 않았다. 이에 소를 잡으며 술을 빚어 병졸과 백성에게 친히 잔을 권하고, 백마를 잡아 피를 마셔 맹세했다.

"나는 너희들의 힘을 빌려 나라의 은혜를 갚고자 하노라."

이때부터 임경업이 춥고 더우며 괴롭고 기쁨을 극진히 염려하니 모든 군졸과 백성이 크게 감격했다. 그가 나중에 중국 강남에 가서 적장 가달을 간단히 물리치매 호국胡國에 그의 이름이 진동했다. 호왕이 수십 리 밖에 나와 전송하며 금은 채단 수십 수레를 주었는데, 임경업이 사양치 아니하고 받아 모든 장졸들에게 나누어주며 왈, "내 너희 힘을 입어 대공을 세워 이름이 양국에 빛나거니와, 너희들은 공이 없으므로 이 소소지물小小之物로써 정을 표하나니라" 하니 모든 장졸이 크게 감읍했다.

나라에 돌아오자 임경업은 공을 인정받아 의주 부윤 겸 방어사가 된다. 이후 그가 한 필 말을 탄 채 적진으로 돌진하니 적의 수급이 낙엽처럼 떨어졌다든지 하는 무용담은 압록강 푸른 강물을 타고 널리 퍼져나갔다. 하지만 병자호란이 닥쳐 적장 용골대가 임금을 능멸하고 세자를 볼모로 끌고 돌아갈 때 오직 임경업이 있어 의주에서 그 길을 막아섰다.

> 경업이 노기충천하여 맞아 내달아 칼을 드는 곳에 호장의 머리를 베어 내리치고, 진중을 짓쳐 들어가 좌충우돌하여 호병을 베기를 무인지경같이 하니, 호병이 황겁하여 각각 헤어져 목숨을 도모하여 달아나고, 남은 군사는 아무리 할 줄 몰라 죽는 자가 무수하더라.

그러나 이미 항복의 예를 바친 후라, 끌려가던 세자의 만류로 임경업은 눈물을 머금고 물러설 수밖에 없었다. 훗날 임경업이 호국에 끌려갔다가 돌아올 때 김자점의 모함으로 역도로 몰리자 오히려 의주 백성들이 모두 나와 슬피 울며 한탄했다.

저자에 돌던 이야기와 역사적 실제가 똑같지는 않다. 그러나 적어도 압록강변 사람들에게 임경업은 나라의 수모를 대신 갚아줄 장수이자 진자리 마른자리 가리지 않고 언제나 백성의 편에 선 부모와 다르지 않았다는 점만큼은 똑같았다.

1904년 러일전쟁 취재차 조선에 온 잭 런던은 4월 21일 북상하는 일본군을 따라 마침내 의주에 도착했다. 국경이 가까워올수록 남으로 내려오는 피란민들은 엄청나게 늘어났다. 마을은 병사들로 가득 찼다. 잭 런던 일행은 텅 빈 마을을 찾아가 주인 행세를 하며 밤을 보낼 수 있었다. 이튿날 그는 말을 타고 다시 길을 나섰다.

> 4월 22일, 나는 의주에서 일종의 여름 정자인 성의 꼭대기까지 올라갔다. 나는 그곳에서 오카다 대위가 내게 말했던 소위 '전쟁의 무대'를 보고 있다는 것을 깨달았다. 10여 차례의 종군 경험이 있는데도 "흥분으로 전율이 느껴진다"고 내 곁에 있던 한 기자가 말했다. 그러나 나는 이상하게도 무감각했다. 움직이는 것은 아무것도 없었다. 의주성의 망루 사이로 보니 저 아래로 넓은 압록강이 흐르고 있었다. 강의 지류에 의해 나뉜 하얀 모래밭이 모자이크처럼 펼쳐져 있었다. 저 멀리 있는 강에서부터 만주의 산맥이 시작되고 있었다. 그리고 그것이 전부였다. 무대는 텅 비어 있었다.
>
> 그날은 꿈과 평화가 가득한 날이었다. 이 나라는 조선朝鮮(조용한 아침의 나라)이라는 옛 이름을 가질 만했다. 땅은 열기 때문에 진동하는 것 같았고 멀리 보이는 계곡과

옛 그림 속 의주 통군정.

산은 여름의 짙은 안개 속에 있는 것처럼 알아보기 힘들 정도로 불투명했다. 그 드넓은 공간 안에서 움직이는 것은 아무것도 없었으며 그 고요함과 평화로움은 지금이 전시라는 생각을 전혀 불러일으키지 않았다.[4]

잭 런던이 조선에 와서 쓴 것 중에서 가장 호의적인 글이다. 그러나 이런 호의에도 불구하고 그로선 제 앞의 압록강이 얼마나 많은 비탄과 분노를 안고 흐르는지 도저히 알 길이 없었다.

의주에는 의주읍성과 백마산성, 거란성, 만리장성 등이 있다. 이 모두가 변방의 고단한 수자리와 관련이 깊다.

압록강에 다리가 없던 시절, 연행사들은 의주에서 배를 타고 강을 건넜다.

> 상방 마두의 고함 소리가 채 끝나지도 않았는데 사공은 삿대를 들어 크게 한 번 저었다. 물살이 몹시 빠르다. 사공들이 일제히 뱃노래를 부르며 힘껏 저으니 배는 번개처럼 쏜살같이 내달린다. 아찔한 것이 마치 하룻밤이 휙 지나간 듯하다. 통군정 기둥과 난간들이 팔방으로 빙빙 도는 것 같다. 전송하느라고 모래펄에 서 있는 이들이 팥알만 해 보인다.[5]

압록강 철교는 회전식 개폐교로 1909년 8월에 착공되어 1911년 10월 말 완공되었다. 그때는 의주 땅이었다. 그 후 일제가 곧 의주 남쪽 삼각주에 따로 신의주를 건설함으로써 조선과 만주를 잇는 국제 열차 또한 의주가 아니라 신의주 땅에서 압록강을 건너게 되었다. 1910년 초 단재 신채호와 도산 안창호가 망명을 떠날 때는 아직 철교가 없었다. 단재는 역사책『동사강목』한 질만 품에 안고 있었으며, 도산은 저 유명한〈거국가〉를 뒤에 남겼다.

압록강 옛 철교. 개폐식이었다.

간다 간다 나는 간다 너를 두고 나는 간다
잠시 뜻을 얻었노라 까불대는 이 시운時運이
나의 등을 내밀어서 너를 떠나가게 하니
간다 한들 영 갈소냐 나의 사랑 한반도야

그리고 10년이 훌쩍 지나 1921년 4월 4일, 가람 이병기는 이 날 일기에 이렇게 썼다.

『조선일보』에 춘원이 돌아왔다는 말이 났다. 허영숙하고 상사병이 나서 왔단다. 세상에서 무엇이 사랑스러우니 해도 춘원에게는 허영숙보다 더 사랑스러운 것이 없다. 이천만 동포니 삼천리강산이니 하고 남보다 더 떠들고 사랑하는 체한 이가 겨우 한 허영숙에게 바쳤다.[6]

1919년 도쿄에서 2·8 독립 선언에 가담한 후 상하이로 망명을 떠났던 춘원이 귀국한 것은 1921년 이른 봄이었다. 압록강을 건너 돌아오던 그는 도중에 체포되었지만 놀랍게도 딱 하룻밤만 조사를 받았을 뿐이었다. 그의 이름과 그에게 걸린 혐의에 비해서는 도무지 이해할 수 없는 '후한 대접'이었다.

예컨대 유관순의 이화학당 동창인 남동순에게는 도강 자체가 목숨을 건 독립운동이었다.[7] 그녀는 운동화 밑바닥에는 밀서를 넣고, 돈(독립운동 자금)은 속옷에 넣고 그 위에 오일맹이라 부르던 헝겊을 둘러싼 채 국경을 넘었다. 헌병들이 그녀를 때마다 잡아내 꼬치꼬치 캐물었다. 그녀는 'S언니'*를 만나러 간다고 둘러대기도 하면서 몇 번이고 강을 건넜다. 나중에는 기어이 경찰에 잡혔고, 모진 고문을 받았다. 귀청이 떨어지도록 맞았다. 어깨도 빠지고 허리뼈도 부러졌다. 거꾸로 매달아 빙글

* S언니: 동성애 대상이 될 정도로 가깝게 지내던 언니. 일제 강점기에 여학생들 사이에 일종의 유행이었다.

빙글 돌리는 이른바 비행기 고문도 받았다. 고춧가루 탄 물을 코에 들이붓는 물고문도 수없이 받았다. 그래도 끝까지 동지들의 이름을 불지 않았다. 온몸이 만신창이가 되도록 맞다 보니 나중에는 아픈 줄도 몰랐다.

그런 압록강이기에 도산 안창호는 춘원이 귀국의 뜻을 밝혔을 때 절대 불가하다고 막아섰던 것이다.

"지금 압록강을 건너는 것은 적에게 항서降書를 바치는 것하고 다를 바 없소. 민족운동자로서 쌓아온 명성을 하루아침에 잃을 것이오, 명성을 잃으면 민중이 따르지 않을 것이오. 또 자기는 물론 허 양에게도 큰 죄를 짓는 일이 될 것이오. 속단치 말고 냉정히 생각하시오."

하지만 춘원은 스승의 말을 듣지 않았다. 대신 자기는 조국에 돌아가 차차 도산의 무실역행務實力行 운동을 펼치겠노라 말했다. 도산은 그런 제자의 말을 믿지 않았다.

어느 날 춘원은 홀연 상하이에서 종적을 감추었다. 도산도 그 사실을 까맣게 몰랐다. 춘원은 천진(톈진)을 거쳐 봉천(펑톈)으로 갔고, 거기서 압록강을 건너는 국경 열차에 몸을 실었던 것이다.

'간다 간다 나는 간다. 우리나라로 나는 돌아간다.'

그의 입에서 이런 감탄이 절로 흘러나왔다. 마치 제가 쓴 소설 「가실」 속 고구려에서 기나긴 포로 생활을 마치고 고향을 찾아 돌아가는 신라 병사 같은 기분이 조금은 낯설었다.[8] 하더라도 그게 또 다른 포로이기를 자청하는 길이라고는 추호도 생각하지 못했다.

춘원은 압록강을 건너 돌아온 그 해 9월 30일 밤 사이토 마코토齋藤實 총독과 만났다. 경기도 경찰 부장의 안내로 남산 왜성대의 총독 관저에서였다. 이날 만남에 대해 훗날 춘원은 스스로 총독이 자기 같은 한갓 서생을 마치 옛 친구같이 잘 대접해 주었노라 회고했다.

> 그때에도 제등 총독은 무불옹*으로부터 내 말을 들었다고 하면서 '아부 군은 참으로 조선인을 사랑하고 있다'고 했다. 나는 지금도 제등 총독과 아부충가 옹은 지위는 다르나 조선인에 대한 마음가짐에는 공통된 곳이 있다고 생각한다. 이것은 나뿐만 아니라 다른 조선인도 그렇게 생각하는 것 같다. (중략) 저 대정 8년(1919) 직후의 조선인의 마음에는 참으로 위험함이 있어 관리든 아니든 일본인에 대한 미움과 두려움이 깊이 뿌리내렸던 것이다. 조선인의 우울하고 멋대로 하는 성미가 이 두 사람의 적나라한 참마음에 접하고는 기쁨으로 뿌리를 내리지 않을 수 없었다. '이

* 무불옹(無佛翁): 아베 미츠이에(阿部充家)의 별칭. 『매일신보』와 『경성일보』 사장을 지냈다.

봐, 일본인이 모두 저 두 사람처럼이라면' 하고 생각하는 조선인은 수없이 많았다고 여겨진다.[9]

둘 사이에 단순한 인사 이상으로 모종의 거래가 있었다고 의심할 구석은 얼마든지 있었다. 어쨌거나 춘원은 그때 이미 조선의 최고 실권자와 경찰 쪽의 최고 책임자를 두루 만나고 있었던 것이다. 그런 그에게 죽음을 불사한 독립 투쟁 또한 그저 "조선인의 우울하고 멋대로 하는 성미" 탓으로 여겨졌을지 모른다.

춘원은 돌아온 그해 5월 서울에서 허영숙과 재혼했다. 한국 여성 최초의 개업의로서 그녀는 태어나서 이제 막 서른 살이 되는 나이까지 오직 고통과 수난 속에 살아온 한 남자를 위무할 충분한 능력이 있었다. 춘원 또한 그동안의 고통과 수난을 치우고 새삼스레 행복을 누릴 충분한 권리가 있었다.

1923년에 그는 『동아일보』에 논설위원으로 들어갔다. 총독부의 주선이었고, 그가 받는 수당만 해도 한 달에 300원의 엄청난 거금이라는 소문이 돌았다. 사실 최린이 초빙해서 강사로 나가기 시작한 천도교 종학원에서도 다른 선생들하고는 비교조차 안 될 만큼 많은 강사비를 받았다. 이제 그는 전처 백혜순에게 약속대로 생활비를 보내줌으로써 마음의 빚도 훨씬 덜 수 있었다. 한때 제 딸이 아까워 애가 달았던 장모도 사위를 괄목상대했다. 그 사위가 이제 조선에서 첫손에 꼽히는 문사 아닌가. 부러울 게 없었다. 업고 다니라면 못 업고 다닐 것도 없었다.

춘원에게도 그 달콤한 인생의 향기는 영원할 것 같았다.

15

압록강 국경 1,000리

시인 백석이 평안도 서쪽 지방을 여행할 때 영변의 팔원이라는 곳에 들렀다.[1] 차디찬 아침이었다. 묘향산행 텅 빈 승합자동차에 앉아 차 떠나기만을 기다리는데, 나이 어린 계집아이 하나가 올랐다. 진초록 새 저고리를 입었지만 손잔등은 밭고랑처럼 몹시도 터졌다. 어디 가냐고 물은 즉, 자성을 간다고 했다. 자성이라면 강계도 지나 그 자성이다. 어찌 가려는지, 아니 길은 있기나 한지, 시인의 깜냥으로는 도무지 가늠이 되지 않았다. 계집아이는 예서 자성이 350리라 했고, 150리 묘향산 어디메서 삼촌이 산다고 했다. 혀끝에 올리는 모든 이수가 죄 막막할 뿐이다. 새하얗게 얼어붙은 자동차 유리창 밖에 사람들이 나타나 내임(배웅)을 냈다. 알고 보니 내지인 주재소장과 그의 어린아이 둘이었다. 고사리 같은 손들을 흔드는데 계집아이는 제대로 보지도 못했다. 곧 울었다. 느끼며 울었다. 지켜보는 시인의 눈가도 촉촉이 젖었다. 계집아이는 몇 해고 그 주재소장 집에서 밥을 짓고 걸레를 치고 아이보개를 하면서 이렇게 추운 아침에도 손이 꽁꽁 얼어서 찬물에 걸레를 헹궜을 것이다.

자성은, 시인이 행여 한번 가본다고 꿈조차 꾸어보지 못한,

평안북도에서도 끄트머리에 붙어 있을 그 자성은 한참 더 아득해졌으리라. 한국의 근대 문학 지리지에 이렇게나마 자성을 올린 백석과 팔원의 그 어린 계집아이가 고마울 따름이다. 지도를 찾아보면 팔원은 김소월의 「진달래꽃」으로 유명한 영변의 약산동대로부터 멀지 않은데, 생각보다 훨씬 교통의 요지임을 알 수 있다. 영변 읍내로는 물론이고 박천, 태천, 운산으로 연결되는 큰 도로가 나 있고, 해방 후에는 평안북도선과 만포선 사이를 연결하는 기차 노선도 들어섰다.

1923년 『개벽』지의 편집장 춘파 박달성이 마침 묘향산을 유람한 후 자성을 바라고 길을 떠났다.[2] 희천에서 하룻밤을 잤다. 거기서 강계까지는 앞의 인사들과 같은 경로였다. 계절이 초여름이라 길이 더 좋다는 게 다를 뿐이다. 자동차 값이 만만치 않다. 차비가 14원에 트렁크 짐삯을 따로 3원 90전이나 받았다. 당시 노동자의 하루 평균 임금이 많이 받아야 60전 정도였음을 볼 때 25일 기준으로 거의 한 달치 임금에 맞먹는 거액이었다. 춘파는 대여섯 시간이면 데려다준다는 말에 그 삯을 치르고야 말았다. 차가 막 떠나려는데 순사가 와서 그를 콕 짚어낸다. 굳이 파출소까지 가서 점고*를 하고 돌아왔다. 그러려니 해도 기분이 좋을 리 없다. 명문동에서도 똑같은 일을 거쳤다. 구

* 점고(點考): 명부에 일일이 점을 찍어가며 사람의 수효를 조사함.

강계 인풍루.
서도팔경의 제1경으로 손꼽힐 만큼 경치가 아름답기로 유명했다.

현령을 넘는데 크게 어렵지는 않았다. 자동차가 그렇다는 것이지, 그 안에 타고 가는 승객의 처지로서는 두려움 반 호기심 반이다. 굽이를 지나도 또 굽이가 이어진다. 굴곡이 몹시 심해 정신은 아찔하다. 뒤를 돌아보니 자동차 네다섯 대가 맹렬한 기세로 달려온다. 마치 활동사진에서 범인을 쫓아오는 탐정의 차를 보는 것 같다. 전천에서 점심을 먹고 다시 출발, 구현령 못지않은 부지령을 넘는다. 거기서는 탄탄대로 20리에 강계를 만난다.

강계 유지들과 함께 제일 먼저 인풍루를 구경했다. 인풍루는 강계 읍성의 서북 장대로 독로강과 북천 두 강이 합류하는 지점의 표연히 높은 절벽에 서 있다. 건물 자체야 특별한 볼품은 아니더라도 눈앞에 펼쳐지는 푸른 장강의 절경이 압권이었다. 명불허전, 서도 8경의 제일이라는 말 그대로였다. 절벽이 아득해서라기보다는 위치가 절묘한 탓이다. 뒤로는 읍성 안쪽의 읍내 전경이 고스란히 눈에 들어온다.

강계에 『개벽』 독자가 90명이라 했다. 그 독자들을 대표하여 몇몇 유지들이 자리를 마련했다. 헌데 군수란 자는 『개벽』이 무슨 잡지인 줄도 모른다. 그저 일본인들이 으레 알아서 하려니 저는 시키는 대로 고개만 주억거리다가 월급을 받으면 그만이라는 게 군수 부류의 상례였다. 그 옆에선 경찰이 또 가관이다. 이 면에서 독립당이 야단을 치고 저 면에서 순사가 둘이나 피살을 당했다는데 하고 물어도 그저 '무사안온'하다고 입을 막을 뿐이다. 나중에 읍내 모 씨로부터 이야기를 더 들었다. 그는 지방 상황, 아니 경찰 대 독립당, 독립당 대 촌민, 촌민 대 경찰관의 상황을 본 대로 들은 대로 말을 하다가 제 말을 제가 압수해 입을 막고, 장탄식과 함께 기어이 눈물을 흘리고 만다. 더욱

이 작년 초겨울 ○○면에서 전사한 독립당 ○○○의 최후 사실을 말하다가는 그만 땅을 치며 천장만 쳐다본다. 숨은 사실, 나타난 사실, 큰 사실, 작은 사실, 할 말도 많고 호소할 것도 많지만 그저 꿀꺽 삼키고야 만다는 말에 다시 춘파의 가슴이 먹먹해진다.

6월 7일 아침 9시. 강계에서 우마차 하나를 10원에 빌려 출발했다. 북으로 나아가니 곧 심산유곡이었다. 어떤 데는 공포에 사로잡힐 만큼 깊은 산속이다. 무섭기로 소문이 난 팔영령을 지나야 한다. 고개 밑에서 소학생을 만나 함께 고개를 넘는다. 이틀 전에도 중국인 강도가 나타나 금품을 탈취했다는 소식을 전한다. 수림은 울창하여 지척이 안 보이고, 비구름은 짙어 눈과 코를 뜨지 못한다. 게다가 고개는 한없이 높고 가파르니 가슴이 조박조박하고 머리털이 오싹오싹한다. 토끼만 홀딱 뛰어도 나자빠질 것 같았다. 다행히 지나는 마부들이 제법 있었다. 강계와 자성 간을 오가는 우편배달부들도 있었다. 다 내려가면 종포진이다. 90리 길을 온 셈이다. 거기, 소학생의 집에서 하루를 묵는다.

6월 8일, 종포진에서 자성읍까지 80리. 아침 일찍 길을 떠나 마전령과 자작령 두 큰 고개를 넘어 오후 5시에 자성읍에 도착했다. 읍이라고 해야 집은 불과 100여 호 있을 뿐이다. 그러나 고요하고 깨끗하고 정답기 그지없었다. 압록강으로 합류하는 자성강이 볼 만했다.

6월 10일에 중강진을 향했다. 자성강을 끼고 40리를 가서 압록강변 자성강구(일명 법동)에서 일박했다.

6월 11일은 큰비가 내렸다. 짐을 맡겨둔 채 길을 나섰다. 내내 압록강 강변길을 가는데, 피목령, 송덕비탈, 토성비탈, 조속령, 차유령을 넘는다. 120리 길을 걸어 마침내 중강진에 도착했다. 목적지로 정했으니 왔을 뿐, 일본인에게는 의미 있는 국경도시일지 몰라도 조선인에게는 하등 관계가 없었다. 조선인이 약 100여 호 산다. 나머지 10분의 9는 모두 일본인 거류자들이다. 강 건너편으로 만주 땅 모아산(임강현)이 보인다.

사실 중강진의 진면목은 겨울에 있을 터였다. 예부터 한반도에서 가장 추운 지방으로 이름을 떨쳤다. 어찌나 추운지 잔도 얼고 술도 얼고 수은도 얼고, 심지어 이불 속에 잠자던 사람까지 통명태가 될 정도라 했다. 기온이 빙점 아래 30~40도가 중강진의 흔한 추위라는데, 일본의 홋카이도보다 더한 기록도 남겼다. 가령 1919년 1월 1일자 『매일신보』는 1915년 1월 21일에 영하 41도 1분까지 내려가 1902년 1월 25일에 홋카이도의 욱천旭川, 즉 아사히카와가 기록한 영하 41도를 넘어 일본 '제국의 영토' 안에서 최고 기록을 세웠다고 썼다. 그쯤이면 한란계도 맥을 못 춘다고 했다. 중강진은 실제로 1월 평균 기온이 영하 20도인데, 최저 기온은 1933년 1월 12일에 무려 영하 43.6

도를 기록한다.

6월 13일 오전 6시, 중강진에서 비룡환에 승선했다. 증기선인데 일주일에 한 번 운항하는 정기선이다. 압록강에는 시도 때도 없이 뗏목이 떠내려갔다. 중국인 것으로 상선도 보이나, 조선인 것은 허름한 목선마저 독립당의 왕래물이라 하여 모두 압수해갔다. 승객한테 들으니, 압록강은 조선의 강이로되 유독 조선인에게는 참혹한 강이라 했다. 죄가 있든 없든 조선인의 생명을 무수히 탈취해간다고. 포구마다 해빙기에는 대여섯, 많게는 열도 넘게 시체가 몰려온다고도 했다. 오후 4시, 만포진에 도착했다. 강계읍에서 2등 도로가 연결된다.

6월 16일, 뗏목을 타고 초산행. 공짜였다. 위험하기 짝이 없다. 여울을 갈 때는 간이 콩알만 해졌다. 뱃머리와 꼬리가 따로따로 논다. 그렇게 오르락내리락하기를 1,000리 장강에 수백 번을 해야 의주에 다다른다 했다. 고산진에서 하선하여 일박.

6월 17일, 고산진에서 초산까지 가는데 중간에 라즈岩子라 하여 가장 험난한 물길이 있었다. 물고기 밥이 되나 하여 눈이 절로 왕방울이 되었다. 무사히 초산의 신도장 나루에 도착했다. 마침 단오였다. 이제 춘파는 모처럼 초산에서 행복한 날을 며칠 보낸다. 거기서는 조선 배를 타고 벽동을 거쳐 창성까지 가고, 창성에서는 자동차로 삭주를 거쳐 의주까지 간다. 그렇게 하여 그는 한 달 전 길 떠나기 전에 올랐던 통군정을 다시 오를

평안북도 의주의 명소 통군정.

아래는 의주 읍내 전경. 멀리 언덕 위에 통군정이 보인다.

수 있었다. 압록강변 삼각산 마루에 서 있는 이 누정은 의주 읍성의 북쪽 장대로, 과연 거기 서면 대륙에서 짓쳐들어오는 외적을 한눈에 보고 군사를 호령할 만했다. 평시에는 빼어난 경치로 사람들의 발길을 끌었다. 눈 아래 압록강은 물론이고, 서쪽으로는 멀리 용암포, 남쪽으로는 석숭산과 백마산 일대의 크고 작은 봉우리들을 한눈에 담을 수 있어 예부터 관서 8경의 하나였다.

훨씬 훗날 일이지만 시인 정지용도 통군정에 오른다. 이번에는 겨울날이었다.[3] 어찌나 추운지 신의주 쪽에서 버스를 타고 오는 내내 발이 몹시 얼어 여간 동동거리지 않으면 안 되었다. 버스에서 내리는 즉시 통군정에 뛰어 오르리라 생각뿐인데, 그래야 언 발이 견디리라 생각했는데, 물 건너 대륙이 눈길을 잡아끈다. 끔찍이도 넓다. 그래도 며칠 전 들렀던 오룡배 근처처럼 지긋지긋이 쓸쓸해 뵈지는 않았다. 의주 가까이 오니 조선 초가집 지붕이 역시 정다움을 알게 된다. 한데 옹기종기 마을을 이루어 사는 모습이 꼭 암탉 둥우리처럼 다스하다. 만주벌은 5리나 10리 상거에 겨우 집 하나 있거나 말거나 하지 않았던가. 산도 조선 산이 곱다. 추위마저 정이 드는 조선 추위다. 얼굴 핏줄이 바작바작 바스러질 듯한데도 하늘빛이 하도 고와 흰 옷고름 길게 날리며 펄펄 걷고 싶다. 버스에서 내려 단숨에 통군정에 오르자는 것을 벗이 앞장서서 의주약방집으로 데려간다. 빨갛게 익은 난로에 발 좀 녹이고 가자는 것이었다. 주인집 '처네'가 참 미소녀라고 속으로 감탄하는데, 벗의 수다를 통해 젊은 주부인 줄을 깨닫는다. 충분히 몸을 데운 후에야 통군정을 올랐다. 검정 두루마기를 입은 약방집 남자 주인이 앞장섰다. 문을 나서기 전 어디론가 전화를 걸어 방을 따뜻하게 덥혀놓으라고 지휘를 했다. 막상 통군정에 오르자 내내 화문畵文 기행을 함께 해오던 길진섭 화백은 흥미를 보이지 않는다. 자꾸 어서 내려가자고 재촉이다. 하긴 만주 구련성 너머에서 몰아쳐오는 설한풍에 코마저 붓는 형국 아닌가.

"오호, 끔즉이 춥수다이!" 하며 들어오는 아이의 이름은 추월이라 했다. 귀가 유난히 얼어 붉었는데 귓불이 홍창 익은 앵도처럼 호무라져 안에서부터 터질까 싶었다. 그림이나 글씨 한 점 없이 온통 백노지로 바른 방 안에 앉은 추월이는 이제 그림처럼 앉아 수줍어한다. 언 얼굴이 꽤 곱다. 술이 몇 잔 돌아서야 언 몸들이 녹았다.

"추월아, 넌 고향이 어디냐?"

"넝미嶺美웨다."

"언제 여기 왔어?"

"칠월에 왔시요."

정지용이 박천군 양가면 영미에서 왔다는 추월이에게 짓궂게 장난을 친다.

"추월아, 너 밖에 나가서 다시 얻어 오렴아."

추월이 웃는 외에 달리 무슨 말이 없는데, 차차 웃음소리가 번져 의주의 겨울밤은 깊어간다. 짠디에 분디*를 싸서 먹는 맛을 알려준 것도 추월이였다. 분디는 파릇한 열매가 좁쌀알만 할까 한 것이 아릿하기도 하고 맵싸하기도 했다. 싸늘한 향취가 어금니를 지나 코로 돌아 나올 때 창밖에 찢는 듯한 바람 소리 탓일지 추운 듯 슬픈 듯한 향수마저 느껴졌다.

자리를 옮기기로 하여 골목길을 걸어 마을 가듯 할 수 있는 것이 즐거웠다. 이제는 추위를 대수롭게 여기지 않을 만치 되었고, 서로 어색해하지도 않게 되었다. 가운데 서서 걷는 화선이는 막내 누이처럼 수선을 떨었다. 이따금 입으로 왕성한 흰 김을 뿜으며 "오오! 치워!" 하는 소리도 낸다. 눈 위에 다시 달이 떴다. 그 달을 밟으며 이야기 소리는 낭랑히 골목 밤을 울리며 간다. 시골 대문이란 잘 때 닫는 것이라 무심코 눈을 돌리면 길 옆집 안방 건넌방 영창에 물든 불빛을 볼 수 있다. 흔한 풍경도 국경의 거리에서는 훨씬 새삼스럽고 또 정답게 기웃거려지기도 하는 것이다. 기왓골 아래 풋되지 않은 전통을 가진 의주 살림살이에 대해 알고 싶은 것이 많았다. 일행 중 누군가 부러 "컹! 컹! 왕왕!" 짖는 소리를 흉내 내어 동넷집 개를 울리자,

---

* 분디: 초피나무 열매와 비슷하게 생긴 분디(분지)나무 열매.

미닫이를 방싯 열고 의아해하는 나머지 의걸이 장농에 호장저고리에 남치마 입은 자태를 눈도적 맞은 아낙네도 있었다.

일행은 옮겨간 집에서 〈의주 산타령〉을 들었고, 〈서도 8경〉에 〈의주 경발림〉도 연달아 들었다. 놀량 한 고비가 본때 있게 넘어갈 때 영산홍이의 치마폭이 버선을 감추고도 춤이 열렸고, 화선이의 장구채가 화선이를 끌고 돌렸다.

"잡수시라우예— 좀 더 잡수시래예!"

밤늦게 들어온 장국에 일행은 다시 의주의 풍미를 느낀다. 정지용은 수백 년 국경을 지켜온 것이 오직 이 풍류와 전통을 옹위하기 위함이 아니었던가 슬쩍 생각도 해보는데, 물론 실없는 생각이었다.

의주에서 '이조적인 밤'은 그런 식으로 지나갔다.

16

을밀대 체공녀

1931년 5월 29일 새벽 평양의 명승 을밀대 근처를 산보하던 사람들은 깜짝 놀랐다. 한 여자가 을밀대 지붕 위에 쭈그리고 앉아 있었기 때문이다. 어리다고는 할 수 없지만 충분히 젊은 나이였다. 까만 치마와 하얀 저고리 차림이 여염의 여자하고 조금도 다를 바 없었다. 사람들이 하나둘 모여들더니 어느새 수십 명 한 무리를 족히 이루었다. 여자는 혹은 손가락질을 하고 혹은 웅성거리는 사람들을 향해 연설을 시작했다. 여러 번 생각한 듯 거침이 없었다. 이런 내용이었다.

"내레 선교리에 있는 평원고무 공장의 직공 강주룡입네다. 회사 측은 이번에 돌연 불경기를 구실로 임금을 삭감하겠다고 통보해왔시오. 이는 회사 측의 일방적인 통보에 지나지 않습네다. 그렇지 않아도 쥐꼬리만 한 월급에서 도대체 무엇을 더 깎는다 말입네까? 우리는 회사 측의 삭감 조치를 받아들일 수 없습네다. 이것은 비단 우리 공장 마흔아홉 명 파업단만의 문제가 아니오. 우리가 이를 용납하면 결국 평양의 2,300명 고무 직공의 임금 삭감도 불을 보듯 뻔한 일이지요. 그러므로 우리는 죽기로 반대하는 것입네다. 내레 배워서 아는 것 중에 대중을 위하여서는 목숨도 초개처럼 버리는 게 명예스러운 일이라는 거이 가장 큰 지식입네다. 이래서 나는 죽음을 각오하고 이 지붕에 올라왔지요. 내레 평원고무 사장이 이 앞에 와서리 임금 삭감의 선언을 취소하기까지는 결코 내려가지 않겠습네다. 자본가와 맞서 싸우는 노동 대중을 대표하여 죽음을 명예로 알 뿐입네다. 그러하고 여러분, 구태여 나를 여기서 강제로 끌어내릴 생각은 마십시오. 누구든지 이 지붕 위에 사닥다리를 대놓기만 하면 내레 곧 떨어져 죽을 뿐입네다."

소문은 입에서 입으로 전해져 금세 가까운 평양성 안에 쫙 퍼졌다. 경찰이 황급히 출동해 구경꾼들을 멀리 물리쳤다. 강주룡은 조금도 물러서지 않았지만, 결국 경찰의 손에 끌려 내려오고 말았다. 실은 경찰이 양동 작전을 써서 앞에서는 설득을 하고, 뒤쪽에서는 사다리를 대고 몰래 올라가 완강히 버티던 강주룡을 밀어버린 거였다. 그녀는 그물 위에 떨어지면서 기절하고 말았다. 5월 28일 밤 광목 한 필을 사가지고 올라간 지 아홉 시간 만이었다. 나중에 밝혀지지만, 처음에는 그것을 벚나무에 걸고 제 목숨 하나를 끊을 작정이었다고 한다. 하지만 그대로 죽으면 젊은 과부 년이 또 무슨 짓을 하다가 세상이 부끄러워 죽었나 하는 오해를 받을 것이 두려웠다. 그래서 이왕 을밀대까지 온 이상 아침에 사람들이 모이면 실컷 평원고무 공장의 횡포나 호소하고 시원히 죽자고 마음을 돌려먹었다. 지붕에 올

을밀대 지붕에 올라간 강주룡. 이 일로 '을밀대 체공녀'라는 별명이 붙는다.
아래는 평양의 고무 공장 내부.

라가는 게 쉽지 않았으나 광목 끝에 무거운 돌을 매달아 지붕 위로 던졌고, 여러 번 시도 끝에 줄이 튼튼하게 걸린 것을 확인한 후 가까스로 뜻을 이룰 수 있었다.

강주룡은 경찰에 체포되자 즉시 단식에 돌입했고, 풀려나자 곧장 파업단 본부로 돌아갔다. 그녀는 이미 전국적으로 들불처럼 번지고 있던 혁명적 노동조합 운동의 상징적인 인물이 되어 있었다.

1930년대 초 평양은 고무 공업의 선도 지역이었다.[1] 특히 평양에서 만든 고무신은 평판이 좋아서 거의 전 조선으로 팔려 나갔으며, 국경 너머 만주에서도 수요는 날로 늘어갔다. 그 무렵 평양에는 총 열 개의 고무 공장에서 노동자 2,500여 명이 일하고 있었다. 이들은 매우 열악한 노동 환경에서 쥐꼬리만 한 월급을 받으며 일을 했다. 조선인 노동자의 임금은 대체로 일본인 노동자에 비해 절반 이하였고, 특히 고무 공업에서 대다수를 이루는 여성 노동자의 경우는 그 3분의 1 수준에 불과했다. 일급 30전으로 일고여덟 명이나 되는 가족을 부양하는 이들이 수두룩했다. 그런데 1930년 8월 고무 공장 공장주들은 세계적인 불경기를 이유로 2할의 임금을 내리겠다고 일방적으로 통보했다. 가난한 노동자들에게는 청천벽력과 다름없었다.

평양 고무 직공 조합은 즉시 반발했다.[2]

조합 측은 "저들 고주(공장주)들은 이익이 적을까 하여 공임을 내리자는 것이지만, 우리는 먹고살기 위하여 하는 일"이라 하여 강력하게 맞섰다. 공장주 측에서는 직공들을 얼마든지 새로 뽑을 수 있다며 자기들의 뜻을 밀고 나갔다. 이로부터 평양 고무 공장 노동자들의 대파업 투쟁이 전개되었다. 노동자들은 그야말로 목숨을 내걸고 싸울 수밖에 없었다. 각 공장에서 속속 해고와 동시에 신규 직공 모집이 시도되었다. 조합 측은 공장 습격 투쟁을 전개했다. 평안, 내덕, 동양, 세창 등에서 앞다투어 습격 투쟁이 벌어졌다. 신문은 연일 '평양 고무 공장 맹파' 소식을 굵은 활자 제목으로 뽑아 전했다. 이에 놀란 일제의 경찰은 대대적인 탄압을 전개하여 조합의 지도부를 속속 검거했다. 8월 20일에는 시내 백선행기념관에서 열린 직공 대회를 습격하여 노동조합 간부 수십 명을 체포해 트럭에 싣고 갔다. 격분한 노동자들은 회장을 빠져나가 물밀듯 거리로 몰려갔다. 이들은 구호를 외치며 행진을 계속했고 나중에는 평양경찰서까지 포위했다. 기마경찰대가 제지에 나서자 150여 여직공들은 오히려 붙잡힌 동지들을 구출한다고 경찰서 안으로 돌진했다.

> 별항 보도한 바와 같이 대회에 모였던 고무 직공 파업단과 형사와 격투가 일어나게 되자 경관 측에서는 수십 명 경관의 응원을 청하야 드디어 강덕삼 씨를 경찰서로 인치하자 일방으로는 자동차에 다른 직공을 검속하여 경찰서로 몰

아가게 되니 남녀 고무 직공들은 행동을 같이하자, 우리는 다 함께 경찰서로 가자 소리를 치며 일제히 경찰서로 달려가게 되니 경찰서 앞에는 5천여의 군중이 몰려들게 되자 경찰서에서는 경찰부에 응원을 청하고 기마순사까지 출동케 되었다. 그러나 동 직공 파업단 중 여직공 150여 명이 경관의 저지도 불구하고 그대로 경찰서로 몰려들어가 통곡과 함성을 지름으로 경관은 동 여직공 150명을 그대로 훈시실로 몰아넣고 말았다는데 때는 오후 4시경이었고 이때까지 검속된 사람은 24인이었었다.[3]

당황한 경찰은 체포한 노동자들을 모두 풀어주지 않을 수 없었다.

평양 고무 공장 노동자들의 투쟁은 1931년에도 계속되었고, 평원고무 공장 노동자 강주룡의 거사 역시 이러한 투쟁의 연장선상이었다.

강주룡은 6월 7일 한 잡지사 기자의 방문을 받고 그간의 사정을 상세히 들려주었다.[4] 그때 자신이 살아온 내력도 기탄없이 밝혔다. 그녀는 평안북도 강계 출신으로 어렸을 때는 크게 어렵지 않게 살았으나, 아버지가 가산을 탕진한 후에는 먹고살 길이 막막하여 간도로 건너가야 했다. 거기서 농사를 지으면서 7년을 살았는데, 스무 살 때 통화현 출신의 열다섯 살짜리 '귀여운 도련님'하고 결혼했다. 부부는 동리가 다 부러워할 만큼 금슬이 좋았다. 그러나 1년 후에 큰 변동이 생겼다. 남편이 독립단에 가입했기 때문이다. 강주룡도 남편을 따라갔다. 그리하여 백광운의 독립군 부대에 들어가 약 6~7개월간 활동했다. 하지만 "거추장스러워 귀찮으니 집에 가 있으라"는 남편 말에 따라 시댁으로 돌아왔다. 그런 뒤 다시 몇 개월 후 남편이 위독하다는 갑작스런 기별을 받고 곧바로 달려갔으나 그날 밤 남편은 숨을 거두고 말았다. 그 후 강주룡은 스물넷의 나이에 귀국했고, 평양에 와서는 줄곧 고무 공장 노동자로 지내며 늙은 부모와 어린 동생들을 부양했던 것이다.

사람들은 그녀를 '체공녀'로 불렀다. '옥상 여자'라고 부르는 이들도 있었다. 별칭이 어떤 것이든 그때부터 그 이름은 그 전해 일본에서 한 노동자가 높은 굴뚝에 올라 항의 운동을 벌여 얻은 '연돌남煙突男'이라는 이름에 비견되기 시작했다.

강주룡은 기자 회견 직후 평양적색노동조합 사건에 연루되어 다시 투옥된다. 그녀는 예심에 회부되어 근 1년간 미결수로 살았는데, 거기서도 끈질기게 옥중 투쟁을 이어나갔다. 그러던 중 극심한 신경 쇠약과 소화 불량 증세를 보이자 병보석으로 풀려났다. 하지만 생활이 너무 어려운 나머지 병원 한 번 가보지 못한 채 앓던 그녀는 1932년 8월 13일 평양 서성리 빈민굴의 자기 집에서 짧은 생을 마감하고 말았다. 그래도 강주룡으로 대표되는 평양 고무 공장 노동자들의 투쟁은 1929년의 저 유명한 원산 대파업, 그리고 1930년의 부산 방직 공장 파업, 신흥광산 노동자 폭동 등과 더불어 조선 노동 운동사에 한 획을 그은 사건으로 기록된다.

일본에서 대학을 다니던 김남천은 여름 방학을 맞이하여 귀국해서는 평양 고무 공장 노동자들의 파업에 참가, 격문을 작성하기도 했다. 그는 이 경험을 바탕으로 소설 「공장신문」과 「문예구락부」, 그리고 희곡 「조정안」 등을 썼다.

17

평양 배화 폭동,
진실로 무서운 밤

강주룡을 취재한 오기영은

유능한 기자였다. 그는 같은 해 9월 잡지 『동광』에 또 하나의 묵직한 기사를 실었다. 7월 5일 평양에서 벌어진 끔찍한 배화排華 사건을 다룬 것으로, 기사는 "그 밤은 진실로 무서운 밤이었었다"라는 말로 시작되었다.[1]

그에 따르면, 7월 5일 밤의 폭동은 오후 8시 10분경 평양부 신창리에 있는 중국인 요정 동승루에 어린아이 십여 명이 투석을 한 데서 시작되었다. 그것이 곧 1만여 군중으로 하여금 "미련하고 비열한 폭동에의 동원령"이 되었다. 도무지 이성적으로는 이해할 수가 없는 일이었지만, 어쨌든 일은 여기서부터 확대되었다. 어린애들의 투석이 60여 명 장정들의 투석으로 변하고, 동승루의 정문과 유리창이 부서졌다. 그러는 사이 소문은 평양 시내 전체로 빠르게 퍼져나갔다. 어느덧 군중도 수천 명을 헤아리게 되었다. "이 집의 소유주는 조선인이다. 집은 부수지 말자"는 소리가 나왔으나 이미 흥분한 군중을 막을 방법은 없었다. 그들은 이제 대동강변의 중국인 요정일랑 전부 파괴하고 대동문통의 큰길로 몰려갔다. 거기서 남으로 서문통까지는 중국인이 운영하는 포목과 잡화 무역상들이 밀집한 거리였다.

사람들은 200~300명씩 떼 지어 다니며 굳게 문을 닫은 상점을 향해 마구잡이로 돌을 던졌다. 어디선가 굵은 재목을 몇 명이 둘러메고 와서 "영치기" 소리에 장단을 맞추며 닫힌 문을 부수기도 했다. 어느덧 남문정에서 종로통까지 노도처럼 몰려다니는 군중의 수가 1만을 헤아렸다. 길거리에는 가게들에서 끄집어낸 주단이며 각종 물건들이 어지럽게 내깔렸다. 전차와 자동차 등 교통은 진작 끊겼다.

밤 11시, 이때는 벌써 시내 어디든 중국인의 상점과 가옥은 한 채를 남기지 않고 전부 부서진 뒤였다. 무서운 유언이 쉽게 퍼졌다.

"영후탕(중국인 목욕장)에서 목욕하던 조선인 네 명이 난도질당해 죽었다."

"대치령리(평양 부외)에서 조선인 서른 명이 중국인에게 몰살되었다."

"서성리에서 중국인이 작당해 무기를 가지고 조선인을 살해하며 성안으로 들어오는 중이다."

"장춘에서는 동포 60명이 학살되었단다."

집을 부수고 물건을 찢고 깨트린 것으로써 그만인 줄 알고 일시 피했다가 돌아온 중국인들은 혼비백산하여 다리가 뛰는 대로 달아날 수밖에 없었다. 죽은 어린애를 죽은 줄도 모르고 힘껏 붙안은 채 경찰서로 도망해와서야 비로소 아이의 시신을 확인한 어미, 젖 빠는 어린애를 껴안은 채 경찰서로 부축되어 와서 바닥에 뉘이자 곧바로 숨이 넘어가는 어미…. 평양 시내는 완전히 살육의 도가니였다. 곤봉이며 몽둥이를 쥐고 몰려다니는 군중은 “여기 있다!” 한마디만 하면 우르르 주린 이리떼처럼 달려들어 중국인의 해골을 박살 냈다. 멀쩡히 숨을 쉬던 중국인은 십여 분이 못 되어 두 손을 합장한 채 시체가 되어버렸다. 날이 밝았을 때, 피살된 자가 적어도 100명을 넘으리라는 오기영의 예상은 불행히도 들어맞고야 말았다.

1931년 7월 초 전국에서 발생한 화교 배척 폭동은 중국인 142명이 사망하고 120여 명이 중상을 입는 엄청난 피해를 남겼다. 그중에서도 평양의 피해가 가장 컸다. 평양의 사망자만 무려 133명이었다. 대체 왜 이 끔찍한 일이 벌어졌던 것일까. 그리고 하필이면 평양에서 왜 이토록 엄청난 살상이 자행되었던 것일까.

이 폭동은 만주 만보산(완바오산)에서 중국 관헌이 조선인을 살상했다는 소식을 전한 『조선일보』의 호외로부터 비롯했다. 이 소식은 곧 오보임이 밝혀진다. 1931년 7월 2일에 만주 창춘(장춘) 근처 만보산 지역에서 조선과 중국 농민 간에 충돌이 일어났는데, 이는 당시 흔한 갈등의 하나에 불과했다. 특별한 인명 피해는 없었다. 그런데도 수로를 파던 조선 농민이 여러 명 맞아죽었다고 잘못 보도되면서 사건은 삽시간에 전 조선으로

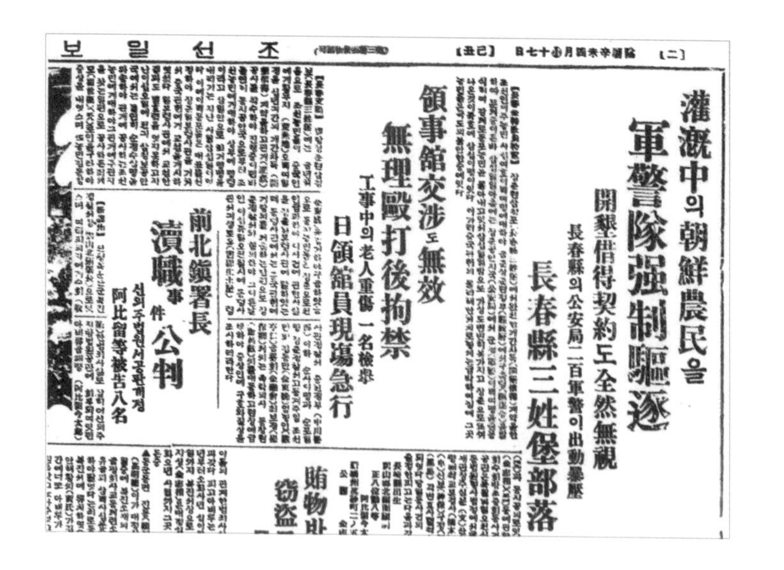

조선일보

灌漑中의朝鮮農民을
軍警隊强制驅逐
開墾借得契約도全然無視
長春縣의公安局二百軍警이出動暴壓
長春縣三姓堡部落

領事館交涉도無效
無理毆打後拘禁
工事中의老人重傷 一名檢擧
日領館員現場急行

前北鎭署長
瀆職事件公判
阿比留等被告八名

만주의 조선인 농민이 큰 피해를 입었다며
이른바 '만보산 사건'을 보도한 『조선일보』. 그러나 이는 오보였다.

번진 것이었다. 그렇더라도 치안에 책임이 있던 일본 경찰의 대응에 따라 피해 정도는 사뭇 달랐다. 특히 조선의 남부 지역은 크게 문제가 없었지만, 평양을 포함한 북부 지방에서는 어쩐 일인지 일본 경찰의 대응이 자제되거나 늦어지는 경우가 많았다. 일본은 이 사건에 대한 보도 자체를 철저히 통제했다.

훗날 이 사건에 대해서는 이른바 만보산 사건의 오보에서 비롯했으며 민족주의 의식이 왜곡된 형태로 발휘되어 피해가 걷잡을 수 없이 커졌다고 비판하는 견해가 지배적이었다. 일본의 간계에 놀아났다거나 심지어 은밀한 사주가 있었다는 견해도 있었다. 하지만 조선인의 맹목적인 민족의식이 사태의 가장 큰 책임임은 부정할 수 없다 하더라도 한 걸음 더 깊이 따지고 들어가서, 당대 식민지 조선의 열악하기 그지없는 경제적 상황을 먼 배경으로 따지는 견해도 없지 않았다. 그렇지 않아도 열악한 삶을 꾸려가던 조선인 노동자들이 중국인 노동자와 경쟁까지 하도록 내몰린 상황에서 충돌은 피하기 힘들었을 거라는 구조적 인식에도 귀를 닫아서는 안 되었다. 예컨대 일본의 사회주의 노동운동가이며 작가인 나카니시 이노스케는 마침 중국 다롄에 있다가 소식을 듣고 평양으로 급히 달려왔다. 그리고 자신이 직접 목격한 바를 르포로 정리했다.[2] 나카니시는 흰옷 대신 카키색 노동복을 입은 사람들, 대동강 연안에 늘어선 큰 공장, 거기서 뿜어 나오는 매연, 소음, 농촌에서 일자리를 구해 나오는 사람들, 한 시간 동안 행상인이 열두 명이나 들이대는 길거리 등 실업자가 넘쳐나는 평양의 풍경을 세세히 묘사했다. 물가는 오르고, 조선은 물론 일본에 가도 일자리는 없다. 또 중국에 가도 중국 농민과 충돌하는 형국이니, 배화 사건이 비단 만보산 사건에 대한 『조선일보』의 호외 탓이 아니라, 식민지 조선에서 조선인 노동자가 중국인 노동자와 경쟁하도록 내몰린 상황 속에서 어쩔 수 없이 발생했을 것이라는 구조적인 인식을 보여준다.

소설가 김동인은 마침 평양에 있다가 이 사건에 대해 드문 기록을 남겼다. 그도 오기영의 보도와 크게 다르지 않게 흥분한 군중의 폭동에 대해 썼지만 소설가답게 그의 기록은 훨씬 생생했다.[3] 그는 처음에는 예배당에 갔던 아이들을 걱정해서 거리로 나갔는데, 중국인 습격이 본격화된 밤 11시 이후에는 저도 모르게 "나의 일생을 통하여 잊을 수 없는 진기한 광경", "법치지에서 생긴 일이라고는 도저히 믿을 수 없는 기괴한 광경"을, 이 역시 '소설가답게' 일부러 쫓아다녔다. 그는 흥분한 군중들이 중국인 상점에서 비단이며 각종 포목을 꺼내 마구 내팽치는 광경을 목격했다. 처음에는 그저 여기저기 찢어진 헝겊 쪼가리가 날릴 뿐이었는데, 길바닥의 포목은 시시각각 두텁게 쌓여갔다. 한 시간쯤 뒤에는 무릎을 넉넉히 감출 만큼 되었다. 포목을 찢는 날카로운 소리, 군중들의 아우성이 마구 뒤섞였다. 놀라운 아수라장이었다. 거리는 찢긴 비단과 포목으로 인해 걸음을 제대로 옮길 수조차 없었다. 김동인은 멍하니 그런 광경을 지켜보았다. 어제까지, 아니 바로 얼마 전까지 중국인들과 농담을 주고받았을 악의 없는 이 군중이 몇 사람의 선동에 이토록 난폭한 일을 자행하다니! 그는 '군중 심리'의 놀라운 힘에 새삼스레 몸서리를 쳤다.

그때였다.

배화 폭동으로 쑥대밭이 된 평양 거리.
소설가 김동인은 폭동의 현장을 직접 목격한 후 생생한 기록을 남겼다.

"여보!"

누가 그의 어깨를 힘껏 쳤다. 깜짝 놀라며 돌아보니 머리를 찢은 비단으로 질끈 동인 사람 하나가 힐난하는 눈으로 바라보는 것이었다.

"노형은 왜 찢지 않구 보구만 있소?"

그러더라도 비단을 찢으라는 명령이었다. 김동인은 대답 없이 그에게 복종했다. 제 발 아래서 찢어진 포목의 한끝을 집어 당겨서, 그것을 또 다시 찢는 흉내를 내지 않을 수 없었다.

다시 얼마 후, 김동인은 누군가 "김 선생!" 하고 부르는 소리에 정신이 들었다. 지인이었다. 그는 어째서 그리 흥분하느냐고 물었다. 김동인은 그제야 자신의 손에 들려 있던 비단을 내려놓았다. 입가에 절로 쓴웃음이 비어져 나왔다. 그 후 김동인은 여기저기 돌아다니며 무수한 중국인의 살상 현장도 제 두 눈으로 직접 목격한다. 그 와중에도 중국인 거상과 부호는 상대적으로 무사했다. 습격이 있으리라고 경찰에서 미리 알려주었기 때문이다. 어쨌거나 김동인은 호기심을 참지 못해 이튿날 새벽같이 다시 거리로 나갔다.

> 나는 삿전골 어떤 집 앞에 서 있는 무장 경관의 표정이 심상치 않은 것을 보고, 거리를 벗어나서 그 골목으로 들어갔다. 그러고 서슴지 않고 경관이 지키고 있는 집 대문으로 쑥 들어섰다. 들어서매 나의 지인인 몇몇 신문 기자도 벌써 그 집에 들어와 있었다.
>
> 그 집 툇마루에 중국 여인의 시체가 하나 엎드려 있었다. 광에 중국인들이 엎드려 있었다. 역시 시체인 줄 알고 가까이 가보매, 약간 호흡이 있는 것이 아직 채 죽지는 않았

으며, (지금까지도 이 점은 알아보지 못하였지만) 그 체격으로 보아서 17~18세의 소년인 듯싶었다. 그러고 그 곁에는—나는 그것이 영아시嬰兒屍인지 혹은 셀룰로이드 인형인지를 지금도 모른다. 만약 그것이 영아라면 생후 3~4개월밖에는 안 되었을 것이다. 그것이 분홍빛이 도는 점으로 보아서는 혹은 인형인 듯싶기도 하지만, 벌거벗은 그 물체의 국부(그것은 계집애였다)까지 똑똑히 조각된 점으로 보아서는 인형으로 볼 수가 없었다. 나는 잠시 허리를 구부리고 그것을 굽어보았다. 무엇인지 정체를 밝혀보려는 호기심으로, 손가락으로 만져보고도 싶었지만, 만약 그것이 영아시이면, 이후에 손가락에 감할 불쾌한 추억 때문에 만져보지도 못하고 그냥 굽어보고만 있었다.

"쉬야. 쉬야."

문득 뒤에서 들리는, 겁먹은 이 소리. 돌아보니 웬 조선 노인이, 아니 조선옷을 입은 중국 노인이 빈사의 소년들을 부르는 것이었다. 이 노인의 얼굴에 나타난 표정(그것은 소설가인 나에게 있어서는 무엇에 비길 수 없는 커다란 수확이었다) 그의 얼굴에 나타난 표정은 경악도 아니었다. 비애도 아니었다. 겁먹은 얼굴도 아니었다. 그것은 단지 무표정한 얼굴이었다. 그의 입이 들먹거리지 않고 그의 입에서 음성만 나오지 않으면 그것은 명공이 깎아놓은 한 개의 사인상死人像이랄 수밖에 없는 무표정한 기계적 얼굴이었다. 나는, 잠시 그 노인의 얼굴을 보노라고 다른 데 주의치 못하다가, 노인의 앞에서 무엇이 움적거리는 것이 걸핏 보이므로 그리로 눈을 떨어뜨렸다.

거기는 너덧 살쯤 난 중국 어린애가 하나 있었다. 노인의 다리를 두 팔로 잔뜩 부둥켜안고 있는 그 어린애의 한편 귀와 그 근처의 가죽은 찢어져 늘어지고, 그 편짝 눈도 없어졌으며 입도 찢어진 정시正視치 못할 참혹한 형상이었다. 어린애는 울지도 않고 아버지인지 할아버지인지의 다리를 부둥켜안고 몸만 와들와들 떨고 있었다.

나는 창황히 그 집을 뒤로 하였다. 더 볼 용기가 없었다. 다시 큰 거리로 나오매, 이 참극을 모르는 듯이, 중국인 상점 지붕에는 아침 해가 벌써 비추었다.

이 글만 따지면 김동인은 살해당한 중국인들에 대해 연민을 크게 드러내지는 않았다. 문제의 원인을 따져보는 일도, '가해자'로서 자기와 동족에 대한 반성과 성찰도 명확히 드러내지 않았다. 대신 그는 호기심 많은 작가로서의 '자기 역할'에는 충실했다. 직업 정신을 발휘해서 아이들을 한꺼번에 잃은, 조선옷을 입은 중국인 노인의 얼굴을 냉정하게 관찰했다. 그건 경악도 아니었다. 비애도 아니었다. 겁먹은 얼굴도 아니었다. 단지 무표정한 얼굴이었다. 김동인의 이런 관찰은 슬프지만 정확했을 것이다. 오기영이 기자로서 객관적인 보도를 넘어서는 분노를 표출한 것과는 사뭇 차원이 다른 '감성적' 기술이었다.

과연, 김동인은 '소설가답게' 제 관찰기의 마지막을 다시 이렇게 매듭짓는다.

> 이 명랑한 햇빛 아래, 평양 시내 각 곳에 널려 있을 중국인들의 참사체를 생각할 때에 이것이 꼭 꿈과 같았다. 시내 각 곳에 널려 있는 호떡 장사, 목공소, 소과자상, 이발소, 돗자리 장사, 시외에 나가면서는, 일공日工 노동자의 집들, 야채 장사들, 가마 공장, 당면 공장, 건축업자들—이들의 우에 모두 다 참화가 미쳤다. 나는 집으로 향하였다. 몹시 시장을 느끼기 때문에 집에 돌아가서 조반이라도 먹고 어젯밤의 참변이 어떤 정도로 어디까지나 미쳤나 죄 돌아보기 위하여…. 거리에 벌써 우글거리는 사람의 무리—이 평화로운 얼굴로서 자기의 가가(가게)를 열고 있는 이 무리의 중에는 어젯밤에 살기가 등등하여 뭉치를 들고 구석구석 중국인의 집들을 골라내어서 살육을 감행하던 무리도 섞이어 있지 않을까.

이것이 1931년의 배화 폭동에 대해 한국 작가들이 쓴 거의 전부이자 유일한 기록이었다. 당시 식민지 조선의 작가 입장에서 이 사건은 결코 환기하고 싶지 않은 부끄러운 기억이었고, 만주사변(1931)과 중일전쟁(1937)으로 변전하는 정세 속에서 그 사건의 과거와 미래를 전망하기도 쉽지 않았을 것이다.[4] 당연히 이 사건은 조선인들의 기억에 없던 일처럼 지워져버리고 만다.

김동인이 만주를 무대로 한 단편「붉은 산」(1932)을 쓴 것은 이 사건 이후였다. 작품에서는 중국인에 대한 증오와 동족에 대한 연민을 매우 '직접적으로' 드러냈다. 주인공 삵은 평소 동포를 못살게 굴던 개차반이었지만, 동포에 대한 연민으로 중국인 지주에게 복수를 하러 갔다가 오히려 죽임을 당한다. 죽어가면서 그는 애국가를 불러달라고 한다. 이것은 제대로 된 경로를 밟은 민족주의의 발로라고 보기 어렵다. 너무나 돌발적이어서 마치 평양에서 군중에 휩쓸려 맹목적으로 비단을 찢던 그의 모습을 보는 것 같기도 하다. 이 점은「붉은 산」을 예술지상주의자 김동인에게 드문 민족주의적 성취로 평가하는 일이 무의미하다는 사실, 그리고 작가가 '평양'의 경험에 대해 제대로 성찰한 바가 없다는 사실을 오히려 입증할 뿐이다.[5]

18

평안도 말과
평양 날파람

이른바 평양 배화 폭동을 취재하러 평양에 온 일본 작가 나카니시 이노스케는 이렇게 첫 감회를 말했다.

> '드디어 왔구나'라고 나는 생각했다. 옛날부터 평양 사람은 날쌘 동작과 거친 성격으로 이름이 나 있다. 안중근을 비롯하여 많은 자객이 이 지방에서 나왔다. 경성, 인천의 소요에 자극 받은 다혈질의 평양 사람은 하룻밤에 1백 리를 뛰어 다니며 이 거리에서 중국인을 증오(이 잘못된 증오!) 하는 소리를 높였다.[1]

배화 폭동이든 하얼빈 의거든 그 엄청난 사건들을 그저 평양 사람의 다혈질 탓으로 풀어내는 것은 어불성설이다. 게다가 안중근은 황해도 해주 출신이다. 그럼에도 예부터 평양 사람들이 다혈질로 유명했다는 사실만은 외국인의 입을 통해서도 확인할 수 있겠다.

시인 정지용이 서북 지방을 여행하던 중에 평양에 들렀다. 대동문 앞에서 지인을 만났다.[2]

"언제 왔댔소?"

"어젯밤에 왔쉐다."

"서울 냥반이 시골은 왜 왔소?"

"시골을 와야 냥반이 되지 않응거이요! 더어타 이 냥반 식전부터 챘네게레!"

"골나서 기깐너머에서 술 한잔 머거띠. 쌍너머게! 어드메루 가는 길이오?"

"더어 우꺼레루 해서 한 바퀴 돌라구 그래."

"그름 만제 가라우. 좀 있다 만나자우."

평양 사람의 전형이다. 몇 년 만에 만나도 그저 "언제 왔댔소?" 한마디면 족하다. 정지용의 눈에는, 저 사람이 어쩌다 군관 학교 갈 연령을 놓치고 말았을까 아깝게 생각될 만큼 만나는 이마다 군인처럼 말이 적다. 남자는 거의 검은 얼굴에 강경한 선이 빛나고, 설령 그가 결핵 3기에 들었을지라도 완전히 녹초가 되지 않고 아직도 표한한 눈매를 으스러트리지 않는다.

예부터 평양 사람의 싸움이 유명했다. 작은 사람이 큰 자를 받아 쓰러뜨리고 약한 사람이 센 놈을 차서 달싹 못 하게 만든다 했다. 10년 친한 친구의 귓쌈도 갈긴다고 했다. 물론 다음 날은 씻은 듯 잊고 소주에 불고기를 나누어 먹을 테지만.

사실 평안도는 말씨부터가 억세다. 무엇보다 구개음화가 일어나지 않는 음운적 특징이 어쩐지 억세게 들린다. 가령 황순원의 주인공은 이렇게 말한다.

"하르반, 참 큰일 났쉐다레. 노새 새끼가 없어디든지 우리가 다른 데루 이살 가든디 양단간에 어뜨케 해야디 어디 이 성화야 견디갔쉐까. 오늘 아츰에만 해두 동네 사람들이 와서 우리 보구 그놈의 똥꺼지 츠랩네다레. 우리가 노새 쥔보구 아무 말 않구 내버레둬서 온 동넬 구주분스레 만든다믄서…. 근체 사람들이 하르반한텐 나이 많으신 이보구 그러기가 멋하니낀 우리 집에만 와서 그럽네다레. 이거야 어디 견데먹갔쉐까."[3]

동네 우물가에서 나누는 대화는 대체로 이렇다. 정주 출신 시인 백석이 제 드문 소설의 대화로 써먹었다.[4]

"아-니 데 집 대감이 엄매래 좀 다룻티? 바람이 났대-."

"늦바람이구만."

"건 또 누구하구."

"아- 와 그전부터 그런 말이 있지 않았소. 양고새 말이야."

"젊어선 젊은 값이지만 이젠 늙은 거이 무슨- 원."

"과부론 못 살겠는 게지."

"만날 쌈이래두 그 집에서."

"누구하구."

"아- 그 로친네하구 그러지."

"그 로친네두 불쌍하지."

"그러게 아들 생각이 더 난대."

"안 나겠소. 대감은 가만있나."

"에미 그러는 것을 어떻게 하겠소."

"대감이두 야단이야. 그러지 말구 시집을 탁 가버리지."

"그러게 그 로친네가 화가 나면 시집가라구 그래두 그건 안 간다는데 또 더- 성이 나서 해보잔대."

"그건 쌍송화로군."

충청도 출신 정지용이 용케 그 말본새를 흉내 냈다.

> 말세 말이 났댔으니 말이디 페양 사람들은 말의 말세에 쉿, 데, 테, 리끼니, 자오, 라오, 뜨랬는데, 깐, 글란 등등의 소리루만 들리는 것은 아무래두 내 귀가 서툴러서 그를디, 예사 할 말에두 몹시 싸우듯하며 여차하믄 귓쌈 한 대, 쌍, 새끼, 치, 답째 등의 말이 성급하게 나오는 것은 혹은 내가 너무 과장하여 하는 말이 아닐디두 모르갔으나 하여간 부녀자들두 초매끝에 쇳소리가 난다는 말이 있디만 싱싱하구 씩씩하기가 차라리 구주歐洲 여자 같은 데가 있다. 수옥여관 인가 하는 데를 디내누라니까 어떤 아이 업은 소녀가 디내가다가 닫자곧자 포대기를 풀어 헤티자 어린애를 뒤집어 바꿔 입어 자끈 동여매는 거딘데 애가 왜 이를가 하는 의아에 어린아이가 거야말루 불뎅이터럼 성이 나서 시양털을 뚫으는 소리루 우는 것을 발견했다. 등에다가 등을 결

박을 당한 거터럼 어린 두 주먹을 바르르 떨며 가므라틸드 디 울며 매달레 가는 거디다. 대개 머리를 쥐뜯구 보채기에 그렇가는 모양인데 어린아이에 대한 소녀의 제재루는 우습기도 하려니와 혹독하기두 하다. 기후가 아무리 변칙의 것이라 할지래두 페양쯤 와서 더군다나 이른 아침이구 보니까 귀끝 손끝이 아릴 정도의 추위다. 소녀는 다시 타협할 여지가 없다는 드디 홱 달아나기에 얘 얘 불러서 어린 애기를 그르능거이 아니라구 타일를 짬두 주디 않었다.[5]

서북 사람들, 특히 평양 사람들의 억세고 급한 성격은 뭐니 뭐니 해도 싸움할 때 가장 잘 드러난다. 그래선가 평양 사람 싸움 이야기는 끝이 없다.

한번은 다리 위에서 남도 사람하고 싸움이 붙었다. 남도 사람이 미처 손을 들 새도 없었는데 평양 사람이 들이박아 그만 개천 바닥으로 떨어지고 말았다. 평양 사람이 기고만장해서 "이놈, 네까짓 놈이 어디다 대구" 하며 뽐을 내니까 남도 사람이 입으로 뭔가를 잘근잘근 씹다가 툭 내뱉고는 웃으면서 말했다.

"여보, 자네 얼굴에 코가 있나 쪼매 만져볼랑가?"

알고 봤더니 남도 사람은 물어뜯기에 일가견 있는 친구였다고.

함흥에서 함흥 사람들 간에 다툼이 일었다.[6]

"니가 앙이 그랬능가?"

"앙이 그랬다."

두 사람은 마주보며 이런 식으로 소 가래침처럼 길게 시비만 가리고 있었다. 지켜보는 이들도 선뜻 나서지는 않고 말로만 참예했다. 그래서인지 함경도 싸움은 며칠을 두고 계속된다는 말까지 있었다.

"어제 하던 싸움 오늘 또 좀 앙이 해 보갔씀메?"

사실 "앙이 하겠슴메?" "앙이 그랬능가?" 하는 식으로 발달한 함경도식 방언을 가지고는 도무지 날쌘 싸움은 불가능하지 않았을까도 모른다. 거기 마침 평양에서 온 사람이 있다 치자. 그러면 사태는 단박에 결판이 났을 것이었다.

"새끼덜 애야 시시하게 싸울래문 관덜 둬라."

평양 싸움은 예부터 유명했다. 그 싸움 형태 혹은 기술 중에 날파람이란 것이 있었다. 그것이 한 개인을 넘어 동네 싸움으로도 흔히 번졌다. 평양에서 학교를 다닌 김남천의 기억에도 그 인상은 짙게 남아 있었다.

> 하여튼 날파람 하는 것을 보고 있으면 평양 사람들의 받고 차고 하는 품은 신기에 가까웁다. 받고 찬다는 것보다는 차면서 받는다는 말이 더 적당할 것이다. 발로 어르대

는 줄 알았는데 어느 새에 이마는 상대방의 대구리를 받아 넘기고 바른 다리는 적의 급처를 후려 찬 것이었다. 순식간에 여남은 놈을 파김치를 만들면서 표범처럼 날쌔게 돌아가는 품은 과연 상당한 기력과 민첩한 기능이 없이는 못할 노릇이다. 대개 승부가 결정되면 졸파들이 선두로 서서 진공과 후퇴로 대부대의 이동이 일어난다. 패군은 골목을 따라 산산이 흩어지고 이긴 편은 한참동안 적진을 점령하였다가 의기양양하여 제 동네로 돌아간다. 그때에 이름 난 곳은 영문 앞과 신궁 앞 광장과 보통문 어귀였던 것 같다. 신궁 앞에서는 칠성문을 사이에 두고 내외 두 편이 대진하고 보통문 안에서는 서문밖패와 창광산패 또는 문안패가 서로 어울리지 않았는가 한다. 영문 앞에서 하던 날파람은 상앞패가 밀리는 때에는 가끔 신창리 길거리에서 일어나는 적도 있었다. 서울로 이를테면 종로 네거리다. 전차가 다니고 자동차의 내왕이 빈번하고 파출소가 서 있는 앞에서 편싸움이 벌어지니 기관奇觀이라 아니할 수 없다. 그 뒤 몇 해를 지내니 날파람은 점점 쇠퇴하여 어른들은 섞이지 않고 아이들끼리의 놀음으로 화하여 버리었다. 지금부터 4~5년 전에 나는 평양 서문거리에서 장사를 벌여놓았던 적이 있다. 장사 관계로 서로 아는 30줄에 든 친구와 영문 앞을 지나는데 마침 날파람이 시작되어 있었다. 한참 서서

북한 영화
《평양 날파람》 중
한 장면과 포스터.

> 어린애들이 어루는 것을 옆에서 성원하고 섰더니 피가 끓어서 참을 수 없던지, 맥고자와 윗양복을 내게다 맡기며 "가만있수, 오래간만에 날파람 한번 해봅시다" 한다. 어처구니가 없어서 뻔히 쳐다보았더니 벗은 것을 훅하니 내던지고 "에라 셋가라" 하면서 졸망구니 아이들 틈으로 뛰어 들어갔다.
>
> 그러나 연년이 날파람은 쇠하여갔다. (중략) 평양의 거리나 골목이나 요정이나 극장 앞에서 이런 싸움을 구경하는 것도 옛날의 일이 되고 말았다. 날파람과 싸움은 문명文明해가는 '피양 개명'에서 자취를 감춘다.[7]

'피양 개명'은 '평양 감영'이라는 말이다, 말하자면 평양 성안을 이르는 말이다.

김남천이 처음 평양으로 유학을 떠날 때 평양에 대해 무서운 소문을 들었다.[8] 평양에서는 다들 석전을 무시무시하게 한다는 거였다. 몇 십 명씩 패를 갈라 대가리가 열 조각이 나고 목숨이 경각에 달려도 진단 고소 따위 말은 넣지도 않고 싸운다니, 어린 김남천이 얼마나 놀랐겠는가. 그는 겁이 나서 연습을 거듭했다. 허리끈에 자갯돌을 끼워서 휭휭 내두르다 휙 빼 던져서 저만큼 맞은쪽에 있는 바위를 맞히는 '눈부신 재주'를 닦노라고 매일처럼 강가에 나갔던 것이다. 하지만 정작 평양에 갔더니 석전은 거의 구경할 수가 없었다. 대신 석전의 유물인지 변형인지는 몰라도 싸움이 대단히 흔했다. 돌로 싸우는 것은 아니다. 갈기고, 받고, 차고, 윽박지르고 하는 것인데, 이것이 개인끼리가 아니고 편싸움이 되면 소위 '날파람'이 되는 것이다. 김남천은 여름날 저녁에 밤이 으슥할 무렵이면 가끔 영문 앞 넓은 길거리에서 또는 신궁 앞 광장에서 이 날파람 하는 광경을 구경할 수 있었다. 대체로 상앞파와 영문앞파의 대진이었다. 저녁을 먹고 나면 하숙을 나와서 곧잘 날파람 구경을 하러 나갔다. 구경도 쉬운 일은 아니었다. 잘못하다간 날파람꾼으로 간주되어 봉변을 당하는 수도 있으므로 늘 종군하는 각오로 관전을 해야 했다. 날파람 술어로는 '겟쇄기'라는 게 있었다. 두세 놈이 진에서 떠나 양쪽 관전자 속에 섞여 있다가 때를 보아 "셋가라", "나간다" 하고 소리를 지르면서 적의 배후로부터 달려들어서 기습을 단행한다. 그중에도 특히 날랜 이들이 두엇 있다. 그런 맹장들의 활약은 참으로 번갯불 그대로다. 예서 번쩍 제서 번쩍 다리를 들고 "어르라" 소리가 날 때엔 벌써 떡! 하는 소리가 일어난 때이고, 이어서 "아이쿠", 다음에 파김치가 되어서 거꾸러지는 판이다.

김사량은 제가 겪은 날파람 이야기를 신이 나서 들려준 적이 있다. 소년 시절 그는 광장군에 속해 있었다는데, 대장은 유명한 명장 정복선이라 했다. 감사량은 그의 신임을 두텁게 얻어 중학 때에는 '겟쇄기(게릴라)' 대장을 했다고도 했다. 이야기가 생생해서 외려 쉽게 믿을 마음은 생기지 않지만, 아무튼 그만큼이나 평양의 날파람은 유명했다고 인정하지 않을 수 없다.[9]

고당 조만식이 바로 그런 날파람의 맹장 중 맹장이었다.[10] 싸움판에서나 석전판, 혹은 날파람터에서 그의 그림자만 한 모퉁이에 나타났다 하면 마치 솔개가 지나간 뒤에 병아리들이 조용해지는 듯한 감이 없지 않았으리만큼 청년 시절 고당의 존재는 가히 공포의 대상이었다고 한다.

19

평양 서문거리 녹성당 약국

김남천은 1929년 평양고보를 졸업한 후 일본으로 건너가 호세이 대학에 입학했다. 그러나 약관의 나이 청년의 가슴은 화산처럼 뜨거웠다. 여름 방학 때 일시 귀국한 그는 이미 무산 계급 운동에 투신하기를 작정한 한 사람의 문예 전사가 되어 있었다. 고향 친구인 한재덕을 통해서 카프 동경 지부와 관련을 맺었고, 무산자사가 발행하는 잡지 『무산자』에 임화, 안막, 이북만 등과 함께 참여했다. 앞서 말했듯이, 김남천은 평양 지역 노동자들의 파업 활동에 격문 등을 쓰며 힘을 보탰다. 그 경험을 바탕으로 작품도 몇 편 썼다. 「공장신문」(1931)은 보통벌의 평화고무 공장에서 점심때 한 직공이 더러운 우물물 대신 수돗물을 마시려 했다가 전무에게 빰을 맞은 사건을 기화로 다시 불붙은 노동자들의 투쟁을 그렸다. 「공우회」(1932)에는 조합의 세를 넓히기 위해 친목계에 접근하는 활동가의 모습이 나타난다. 그러나 이 소설들은 이제 막 프롤레타리아 문예 운동에 뛰어든, 그래서 서둘러 '전위'가 되고자 하는 성마른 한 청년 작가의 '목적의식'만 생경하게 드러난다. 살이 없이 앙상하게 뼈만 남은 소설 같다. 그리하여 소설 속 평양 고무 공장들에서 아무리 많은 공장 신문을 찍어낸다손

치더라도, 가령 을밀대 지붕에 올라간 강주룡의 사진 한 장만큼도 뜨거운 울림을 안겨주지 못한다.

그는 카프에서 활동하다가 1931년에 검거되었고, 본심까지 회부되어 옥고를 치렀다. 맹원으로서는 유일했다. 무엇보다 그가 감옥에 있을 때 아직 걷지도 못하는 갓난쟁이를 품에 안고 면회를 왔던 아내 김진해는 1933년 그가 병보석으로 나온 후 얼마 안 되어 산후 후더침으로 유명을 달리하고 말았다. 둘째 딸을 낳은 지 아흐레 만이었고, 고작 스물셋 나이였다.

한길을 가는 동지이자 절친한 친구인 임화가 소식을 듣고 황망히 평양을 찾았다.[1] 김남천은 벌써 망자를 차가운 얼음 땅에 묻은 뒤 아내가 자던 방에서 쓰러져 자고 있었다. 임화가 그런 그를 데리고 나갔다. 평양의 몇몇 벗들이 그를 위로한답시고 마련한 술자리에 참석해 함께 술을 마셨다. 모두가 잡담을 했고, 숫기 좋은 친구는 노래까지 불렀다. 어리석은 자리가 파한 후 그 중 셋이 대동강에 나왔다. 어둡고 차고 눈발이 눈으로 스며들어 따뜻한 눈물이 되었다. 마지막에는 임화와 김남천 단둘이 대동강을 찾았다. 몇 걸음 안 가서 둘은 사시나무 떨듯 몸을 떨었다. 바람은 점점 맵고 강해지고 강 위에 얼음은 마귀처럼 뻗쳤다. 더욱이 아무것도 안 보이고 눈이 꽉 찬 시커먼 하늘은 마치 죽음 같았다. 그렇다고 임화는 차마 김남천더러 아내가 죽은 그 방으로 어서 돌아가라고 권할 수는 없었다. 이윽고 대동문이 나타났다. 첫 인상이 무서웠다. 기둥의 각 벌림이 무서웠고, 서울의 남대문이나 동대문과 달라서 아랫도리가 짧고 윗도리가 긴 수문은 꼭 도깨비 같았다.

김남천이 추운가고 물었다. 임화는 간단히 부정했다.

마침내 해야 할 주제에 이르렀다.

김남천이 먼저 물었다.

"죽음이란 생각하는 것의 정지, 영원한 정지일 게지?"

임화가 대답했다.

"오히려 일체로 감각하는 것을 그만두는 게다."

말이 더 이어질 리 없었다. 죽음은 죽은 자만이 아는 일이었다. 갑자기 죽음 같은 어둠이, 바람이 아니라 어둠이 휙 하고 차디찬 두 몸을 덮쳐왔다. 뼛속까지 얼고, 내장의 가장 조그만 부분까지 얼어붙었다.

김남천은 한동안 소설을 쓰지 못한다. 그러다가 1937년부터 다시 펜을 잡는데, 「처를 때리고」(1937)와 「경영」(1940), 「맥」(1941) 연작을 통해서는 이른바 전향 문학의 백미를 보여줬다는 평을 듣게 된다. 「녹성당」(1939)[2]도 그 경로에 있는데, 무엇보다 이 단편은 그가 모처럼 평양을 소설의 무대로 다시 불러냈다는 점에서도 흥미를 끈다.

주인공 박성운은 평양 서문거리에서 녹성당이란 약국을 운영한다. 실은 약국의 책임 약제사이며 실제 경영자는 그의 아

평양의 중심가와 시장 초입 정경.
김남천의 소설 「녹성당」도 이런 거리를 배경으로 한다.

내 김경옥인데 이제 해산을 두 달 앞둔 만삭의 몸이라 박성운이 하루 종일 가게에 붙어 있다. 문을 연 지 석 달밖에 안 된 약국은 벌이가 신통치 않다. 박성운이 "책도 벤벤히 못 읽고, 글 한 줄을 써보지 못하면서" 종일 약국을 지켜도 하루에 고작 5원을 파는 적도 있다. 그럼에도 '옛날 일'을 같이하던 한 친구는 "군이 서울을 아주 떠나버린 건 일종의 도피라고 보지 않을 수 없다"는 사연의 편지를 보내와, 가뜩이나 답답한 심정의 그를 더 우울하게 만들었다. 철민이라는 또 다른 평양 친구는 입만 열면 노상 노동은 신성하니 어쩌니, 소시민 근성은 타파해야 한다느니 주장하면서, 정작 저는 룸펜도 그런 룸펜이 없었다. 심지어 임질에 걸려 그 약을 지어달라고 해놓고선 약값도 제대로 내지 않았다. 마침 한 아이가 찾아왔다. 철민이 보낸 아이였다. 아이는 돈도 내지 않으면서 "그저 가서 그러면 안다구 하든데" 한다. 김경옥이 화를 벌컥 내는데, 그 옆에서 박성운은 미리 준비해두었던 약봉지를 슬쩍 건넨다. 그는 아내의 얼굴을 외면한다. 문득 어린 시절 누가 물속에서 오래 버티나 하던 내기가 생각났다. 그 질식할 것 같은 잠수의 경험. 지기는 싫고, 그러자니 물속에서 숨은 답답하고…. 그는 큰 결심을 한 듯 아내의 눈길을 피해 슬그머니 약국 문을 나선다. 거리에선 여전히 길 건너편 물건을 싸게 판다는 눅거리 상점의 꽹과리 소리가 요란하다.

소설은 작가가 서두에 미리 밝히듯이 소화 9년(1934)의 평양을 무대로 한다. 그러면서 평양 시내 상점가를 파노라마처럼 혹은 조감도처럼 생생하게 묘사한다. 그러다 보니 녹성당 약국까지 오는 데만도 꽤 긴 서술이 이어지고, 전지적 작가의 눈길이 일단 약국에 와 닿은 이후에도 여전히 주변 거리를 묘사하는 데 다시 꽤 공력을 기울인다.

가령 서문거리는 이렇게 그려진다.

> 상앞에서 남문 거리로 향해서 내려가다가 대동문 거리, 그 다음이 법교, 다시 말하면 서문통 입구인데, 대동강에서부터 보통벌 신양리 쪽을 바라보면서 외줄로 곧바르게 뚫린 상가가 바로 서문거리다. 이 거리가 선창으로부터, 서쪽으로 곧바르게 달리는 중에는, 십자로를 세 군데나 지나치게 되는데, 그중 큰 것이 백화점 앞 전찻길, 그다음이 물산여각, 농방, 가죽전, 잡화상, 축음기 집 등등을 지나서, 양말 공장이 있는 장별리 새길에서 부청 앞까지 가는 길과 교차가 되는 서문통 네거리, 그다음이 신양리 쪽에서 감옥소 방면으로 가는 길과 서로 엇갈리는 서문 밖 네거리다. 이 네거리까지만 넘어서면 실상은 시외다. 길은 그대로 서성리까지 곧바로 뚫려 있어서, 한쪽으로는 창광산 가는 쪽, 또 한 줄기론 보통문 안으로 갈리는 곳까지 그럴듯하지만,

보통 냄새가 코를 찌르는 어수선한 거리고 게다가 노동자와 가난뱅이가 함께 덮친 지저분하기 짝이 없는 그러한 거리다.

서문통이라는 거리가 예로부터 제법 번화한 거리이고, 보통벌, 평양의 곡창이라고 할 만한 이 넓은 벌판으로부터 들어오는 가장 중요한 관문을 이룬 길이기는 하나, 워낙이 기장이 짧은 데다, 빠져서 다다르는 부락이 노동자와 빈민의 소굴이고 보니, 전찻길에 가까운 부분에는 평양서도 손꼽이에 드는 누구누구의 포목점이 있고(이름을 밝히면 선전이나 광고가 될지도 모른다고 이렇게 상호는 숨겨버린다), 또 한다하는 하이칼라 축음기 상회나, 의걸이 장롱, 양복장, 체경이 휘황찬란한 농방이나가 있지마는, 서편으로 갈수록 이런 건 드물어지고 농민을 상대로 하는 잡화상, 자전거포, 지물포, 고무신 가게, 반찬 가게, 그러다가 마지막에는 참말 국숫집으로 큰 건축은 막음을 막고, 그다음은 그대로 고개턱을 넘어버리는 것이었다.

녹성당은 서문거리 그 중복판에 있고, 그 옆에는 다시 '싸게 파는 눅거리 상뎜'이란 긴 간판을 단 잡화상점이 있다. 거기서는 고약스럽게도 하루에도 몇 차례씩 점원들이 총출동하여 점포 앞에 나서서 제금(자바라)과 꽹과리와 징을 두들겨대는 바람에 특히 주변 상인들의 정신을 사납게 만든다. 그래도 그건 하루에 몇 차례니 참을 만하다지만, 축음기만은 가게 문을 열 때부터 울려대는 데다가 트는 것들도 순 〈맹꽁이타령〉, 〈군밤타령〉, 〈꼴불견〉, 〈조선행진곡〉 따위를 번갈아가며 노상 틀어대는 것이니 견디기 힘들다. 다시 그 옆에는 고리대금업자의 건물이 있고, 고무신 가게, 양복점, 우편소 등이 있다. 물론 양복점 주인은 일요일엔 가게 문을 닫고 의젓하니 성경 책과 찬미책을 끼고 서문통 예배당으로 가는데, 가다가 혹시 서양 사람이라도 만나면 외투 자락에서 손을 뽑아 제법 영어라도 하는 양 "꿋모닝, 하우 두 유 두"라든가 뭐라든가를 중얼거리면서 악수를 청하곤 했다.

주인공 박성운의 눈에, 그리고 작가 김남천의 눈에, 그런 식의 평양은 3·1 운동 전후의 활력을 진작 잃어버린, 그래서 식민지 조선의 다른 모든 도시와 전혀 구별되지 않는 부박한 장사꾼 도시에 고풍은 다 사라진 삭막한 회색 도시일 뿐이었다.

김남천의 첫 번째 아내 김진해가 약사였다는 사실을 기억하면 소설 속 '녹성당'에도 꽤 현실감이 묻어난다. 김진해는 당시 성천 군수 김화준의 딸이었다. 그녀는 경성의전을 나와 약사 자격을 갖고 있었는데, 김남천과 같은 김해 김씨 동성동본이었다. 이 때문에 양가에서 혼인을 격렬히 반대하자 두 사람은 서울로 달아나서 동거를 시작했다.

김남천은 카프 해산 후 몽양 여운형이 사장으로 있던 『조선중앙일보』 기자로 입사한다. 그리고 얼마 후인 1935년 취재 과정에서 만난 유한양행의 약사 박복실과 재혼한다.[3] 몽양 여운형이 중매와 주례를 섰다고 한다. 박복실도 초취 김진해와 마찬가지로 경성약전 출신이었다. 두 아내가 모두 약사였다는 사실이 인상적이다.

20

조선 자연은
왜 이다지 슬퍼 보일까

김남천의 주인공 박성운이 서문거리 녹성당을 빠져나가 제일 먼저 마주친 사람은 파출소의 나카무라 순사였다. 그는 이름만으로는 일본인인데, 소설에서는 "약이 잘 나가십니까?" 하고 마치 한국어로 인사한 양 나온다. 반면, 박성운은 "오카케사마테(덕분에요)" 하고 분명한 일본어로 대답한다. 박성운이 아내의 눈치를 보며 간신히 가게를 빠져나오는 그 마지막 장면은 이미 그만큼 달라진 시대 상황을 반영한다.

1937년 7월 루거우차오 사건을 기화로 이른바 중일전쟁이 벌어졌다. 전쟁은 초기 기대와 달리 장기화의 조짐을 보였다. 이에 식민지 당국의 고민도 깊어졌다. 대륙 병참 기지로서의 조선에 대한 역할이 커졌지만, 조선인들의 불만을 쉽게 잠재우기는 어려웠기 때문이다. 예를 들어 가뭄이 지속되자 특히 농민들 사이에서 "현재 이처럼 가뭄이 계속되고 있는 까닭은 일지사변(중일전쟁) 때문이다. 매일같이 수많은 군인들이 전사하여 그 유령이 공중에서 방황하기 때문에 바람 부는 방향이 바뀌어 비가 내리지 않는" 것이라느니 "올해 가뭄은 전사한 장병 귀신들이 내리는 벌"이라는 식의 유언비어마저 횡행했다.[1] 이 때문에 그들은 식민지 정책에서 새로운 전기를 마련하지 않으면 안 되었다. 이제 노골적인 내선일체가 제국의 제일 목표가 되었다. 1938년 3월 15일부터는 제3차 조선교육령을 통해 학교에서 조선어 사용을 선택으로 돌렸다. 말이 좋아 '선택'이지 실제로는 학교에서 '국어 상용', 즉 일본어만 가르치도록 강제하는 것과 다름없었다.

이태준의 소설 「패강랭」(1938)은 바로 이런 분위기를 시대적 배경으로 한다.[2]

소설가 현은 10년 만에 평양을 방문한다. 평양에는 여러 벗이 있어 그간 여러 차례 초대를 받았으나 한 번도 응한 적은 없었다. 그러나 이번에 받은 박의 편지는 달랐다. 거기엔 딱히 놀러 오라는 말도 적혀 있지 않았다. 제 근황을 마치 넋두리하듯 쓸쓸히 적어 보냈을 뿐이다. 그게 오히려 현의 마음을 끌었다. 현은 고등보통학교에서 조선어와 한문을 가르치는 박의 심사를 능히 짐작할 수 있었다.

"내 시간이 반이 없어진 것은 자네도 짐작할 걸세. 편안하긴 허이. 그러나 전임으론 나가주고 시간으로나 다녀주기를 바라는 눈칠세. 나머지 시간이라야 그리 오래 지탱돼나갈 학과 같지는 않네. 그것마저 없어지는 날 나도 그때 아주 그만둬버리려고 아직은 찌싯찌싯 붙어 있네."

정거장까지 마중 나온 박은 과연 편지에 쓴 것처럼 고단함이

평양 여자 성경반(1910년대).
「패강랭」은 10년 만에 달라진 평양의 쓸쓸한 모습을 그대로 전한다.
평양 여자들이 즐겨 쓰던 흰 머릿수건도 어느새 자취를 감추었다.

그대로 밴 인상이었다. 수염도 터부룩한데다 버릇처럼 자주 찡그러지는 비웃는 웃음은 전에 못 보던 표정이었다. 그가 다니는 학교에서만이 아니라 이 시대 전체에서도 별로 긴요하지 않게 여기니 말 그대로 '찌싯찌싯 붙어 있는 존재' 같았다. 현도 그런 벗의 모습에서 자기를 느끼고 또 제가 쓰는 작품의 운명도 느꼈다. 울고 싶을 만큼 괴로웠다.

현은 박과 나중에 요정에서 만나기로 하고 혼자 모란봉 구경에 나선다.

> 다락에는 제일강산이라, 부벽루라, 빛 낡은 편액들이 걸려 있을 뿐, 새 한 마리 앉아 있지 않았다. 고요한 그 속을 들어서기가 그림이나 찢는 것 같아 현은 축대 아래로만 어정거리며 다락을 우러러본다.
> 질펵하게 굵은 기둥들, 힘 내닫는 대로 밀어 던진 첨차와 촛가지의 깎음새들, 이조李朝의 문물다운 우직한 순정이 군데군데서 구수하게 풍겨나온다.
> 다락에 비겨 대동강은 너무나 차다. 물이 아니라 유리 같은 것이 부벽루에서도 한 뼘처럼 들여다보인다. 푸르기는 하면서도 마름[수초] 의 포기포기 흐늘거리는 것, 조약돌 사이사이가 미꾸리라도 한 마리 엎디었기만 하면 숨 쉬는 것까지 보일 듯싶다. 물은 흐르나 소리도 없다. 수도국 다리를 빠져, 청류벽을 돌아서는 비단 필이 훨쩍 펼쳐진 듯 질펀하게 깔려 나갔는데 하늘과 물은 함께 저녁놀에 물들어 아득한 장미꽃밭으로 사라져버렸다. 연광정 앞으로부터 까뭇까뭇 널려 있는 마상이와 수상선 들, 하나도 움직여 보이지 않는다. 끝없는 대동벌에 점점이 놓인 구릉들과 함께 자못 유구한 맛이 난다.

현은 피우던 담배를 내어던지고 저고리 단추를 여미었다.
단풍은 이제부터 익기 시작하나 날씨는 어느덧 손이 시리다.
조선 자연은 왜 이다지 슬퍼 보일까?

현은 모란봉까지 오면서 자동차로 시내 구경을 했다. 그새 평양은 퍽 달라졌다. 가령 큰길가에 전에 보지 못한 건물, 벽돌 공장도 아니고 감옥도 아닐 텐데 시뻘건 벽돌만으로 무슨 큰 분묘와 같이 지은 건물이 웅크리고 있어 운전수에게 물어보니 경찰서라고 했다. 무엇보다 달라진 건 여자들의 머릿수건이었다. 운전수는 오히려 "거, 잘 없어졌죠. 인전 평양두 서울과 별루 지지 않습니다" 하는 대답이 돌아왔다. 하지만 현으로선 악센트 명랑한 평양 사투리와 더불어 그 보기 좋던 평양 여자들의 머릿수건이 사라진 게 못내 아쉬웠다. 머릿수건은 한반도 남쪽 지방과 달리 북쪽 지방에서 많이 썼는데, 평양을 비롯해 평안도 지방에서는 흰 천을 네 겹으로 접어 쓰되, 정수리는 내놓고 뒤쪽은 옷고름처럼 나비매듭을 했다. 따로 나비 수건이라는 이름이 붙은 것도 이 때문이다. 횡보 염상섭도 평양을 처음 보고서는 아낙네의 수건 쓴 머리와 손뼉 같은 자주 댕기와 검정 가죽신이 인상적이노라 쓴 바 있다.[3] 이처럼 평양 여성들이 즐겨 쓰던 머릿수건도 눈에 띄게 사라지자 현에게는 평양이 '폐허'라는 서글픔마저 일었던 것이다.

현은 배를 타고 약속한 장소에 갔다. 박은 부회 의원으로 잘 나가는 또 다른 친구 김을 데리고 와 있었다. 젊은 기생들이 들어왔는데, 마침 박이 옛날 만났던 기생 영월이를 기억해냈다. 영월이는 여전히 그 집에 있었고 당연히 최고참 기생이었다. 영월이가 오는 동안 현은 '방향 전환'을 하라는 김하고 말다툼을 한다. 서로 주고받는 말 속에 가시가 박혀 있었다. 이윽고 영월이가 들어온다. 현과 영월이는 속절없이 흘러간 세월을 두고 대책 없는 이야기만 나눈다. 그러다가 현의 부탁으로 장구를 치며 창을 읊었다. 노래가 끝나자 김은 유성기를 틀어놓고 젊은 기생들과 함께 재즈를 추었다. 현이 그런 김을 비꼰다. 김은 김대로 현더러 돈 되는 글이나 쓰라고 비꼰다. 마침내 둘은 싸운다. 현은 컵을 내던진다.

박이 그런 현을 밖으로 끌어낸다. 현은 담배를 하나 집어 들고 강가로 나갔다. 가을이 깊어서일까, 대동강은 이미 예전의 그 강이 아니었다.

> 현은 한참 난간에 의지해 섰다가 슬리퍼를 신은 채 강가로 내려왔다. 강에는 배 하나 지나가지 않는다. 바람은 없으나 등골이 오싹해진다. 강가에 흩어진 나뭇잎들은 서릿발이 끼쳐 은종이처럼 번뜩인다. 번뜩이는 것을 찾아 하나씩 밟아본다.

'이상견빙지履霜堅氷至….'

『주역』에 있는 말이 생각났다. 서리를 밟거든 그 뒤에 얼음이 올 것을 각오하란 말이다. 현은 술이 확 깬다. 저고리 섶을 여미나 찬 기운은 품속에 사무친다. 담배를 피우려 하나 성냥이 없다.

'이상견빙지… 이상견빙지….'

밤 강물은 시체와 같이 차고 고요하다.

제목 '패강랭浿江冷'은 '패강', 즉 대동강이 얼었다는 정도의 뜻이다.

이태준이 이 소설의 초고를 완성한 게 1937년 11월 8일이었다. 그는 이미 다가올 '겨울'이 얼마나 혹독한 계절일지 충분히 예상하고 있었던 것이다.

21

모멸, 그들의 평양

일제 강점기 동안 식민지 조선에는 경성의 조선 총독부 박물관과 이왕가 미술관 이외에는 변변한 공공 박물관이 없었다. 고도 평양도 마찬가지였다. 그러다가 1931년 이른바 만주사변이 터지면서 일본의 대륙 침략이 본격화되는데, 그 길목에 자리 잡은 평양의 지정학적 중요성도 전에 없이 강조된다.

사실 그때까지는 일본 '내지'에서도 평양하면 곧바로 '기생'으로 여기는 인식 한 가지뿐이었다. 조선 관광 안내서에는 당연히 평양의 기생이 빠지지 않았다.[1] 예컨대 1929년에 발간된 『선만鮮滿 12일: 선만 시찰단 기념지』에는 일본인 시찰단원들의 평양 기생 학교 견학기가 실려 있다. 기생 학교는 진기한 것의 하나라면서, 학생들이 북춤, 검무, 승무를 추고, 특히 일본의 유행가와 민요를 장구를 치면서 능숙하게 부르는 것을 보고 크게 감동했노라 쓴 글도 있다. 만주사변 이후 남만주 철도가 확장되면서는 더더욱 '수요'가 늘어났다. 한 관광 안내서에서는 다음과 같이 관광 코스를 소개하는데, 기생 학교 역시 중요한 경유지 중 하나였다.

정거장—(전차)—대신궁 앞—(도보)—칠성문—을밀대—기자묘—현무문—목단대(모란대)—영명사—모마키 찻집—부벽루—청류벽—(놀잇배를 타고 대동강을 내려감)—대동문—(상륙하여 도보)—연광정—(도보)—기생 학교—(도보 또는 전차)—박물관—상품 진열관—정거장[2]

1934년에는 평양 부청이 중심이 되어 평양관광협회를 조직했다. 이후 협회는 모란대, 대동강, 낙랑 고분, 기생 등 네 가지를 평양 명물로 선정하고 이를 내세운 홍보물을 만들어 관광객 유치에 적극 활용했다. 평양 기생들이 모델로 나오는 사진 엽서도 여러 종 만들었다. 이렇게 하여 평양 기생은 점점 더 평양 관광의 표상, 나아가 평양과 식민지 조선의 중요한 아이콘이 되어갔다.

『모던 일본』은 제국주의 시대 일본의 대표적인 대중 잡지였다. 소설가로서 일본 문단의 중추였던 기쿠치 칸이 운영하던 저명한 문예지 『문예춘추』의 자매지였다. 1932년부터는 별스럽게도 조선인 아동 문학가 마해송이 사장으로서 경영을 맡았다. 이 잡지는 1939년에 창간 10주년을 맞이하여 조선판을 따로 펴내는데[3] 무려 30만 부나 팔려 상업적으로 대단한 성공을 거두었다. 그런데 '내지인'들에게 "조선이라고 하면 금강산과

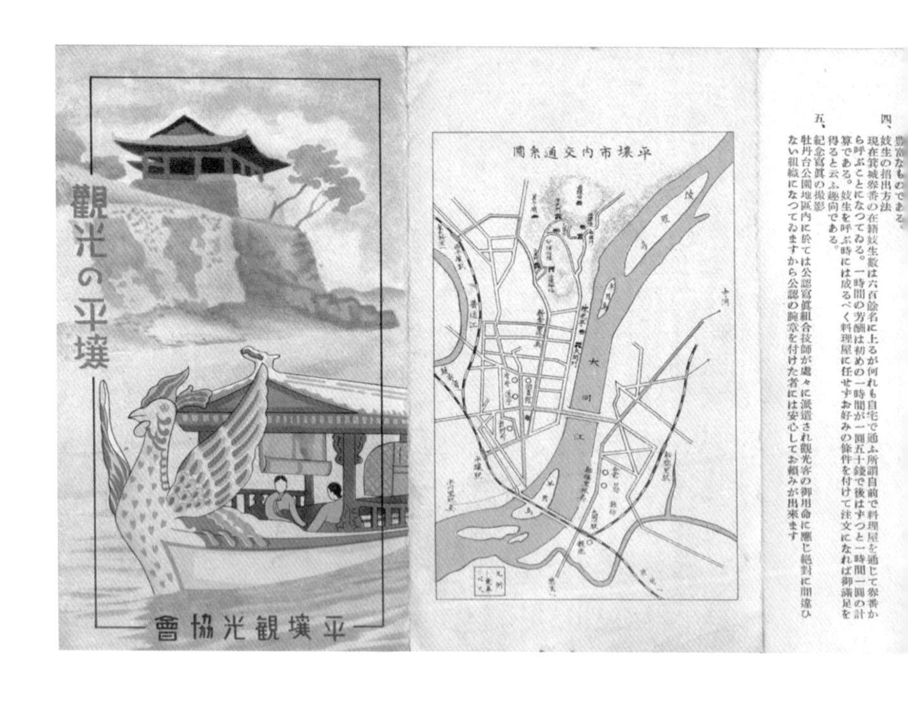

기생밖에 알려지지 않은 것이 아닐까" 해서, 또한 "조선에도 문단이 있어 많은 작가가 있는 것 같지만 아직도 그 작품을 접해 본 적은 없다"며 조선판 증간호에 특별히 기대를 건다는 기쿠지 칸의 발언대로, 이광수, 이효석, 이태준, 주요한, 김소월, 김기림, 백석, 정지용 등 그야말로 조선의 내로라하는 문인들의 시와 소설이 두루 실린다. 그럼에도 불구하고 잡지에서는 여전히 '기생'이 압도적인 비중을 차지한다. 그중에서도 평양 기생의 위치는 독보적이다. 화보에는 부벽루를 비롯하여 평양성 곳

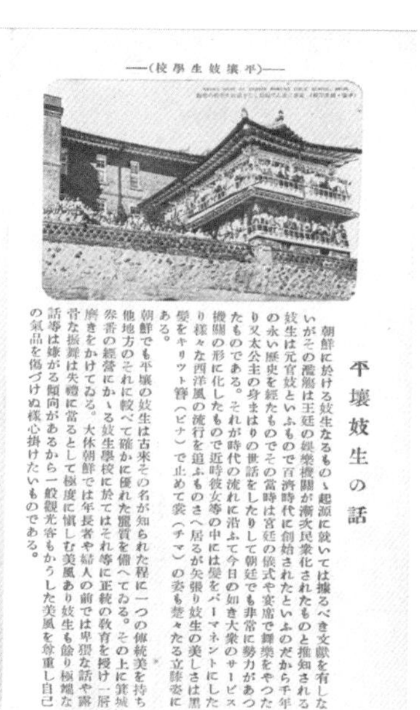

(平壤妓生學校)

平壤妓生の話

朝鮮に於ける妓生なるものゝ起源に就いては據るべき文獻を有しないがその濫觴は王廷の娛樂機關が漸次民衆化されたものと推知される妓生は元官妓といふもので百濟時代に創始されたといふのだから千年の永い歷史を經たものでその當時は宮廷の儀式や宴席で舞樂をやつたり又太公主の身まはりの世話をしたりして朝廷でも非常に勢力があつたものである。それが時代の流れに沿ふて今日の如き大衆のサービス機關の形に化したもので近時彼女等の中には髮をパーマネントにしたり様々な西洋風の流行を追ふものさへ居るが矢張り妓生の美しさは黑髮をキリット簪（ピナ）で止めて裳（チマ）の姿も楚々たる立膝姿にある。

朝鮮でも平壤の妓生は古來その名が知られた程に一つの傳統美を持ち他地方のそれに較べて確かに優れた麗質を備へてゐる。その上に箕城券番の經營にかゝる妓生學校に於てはそれ等に正統の教育を授け一層磨きをかけてゐる。大体朝鮮では年長者や婦人の前では卑猥な話や露骨な振舞は失禮に當るとして極度に愼しむ美風あり妓生も餘り極端な話等は嫌がる傾向があるから一般觀光客もかうした美風を尊重し自己の氣品を傷づけぬ様心掛けたいものである。

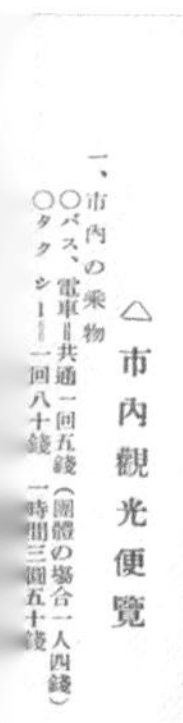

△市內觀光便覽

一、市內の乘物

○バス、電車＝共通一回五錢（團體の場合一人四錢）

○タクシー＝一回八十錢 一時間三圓五十錢

일제가 발행한 평양 관광 안내서.

곳을 배경으로 포즈를 취한 기생들이 다수 등장한다.

그렇다면 평양의 다른 이미지로는 무엇이 있었을까. 평양의 경우 1933년에야 비로소 부립 박물관이 설립된다.[4] 원래 모란대의 평양 부립 도서관 한 층을 빌려 주로 낙랑 시대의 유물을 전시·운영하고 있었는데, 장소가 비좁아 따로 을밀대 부근에 건물을 신축하여 이전했다. 총 면적 약 5,000평으로 비교적 큰 규모였다. 10월 7일의 개관식에 참여한 우가키 총독의 축사가 의미심장하다. "평양 지역은 기자 조선, 한의 낙랑 군치郡治

및 고구려의 옛터이며 반도 문화 연구상 자못 중요한 지점이며, 특히 최근 낙랑 군치의 조사를 수차례 하여 유익한 유물이 속속 발견되어 학계의 주목을 받기에 이르렀다. 새로이 이곳에 정비된 박물관을 설치함은 이를 위해서도 실로 의의가 깊다"는 내용이었다. 우가키 총독이 강조하고 싶었던 바는 고조선의 멸망 이후 낙랑군이 중국인에 의해 운영되던 중국인 사회라든지, 혹은 지배층은 한족(중국인)이고 피지배층은 토착민이라는 주장이었다. 이는 일제의 식민 사학자들이 과거 한국이 중국의 식민지 지배를 받았다는 타율적 역사를 강조하던 것과 정확히 같은 맥락이다. 실제로도 평양 부립 박물관은 이러한 주장을 뒷받침하기 위한 낙랑 연구의 중심지로 그 위상을 확보하게 된다.

박물관의 초대 관장에는 조선 총독부 박물관장의 추천에 따라 당시 총독부 촉탁이던 고이즈미 아키오가 임명되었고, 관원 역시 모두 일본인들이었다. 이들은 일본 학자 중심으로 1931년에 발족한 조선고적연구회와 더불어 본격적인 유적과 유물 발굴에 착수하는데, 1936년부터는 고구려 유적지 발굴에도 힘을 기울이기 시작한다.

앞서의 『모던 일본』에는 일본인이 쓴 세 편의 소설이 실려 있는데 그중 두 편이 평양을 배경으로 한다. 그리고 그 두 편 모두 평양 기생을 중요한 비중으로 다룬다. 하마모토 히로시의

모란대에 있는 평양 부립 박물관(1935)과 평양 일대의 낙랑 고분.

「여수旅愁」는 아내를 여읜 사내가 마음을 달래기 위해 여행을 떠났다가 우연히 만난 평양 기생에게 마음을 빼앗기는 이야기이다. 거기서 평양 기생들은 비록 돈을 받고 손님들을 대하는 노류장화이지만 아무나 함부로 손을 댈 수는 없는 품격과 절도를 지닌 존재로 묘사된다. 이에 비기면 가토 타케오의 「평양」은 꽤 정치적이다. 소설은 여행차 평양에 들른 화자 '나'가 평양 부립 박물관 관장 고이즈미를 만나는 장면으로 시작한다. 관장은 발굴 작업도 직접 지휘하여 기왕에 장수왕의 궁궐터로 알려졌던 유적지가 실은 고려시대에 금강사라는 큰 절터임을 밝혀낸다. 나는 과거의 역사적 사실을 캐기 위한 그의 열정에 감탄하면서 동시에 평양에 오기 전 들렀던 함경북도 성진에서 받은 인상도 떠올린다. 거기서는 성진고주파공업주식회사의 위용을 직접 목격했다. 더군다나 그 엄청난 규모에도 불구하고 이제 겨우 시작이라는 전무의 설명에 공업 일본, 군국 일본의 미래가 밝다고 무척 감격한 바 있었다.

나는 이렇게 말한다.

"조선은 불가사의한 곳이야. 같은 땅속에 이렇게 2,000년 전의 문화가 잠들어 있고 동시에 풍부한 지하 자원과 함께 무한한 미래가 묻혀 있거든."

그러자 대동강변의 유적지 발굴 현장을 함께 둘러보던 일행 중 H군이 함께 유람을 나선 '차'라는 성의 기생에게 이렇게 묻는다.

"이봐, 자네 이 하얀 가슴 속에는 무엇이 들었나?"

마침 더위가 한창이라 차의 가슴은 '탄력 있는 기복'을 드러내고 있었다. 그는 거듭 묻는다.

"여기에 무엇이 들어 있냐고?"

"그걸 발굴하는 것이 자네의 임무일세."

내가 대신 말하자 일행은 깔깔 웃는다. 그러면서 나는 생기발랄한 그녀의 모습에서 옛 조선과 새 조선의 모습을 함께 읽어낸다. 조선 여자 하면 금방 길게 늘어지는 슬픈 아리랑 노래를 연상했는데 차는 꼭 미국 여자 같다는 나의 말에, 차는 금세 말을 고쳐준다.

"나는 일본 여자에요."

한 서국주의자의 평양

함경북도 경성에 살던 이효석이 평양에 온 건 1936년이었다. 평양 숭실전문학교(현 숭실대학교)의 교수로 부임한 그는 창전리 48번지에 거처를 마련했다. 멀리 모란대가 보이는 곳이었다. 서른 평이 넘는 뜰에 나무와 화초가 가득했고, 특히 붉은 벽을 타고 담쟁이 넝쿨이 올라가 집 전체를 푸르게 치장해주었기에 '푸른 집'이라 불렀다. 원래는 포도원 김 아무개네 저택 별실이라고 했고, 더 먼저는 도쿄인지 어딘지 살던 돈 많은 귀족이 별장으로 사용하던 집이라고도 했다. 물론 그새 포도원은 사라지고 주택들이 꽉 들어차 옛 모습을 찾아볼 길은 없었다.[1] 평양 출신 화가 김병기의 기억에 따르면, 그 집이 바로 제 장인이자 소설가 김동인의 이복형 김동원이 살던 만수대 대저택으로 마당이 넓어 육모정 정자까지 있을 정도였다고 한다. 이효석은 바로 그 집 현관 옆 방에 세를 들어 살았다는 것.[2] 집 뒤에 주택지로는 드물게 50평가량 밭도 있었다. 때가 되면 거기에 채소와 화초가 그득하여 지나는 사람들의 발길을 잠시 잡아끌곤 했다.

평양 생활의 초반, 이효석은 무척 행복한 나날을 보냈다.[3] 삼월, 봄도 아니고 그렇다고 겨울도 아닌 반지빠른 시절, 아침 일찍 출근하는 날이면 으레 창에 기대어 손난로에 배를 대고 큰 길 건너편 언덕의 백양나무 무리에 눈길을 주었다. 희고 깨끗하고 고결한 자태가 아무리 바라보아도 싫지 않았다. 오랑캐꽃이 시들고 개나리와 살구꽃이 한창이면 벚꽃은 벚꽃대로 곧 다가올 만발의 날을 다툰다. 그때쯤 모란대 일대는 꽃 잔치 준비로 바쁜데, 아롱기둥에 등을 달고 초롱을 늘이고 산뜻한 치장으로 화려한 날을 기다린다. 일종의 속물 취미가 먼저 눈에 띄는 건 사실이지만, 그래도 시절을 맞이하여 꽃을 찾는 마음만큼은 탓할 수 없다. 효석은 새삼 "미의 특권같이 큰 것은 없다. 미는 미를 인정하지 않는 사람까지 감동시키고야 만다"는 장 콕토의 말을 기억해낸다. 그때쯤 제 집 뒤 텃밭을 가꾸는 노인의 손길도 분주해진다. 붉은 튤립이 줄지어 선 옆으로 나무 장미가 만발한 이랑이 있고, 달리아가 무성하며, 한편에서는 우엉의 넓은 잎사귀들이 빈틈없는 보료를 깐다. 노인과 식물을 바라보는 것이 두루 행복하다. 여름이면 푸른 집의 뜰에 캘리포니아 포피, 채송화, 봉선화, 플록스, 석죽, 달리아, 글라디올러스, 백일홍이 피었고, 가을이면 카칼리아, 비연초, 불란서 국화가 계절을 재촉했다. 그래도 가을꽃으론 비연초만 한 게 없다. 송이송이 맑고 투명한 푸른빛 그대로가 가을 하늘과 가을 바다의 빛이었다. 그 흔한 푸른 떨기 속에 붉은 카칼리아의 애련한 몇 송이를 듬성듬성 섞어놓고 그 배경으로 새풀이나 군데군데 심어놓으면 가을 화단으로는 거의 만점이었다. 갑자기 대여섯 명 제자들이 몰려와 이런저런 대화를 나누는 것, 그들과 함께 마당에 나가 푸른 집을 배경으로 함께 사진을 찍는 것도 훗날 행복한 기억이 되리라. 아침 첫 수업을 막 시작할 때, 학생의 주머니에서 빠져나온 능금 한 알이 데굴데굴 굴러 교탁 앞까지 왔다. 학생이 기겁할 듯 쫓아와 그 주책없는 '가을의 앞잡이'를 황급히 주머니에 도로 집어넣으며 겸연쩍은 미소를 띨 때, 교실에는 한바탕 웃음이 터진다. 효석은 젊고 아름다운 학생들 앞에서 앨런 알렉산더 밀른의 수필을 읽는다. 투명한 그의 글 행간에서 우러나오는 가을의 감각으로 아침 교실은 맑고 즐겁다. 여름은 세상은 끝이 아니려니, 보라, 여기에 시월이 있다…. 사실 효석의 마음은 늘 서국西國에 가 있었다.

> 그 모든 아름다운 것은 외래의 것이요 이곳의 것은 아닌 것이다. 이곳의 것으로 참으로 아름다운 것이 얼마나 있고 풍윤한 것이 얼마나 되는가. 수목이나 자연의 풍물을 제외하고 인간적의 것으로 가령 서반구의 아름다운 것을 당할 만한 무엇이 이 땅에 있는가.
> 서국의 미에 비하여 우리의 것이 너무도 초라하게 느껴지는 것은 편견도 아무것도 아니다.[4]

그가 우유를 유달리 좋아하는 것, 심지어 백성 전체가 우유를 흡족하게 마시는 나라야말로 두말할 것도 없이 이상 사회라고 생각한 것도 이와 무관치 않았다. 합해서 1,000쪽 가까이 되는 다키자와 게이이치의 『불란서 통신』과 『속 불란서 통신』 두 책을 읽는 것도, 원고 청탁을 받자마자 기다렸다는 듯 할리우드에서 자유로운 아메리카의 공기를 한껏 마시며 참새같이 기쁘게 날뛰고 있을 미스 다니엘 다리유에게 결코 닿을 리 없는 편지를 쓰는 것도 그 때문이었다.

가을이 깊어지면 효석은 거의 매일이다시피 뜰의 낙엽을 긁어모으고, 그것들을 태우고, 타고 남은 재를 깊이 묻었다. 언제부턴가는 목욕물을 긷고 불을 지피는 것도 그의 몫이었다. 얼굴을 붉게 태우며 긴장된 자세로 웅크리고 앉아 불을 피우면서, 그는 영문학자답게 프로메테우스의 신화를 떠올린다. 목욕을 할 때 사람은 물에서 나서 결국 물속에서 천국을 구하는 거라며 온몸을 탕 속 깊이 밀어 넣는다. 불과 물은 그의 삶에 의욕과 행복을 안겨준다. 난로는 새빨갛게 달아올라야 하고 주전자의 물은 펄펄 끓어야 한다. 마침내 커피를 즐길 시간이다. 그는 굳이 백화점까지 찾아가 거기서 커피의 낱을 찧어서는 그대로 가방 속에 넣어가지고 온다. 그 향기 진한 커피를 마신다. 싸늘히 넓은 방에서. 그러면서 벌써 쓸모 적어진 침대에는 더운 물통을 여러 개 넣을 궁리를 하고, 방구석에는 올겨울에도

이효석
(평양 푸른 집에서).

또 크리스마스트리를 세우고 오색 전구도 장식하리라 생각하고, 눈이 오면 스키를 시작해볼까 계획도 세운다. 이런 공연한 생각을 할 때만은 근심걱정도 어디론지 사라져버린다. 이따금은 다방에도 들른다. 집에서 학교까지 10분, 학교에서 다방까지 20분. 다방에서 집까지 30분. 그는 이만큼만 걸으면 하루의 운동으로도 족하다고 생각한다.

평양에 다방이 생기기는 요 몇 년 새의 일이었다. 처음에는 히노토리와 마주르카만 있어 적막한 감이 없지 않았으나, 별안간 야마토와 세르팡과 브라질 세 곳이 비 온 후 죽순처럼 솟아나 다객들의 아쉬운 목을 적셔주었다. 물론 다방이라고 다 똑같지는 않다.

> 음악에 자신 있는 다방은 방 안이 횅뎅그러니 해서 기분이 침착해지지 못하고 안온한 집이라도 찾아가면 음악이 설피고 다랑茶娘 있는 곳에 들어가면 언제나 속배俗輩가 운집해 있고 도무지 마땅한 곳이 없다. 그러나 역시 음악을 안목에 두고 '세르팡'을 찾는 것이 가장 유익한 듯하다. 네 시 전후면 다객의 그림자가 뻬일 뿐 아니라 때로는 혼자 앉게 되는 적도 있다. 차 한 잔을 분부하고 30~40분 동안 앉아 있노라면 웬만한 교향악 한 편쯤은 완전히 들을 수 있다. 차이코프스키의 〈파테티크〉도 좋고 베토벤의 트리오 〈대공〉 같은 것도 알맞은 시간에 끝난다. 대곡大曲이 너무 세찰 때에는 하와이안 멜로디도 좋은 것이며 재즈 음악도 반드시 경멸할 것은 못 된다.
>
> 어떻든 이 산보의 시각 전후가 다방을 찾기에는 가장 고요하고 적당한 때이지 밤에는 아예 갈 곳이 못되는 것이 사람들이 웅성거리는 데다 까딱하다가는 문하門下의 학생들

을 만나기가 일쑤다. 개중에는 한 탁자에 청해와도 좋은 사람도 있기는 하나 거개는 저쪽도 거북스럽고 이쪽도 편편치 못하다. 서울서는 학생들의 다방 출입을 금한다는 소문이나 평양에는 아직 그런 엄격한 율도는 서지 않았고, 사각모 패라야 단 두 교뿐이니 관대하게 취급은 하나 그만큼 그들의 자태는 더 눈에 띄게 되고 한 다방에서 마주칠 때에는 피차에 편안치 못한 느낌을 가지게 된다. 그러기 때문에 차라리 밤에는 다방 출입을 삼가게 된다.

다방 행에도 이 정도의 조그만 수난은 있는 것이다. 세상에 편편한 일 한 가지나 있으리. 속히 이곳에도 서울만치 다방이 자꾸자꾸 늘어서 좋은 음악 많이 들리고 좋은 차 많이 먹이게 하고 웬만한 구석목 다방에 들어가서쯤은 학생의 그림자 눈에 안 띄게 될 날을 기다린다.[5]

이효석은 평양이 적어도 경치만큼은 조선 전체에서도 뛰어나게 훌륭하다고 생각했다.[6] 그 아름다운 평양에서 이효석의 문학은 절정을 이루었다. 대표작으로 손꼽히는 「메밀꽃 필 무렵」을 비롯하여 「산」, 「들」, 「고사리」, 「분녀」, 「석류」와 같은 단편들이 다 평양 시대(1936년 발표)의 작품들이다. 쫓기듯 서울을 떠나 아내의 고향인 함북 경성에서 살 때도 소소한 행복은 없지 않았으나, 큰 도시 평양에서, 그것도 어엿한 대학 교수로 지내게 된 것은 경제적 안정을 넘어 무엇인가 더 큰 행복감을 안겨주었다. 예컨대, 여러 수필에 드러나듯이, 그는 평양에 와서야 본격적으로 '서국주의자'로서의 제 본성을 마음껏 드러낸다. 푸른 집에 사는 그는 뜰에 온갖 화초를 심어놓고 완상하기를 즐기는데, 바다를 건너온 서양종들이 적지 않았다. 더러는 일본 도쿄에서 비행기를 타고 온 값비싼 외래종들이기도 했다. 그런 꽃을 사서 파라핀 종이나 꽃집에서 특별히 마련해둔 포장지에 싸가지고 오는 일과 더불어 백화점에서 사온 원두 커피, 다방 세르팡에서 듣는 차이코프스키, 그리고 아내와 두 딸과 평양에 오자마자 세상에 태어난 아들 우현은 그가 늘 꿈꾸던 '소박한 행복'의 최고치에 가까웠다.

안타깝게도 그 행복은 오래가지 못했다. 1938년 숭실전문학교가 문을 닫으면서 그는 졸지에 교수직을 물러나야 했는데, 다행히 대동공업전문학교에서 새로이 강의를 맡을 수 있었다. 하지만 1940년 아내 이경원과 사별하고, 연이어 태어난 지 석 달밖에 안 된 딸 영주마저 잃는 참척의 슬픔을 겪었다. 그때부터 그에게 남은 시간도 길지 않았다. 1942년 5월 초 그는 결핵성 뇌막염 진단을 받고 평양도립병원에 입원했는데, 결국 의식불명의 상태에서 5월 25일 숨을 거두고 만다. 불과 35세의 나이였다. 그의 유해는 고향인 평창군 진부면에 부인 이경원과 함께 합장되었다.

"모든 것이 삽시간에 온 것만 같네. 중간은 떼어버리구 처음과 끝만이 있는 것 같애."(「세월」)

그가 이렇게 말한 지 고작 6개월 만의 일이었다.

한데, 평양 시절에 그가 쓴 작품 중에는 도저히 저 토속적인 「메밀꽃 필 무렵」을 쓴 같은 작가의 것이라 보기 힘든 만큼 상당히 낯선 작품들이 많다. 무엇보다 이국 취향이 한층 심해져서 그가 말년에 쓴 작품들은 도무지 '조선산'이라는 냄새가 나지 않는다. 가령 푸른 집을 배경으로 썼다는 장편 『화분』(1939)은 원초적인 성에 대한 작가의 탐닉을 현란하게 보여준다.[7] 그러다 보니 도쿄에서 값비싼 피아노를 사가지고 온다거나 마음을 달래기 위해 평양비행장에서 비행기를 타고 도쿄로 훌쩍 여행을 떠난다든지 하는 식의 동선 배치가 스스럼없이 이루어진다.

1927년 일본과 조선에 항공법이 시행되고, 이듬해부터는 경성에 여의도 비행장을 건설하기 시작해 1929년 7월 준공했다.[8] 평양에도 비행장이 들어섰다. 1930년을 전후해서는 상업 항공도 가능해졌다. 일본항공수송주식회사는 미국제 8인승 포커 항공기를 도입하여 일본-조선-만주를 잇는 항공 여객 노선을 개발했다. 이렇게 보면 특급 열차를 타고 서울이며 만주, 신경을 가듯 『화분』의 등장인물들이 도쿄로 날아가는 것도 불가능한 일은 아니다. 다만 보통 조선인에게는 그런 기회 자체가 거의

일본항공수송주식회사 정기 항공 잡지 광고(1931).

주어지지 않았던 게 현실이다. 또 어떤 경우에든 가령 평양에서 도쿄까지 가는 여행이 지금처럼 간단할 리 없었다. 대개는 평양(1시간 10분)-경성(1시간 50분)-울산(1시간 50분)-후쿠오카(3시간)-오사카(2시간 30분)-도쿄의 복잡한 이착륙을 각오해야 했다. 물론 1934년 이후에는 울산 비행장을 경유하지 않고 일본 후쿠오카행 무착륙 비행도 가능해진다.

이효석의 소설은 평양에서 시작되지만, 그 평양은 오직 푸른 집과 튜어리스트 뷰로가 있는 백화점과 공항뿐이다. 나머지는 죄 환멸뿐이다.

"왜 이 고장에는 아름다운 것이 없나요?"

"버려둔 정원이나 빈민굴 같은 속에 아름다운 것이 있으면 얼마나 있겠습니까? 고려나 신라 때에 얼마나 아름다운 것이 있었던지는 모르나 오늘 어느 구석에 아름다운 것이 있습니까? 흰옷을 입기 시작한 때부터 빛깔을 잊었고 아악과 함께 음악이 끊어졌고…. 천여 년 동안 흙벽 속에 갇혀 있느라구 아름다운 것을 생각할 여지나 있었습니까? 제 고장을 나무래기가 야박스러우니까 허세들을 보는 것이지요."

"흰옷은 흰옷으로서 아름답지 않아요?"

"흰 것과 초록과 어느 것이 더 아름답습니까?"

한마디로 『화분』은 마치 칠성문 밖 빈민굴 한복판에 세워놓은 터무니없는 외인 별장 같은 소설이다. 그런 데서 바라보는 조선의 풍경은 오직 환멸일 수밖에 없을 터. 이효석은 물론 등단 초기에도 이국정조 넘치는 작품을 다수 창작했지만 갈수록 정도가 심해진다. 그리하여 가령 마지막 장편 소설이라 할 『벽공무한』(1941)에서는 파란 눈의 백계 러시아인 미녀를 아예 주인공의 자리로까지 끌어올리는 것이다.

이효석은 끝없이 '서국'을 동경했다. 서국의 미에 비하여 우리의 것이 너무도 초라하게 느껴지는 것은 편견도 무엇도 아니라고 주장했다. 『치인의 사랑』(1924)을 쓴 일본 작가 다니자키 준이치로가 끝없이 서양과 서양인을 흠모한 것과 다를 바 없었다.

그런데 그 이효석이 1940년 일본 문예지에 일어로 쓴 단편 「은은한 빛」[9]에서는 놀랍게도 주인공에게 고구려의 유물을 완강하게 지켜내는 임무를 맡긴다. 이런 내용이다. 욱은 젊은 나이에 골동품 취미에 빠져 그것을 아예 생업으로 삼는다. 아버지는 그런 외동아들이 도무지 마뜩지 않았다. 틈만 나면 잔소리를 하는 것도 그 때문이었다. 욱은 그런 아버지를 짐짓 외면할 뿐이다. 그러던 차에 욱은 한 농부가 밭에서 발견한 고구려의 검에 흥분한다. 문제는 너무 들뜬 나머지 평양박물관의 호리 관장에게 자랑삼아 그 칼을 보여준 일이었다. 그게 실수라면 실수였다. 그때부터 관장은 갖은 수단과 방법을 다 동원해 그 고구려 유물을 손에 넣으려 했다. 미인계까지 동원했다. 사실 낙랑 시대의 도검은 평양박물관에도 소장품이 풍부했지만, 고구려의 도검은 수가 극히 적어서 그만큼 각별하고 귀했다. 호리 관장은 미인계로도 안 되니까 마지막에는 욱의 아버지를 설득해 몰래 그것을 손에 넣는다. 뒤늦게 사정을 파악한 욱은 어머니가 보는 앞에서 귀한 벼루를 집어 내던질 정도로 성을 낸다. 그리고 그 길로 박물관에 가서 기어이 도검을 돌려받는다.

돌아오는 길, 욱은 2,000년 전 고구려 사람도 어떤 날 저녁 자기와 똑같이 청류벽 벼랑에 서서 지금하고 결코 다르지 않을 대동강을 바라보고 있지 않았을까 하는 감상에 젖는다. 울컥하는 감정이 치민다. 오솔길로 접어들자 바로 정면에 평양 시가지가 펼쳐졌다. 그는 문득 그 속에 사는 수십만 창생의 삶이 자기 손에 쥐어져 있다는 터무니없는 환각에 사로잡혔고, 대담해졌고, 그러자 혼신의 힘을 다해 그 검을 휘둘렀다. 이렇게 중얼거리면서.

"이걸 내놓을 바에야 내 목숨을 내주는 게 낫지. 밭이나 여자 따위는 필요없다고."

이효석의 이 돌연한 '변신'은 무슨 뜻인가. 쉽게 해석하기는 어렵다.

사실 이효석은 「은은한 빛」뿐만 아니라 「봄 의상」(1941)과 「엉겅퀴의 장」(1941)에서는 한복, 「소복과 청자」에서는 한복과 도자기, 「가을」(1940)에서는 아악과 백자, 심지어 가을꽃과 김치 등 조선적이고 토속적인 것들에 각별한 애정을 내보였다. 이것들이 또 모두 일어로 쓴 작품이라는 게 놀랍다. 마치 내선일체를 강요하는 세태에 대해 "봐라, 조선적인 게 얼마나 아름다운지!" 하고 보여주기로 작심이라도 한 것 같다. 하지만 이런 몇몇 소품들을 내세워 그가 자신의 유서 깊은 이국 취미 혹은 서국주의를 벗고 민족주의로 '전향'했다고 단정하기는 어렵다. 어쩌면 이 갑작스런 '조선주의'는 그의 도저한 '서국주의'와 마찬가지로 시대가 강요하는 엄혹한 현실을 외면하고 그로부터 벗어나려고 애쓰는, 말하자면 일종의 탐미주의적인 몸짓처럼 보이기도 한다. 안타깝게도, 이런 식의 조금은 가혹한 평가를 반박할 기회를 충분히 보여주기에는 이효석의 남은 생이 길지 못했다.

23

성천,
눈 내린 밤의 풍경

평안남도 동남부 내륙에 있는 평범한 고장 성천이 한국 문학사에 기억되는 것은 대개 이상으로 인해서였다.

이상이 폐병에 처참히 망가진 몸으로 도쿄에 간 것이 1936년 12월이었다. 그는 김기림에게 편지를 보내 "실로 동경이란 데는 치사스런 데로구려!" 하고 첫 소감을 말했다. 그러면서 곧 하필이면 성천에 대해 글을 쓴다. "어서-차라리-어두워 버리기나 했으면 좋겠는데-벽촌의 여름-날은 지리해서 죽겠을 만치 길다"로 시작되는 저 유명한 수필 「권태」(1937)가 바로 그것이었다. 1936년 12월 19일 미명에 쓴 글.

대체 성천은 그에게 무엇이었을까.

그 지난해에 이상은 우연찮게 성천에서 여름 한 달을 보내게 되었는데, 서울 토박이인 그에게 그것은 드문 경험이었다. 또 좀처럼 겪어보지 못한 풍요와 안정을 안겨주었다. 「산촌여정」(1935)을 포함해 여러 편의 수필이 그때의 소산이다. 어찌 보면 전혀 이상답지 않은 글들이겠다. 그래도 어떤 산촌 풍경을 눈에 담든지 그는 그것을 제게 익숙한 '도회적인 언어'로만 표현해낼 수 있었다. 도시를 떠나서는, 그러니까 성천에서는 오래

버티지 못할 거라는 사실은 그만큼 분명했다.[1]

> 건너편 팔봉산에는 노루와 멧돼지가 있답니다. 그리고 기우제 지내던 개골창까지 내려와서 가재를 잡아먹는 곰을 본 사람도 있습니다. 동물원에서밖에 볼 수 없는 짐승, 산에 있는 짐승들을 사로잡아다가 동물원에 갖다 가둔 것이 아니라, 동물원에 있는 짐승들을 이런 산에다 내어놓아준 것만 같은 착각을 자꾸만 느낍니다. 밤이 되면 달도 없는 그믐 칠야에 팔봉산도 사람이 침소로 들어가듯이 어둠 속으로 아주 없어져버립니다.

석유 등잔을 켜면 그건 "도회지의 석간과 같은 그윽한 내음새"를 풍기고, 베짱이 노랫소리는 "도회의 여차장이 차표 찍는 소리 같은 그 성악"이 되고 또 "이발소 가위 소리"와도 같아진다. 꿈도 "파라마운트 회사 상표처럼 생긴 도회 소녀가 나오는 꿈"을 조금 꾼다. 죽어버릴까 하다가 그냥 잔 다음 날 아침, 방에는 "끄지 않고 잔 석유 등잔에 불이 그저 켜진 채 소실된 밤의 흔적이 낡은 조끼 단추처럼 남아" 있다. "연필같이 수척하여 가는 이 몸"으로 산책을 나가면, 팔봉산 초입에 아무개의 영세불망비가 "항공 우편 포스트처럼" 서 있다. 옥수수밭은 "일대 관병식"이다. 시골 색시들의 소맥빛 피부는 생각해보니 "M백화점 미소노 화장품 스위트 걸이 신은 양말"과 똑같은 색이다. 어쩌다 밤에 순회 영화가 상영되면 "전설 같은 시민"들이 모여든다. "축음기 앞에서 고개를 갸웃거리는 북극 펭귄 새들이나" 다를 바 없다.

영화 감상은 밤 열한 시가 넘어서야 끝났고, 당연히 해피엔딩이었다. 그러나 홀로 돌아와 다시 방에 누웠을 때, 이상은 "밤의 슬픈 공기를 원고지 위에 깔고 창백한 동무에게" 편지를 쓸 수밖에 없었는데, 그 편지 속에는 "자신의 부고訃告"도 동봉했다. 그 글을 쓴 지 얼마 지나지 않아 이상은 도쿄 니시간다의 경찰서에 체포되는데 치안유지법 위반이었다. 제 콧구멍 주변의 공기조차 제대로 호흡할 힘이 남아 있지 못한 그의 폐가 대일본 제국의 치안을 어떻게 위반했다는 것인지 아무도 설명해 주지 않았다.

이처럼 성천이 이상으로 인해 기억되는 것도 충분히 이해가 되지만, 그래도 성천은 여전히 김남천의 고향이다. 성천군 하부리 271번지에서 태어난 그는 성천을 배경으로 한 장편 『대하』(1939)와 중편 「개화풍경」(1941)과 「동맥」(미완성, 1946)의 연작을 썼다. 단편 중에도 「소년행」(1937), 「남매」(1937), 「생일 전날」(1938), 「철령까지」(1938), 「이리」(1939), 「장날」(1939), 「단오」(1939), 「오디」(1941) 등 상당수가 더 있다.

성천은 특산물로 특히 잎담배인 성천초가 유명했다. 성천군에서 재배되는 순재래종 잎담배로, 수확량은 다소 떨어지나 담배의 향과 품질이 뛰어나서 예로부터 궁중의 진상품으로 귀한 대접을 받았다. 도산 안창호가 평양 대성학교 교장으로 있을 때 그가 유일하게 즐긴 취미가 담배였는데, 궐련 대신 꿩의 꼬리처럼 생긴 장죽에 꼭 성천초를 마치 모란봉처럼 꽂아 피웠다고 한다.[2] 고당 조만식은 청년 시절에 싸움 잘하고 제 딴에는 호기로운 짓이라고 해도 남들 눈에는 망나니짓일 수밖에 없을 온갖 수작도 잘했다. 그 고당이 담배는 무슨 임금처럼 꼭 성천초를 피운 적이 있었다. 엄청나게 큰 담뱃대에다가 성천초 세 잎사귀를 꽁꽁 말아서 석 대를 피운 후에야 기침을 했다는 것이다.[3] 김남천도 보통학교 다닐 때 『조선어 독본』에서 "성천은 교통의 요지요, 명주와 연초의 생산지로 유명하다" 운운하는 글을 발견하고, 반 학생들이 다 기뻐하고 자랑으로 여겼다고 수필[4]에 쓴 바도 있다. 밤도 성천율이라고 해서 유명했다. 김남천의 설명에 기대면, 엄지손가락만큼밖에 크지 않은 밤인데, 손으로 꼭 쥐면 겉껍질이 부서지며 밤톨 알맹이가 굴러 나오고, 그놈을 입에 넣어 씹으면 그 달고 고소한 맛에 세월 가는 줄 모를 지경이라고 자랑했다. 다만 성천이 평안남도 산간 지대의 힘없는 고장이다 보니 그 이름으로는 서울 같은 데서도 점점 시세가 없어졌다. 그 바람에 나중에는 다들 숫제 '평양 밤'이라고 이름을 붙여서 팔아먹었다며 원통해했다. 게다가 같은 평안

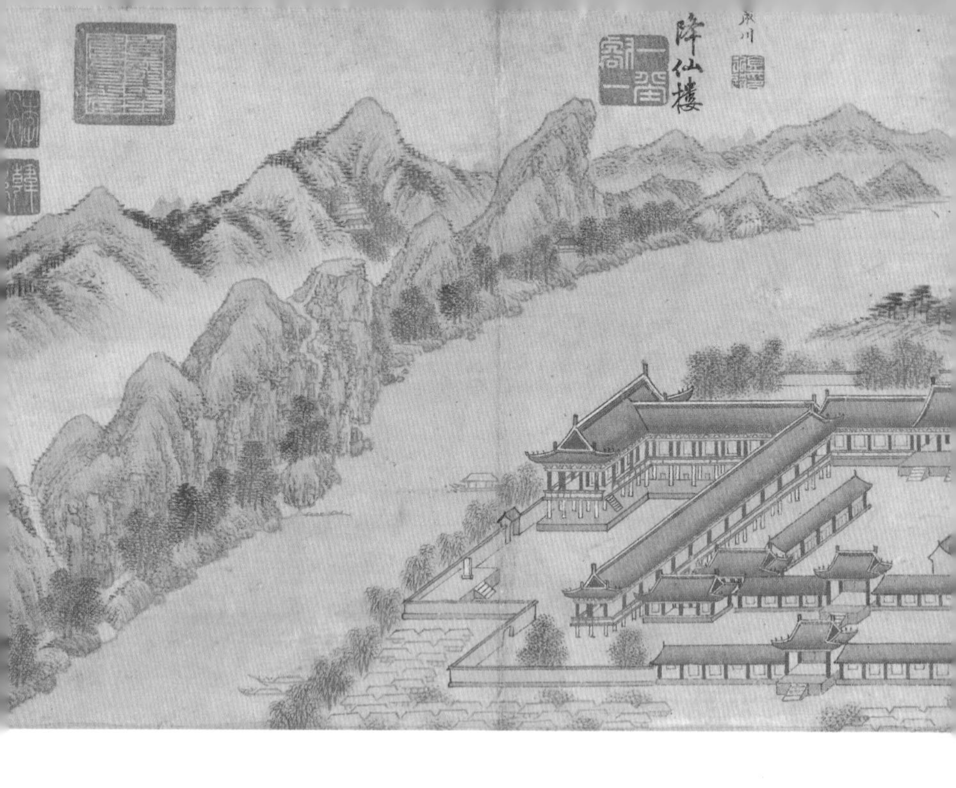

〈관서십경도〉 중 성천 강선루 장면.

남도의 순천이 만포선 철도의 기점이 되는 바람에 성천은 교통의 요지라는 명성도 잃어버리고 말았다. 그래도 그 한심스러운 성천이 한 해 만에 찾아가나 이태 만에 찾아가나 도무지 변하지 않은 옛 모습 그대로 맞이해주는 것만은 변함이 없었다고 작가는 적었다.

그러나 변하는 것이 어찌 없을까.

언젠가 한번은 눈이 오는 밤이었다.

소설은 그런 날을 골라 시작된다.[5] 화자는 '나', 김남천일 터.

해 질 무렵 내가 고향의 벗들과 함께 술을 시작할 때에는 눈이 나리지 않았다. 아침부터 날은 푸근했다. 다저녁때 읍내에 커다란 점방을 내서 행세깨나 하게 된 정 군이 찾아와 딴 친구 최 군도 불러 함께 자리를 가졌다. 먼저 갈빗집에서 갈비를 구어서 소주를 마셨는데, 친구들은 내가 5~6년의 서울 생활에도 변하지 않은 식성에 기뻐하는 듯했다.

"서울 갈비라고 달기는 하지만 고깃내가 나야 먹지."

정 군은 핏물이 묻은 입술을 닦으며 말했다.

그 뒤 무산관으로 자리를 옮겼는데, 그때 대기는 찌뿌둥한 채 낮게 머리 위로 내려앉았으나 눈은 나리지 않았다. 그런 것이 술자리가 파해 무산관을 나설 때가 되니 어느새 눈이 나리고 있었다. 눈 나리는 밤길에 나서면 어디 먼 곳에 엷은 검정 망사나 우중충한 수풀에 가려서 달이 우련히 떠 있으려니 하는 착각을 가지게 된다. 최 군이 먼저 마당에 내려서면서 "아유, 이 눈 보게. 어느새에 한 치나 쌔였네" 하고 지껄이니까, 그 옆에 같이 따라붙었던 해중월이라는 기생이, "눈 오시는 밤에 취해서 거리를 쏘다니는 것두 버릴 수 없는 흥취시죠" 했다. 그러면서 요릿집 사환 아이가 빌려주는 우산을 마다고 그냥 두루마기 바람으로 눈 속에 들어섰다.

"김 군도 눈을 보면 흥분하는 축인가?"

우산을 받아든 정 군이 나를 보고 우산 밑으로 들어오라고 말했다. 하지만 나는 그때 창엽이라는 기생과 팔을 겯고 나서던 참이라 그대로 눈 속으로 뛰어들고 말았다. 그렇게 시작된 두 번째 술자리였다. 이번에는 송양관으로 옮겼는데 그곳 신관은 내가 오지 못했던 지난 3년 새 새로 지은 건물이라 했다.

> 술로 하여 상기된 얼굴에 무수히 눈송이가 부딪쳐서 물이 되군 하였다. 내게 의지하듯 매어달린 기생도 이마와 콧등을 간지럼 피우는 눈송이를 씻기 위하여 여러 번 두루마기 속에 넣었던 외인팔을 뽑았다. 거리에 나서면 행인도 없었으나 모두 침묵하고 걷는다. 이윽고 일행이 송양관의 정문을 들어설 때에도 둥그런 문등의 주위를 꿀벌 떼처럼 눈송이가 설레 도는 것이 보이었다.

송양관에 가니 기생 창엽이가 비로소 나를 아는 체했다. 나는 기억이 잘 나지 않았다. 그렇다고 솔직히 고백하니, 창엽이는 배시시 웃으며 "바르타자아르" 한다. 겨우 그것이 서양 문학작품의 제목인 줄은 알았지만 그게 무슨 뜻이란 건지 종잡을 수는 없었다. 나중에 물어보니 창엽이는 그제야 제가 아홉 살

때 일을 꺼낸다. 아, 나도 그제야 기억해낸다. 중학 3학년 때였다. 나는 예배당에서 아이들을 모아놓고 야학을 한 적이 있었다. 그때 동화를 가르치는 시간에 호랑이 이야기나 흔하디흔한 이솝 이야기 대신 건방지게도 내가 마침 읽었던 서양소설 이야기를 들려주었다. 별을 찾아 베들레헴으로 가던 사람의 이야기였다. 나는 그것도 인연이라고 동무들 앞에서 한바탕 떠들었다. 동무들은 동무들대로 그것도 인연이라고 연애를 하라느니 하면서 농을 걸었다. 한바탕 그렇게 떠들다가 갑자기 침묵이 찾아왔다. 떠들고 나면 갑자기 마음이 공허해지고 술자리는 삭막해지는 법이어서 나는 슬쩍 밖으로 나왔다.

> 변소를 나오는 길로 나는 강 있는 편을 조망할 수 있는 뒷마루로 돌아가 보았다. 눈 위에 달이 떠서 고향의 밤경치는 취안에 아름다웁게 벌어져 보이었다. 무산 십이봉의 잔등도 하이얗게 빛나 보인다. 천무봉·벽옥봉·금로봉이 있는 위편은 고운 눈썹처럼 까마득하게 앉아 있어 보인다. 그 밑에 푸르게 흘러내릴 비류강은 얼음에 잠겼고, 그 얼음 위에 눈이 나려서 그저 퍼언한 옥돌로 된 마당이 가로누워 있는 것 같다. 그 건너편 강선루는 십이 난간의 한쪽과 조운각의 추녀만이 여기서는 우중충하니 보인다. 승선교가 장차게 건너갔다던 다릿목, 출운대의 바위 밑만 흰

눈에 젖지 않고 까만 여울이 소리높이 흐르고 있다. 아름다운 경개였다. 이런 것을 바라보며 술을 들 수 있는 송양관이 마음에 들었다. 이름을 송양관이라 한 것도 이 고을이 천 년 전 옛날 송양왕의 도읍처였던 것에 기인함이리라. 그렇기로 말하면 저 십이봉은 그때엔 홀골산이라 하여 성이 있었고 비류강도 졸본천이라 불렀다던가. —나는 잠시 옛일을 상고하여 보며 새롭게 흥취를 부르고 있었다. 그러나 대체 이렇게 경개가 좋은 요리관은 그 전날엔 누구의 집터였던가, 누구네 밭이였던가. —나는 그런 것을 생각하며 눈을 가까이로 옮겨 놓았다. 강기슭은 뽕밭이 확실하고, 상전桑田과 잇대인 밭은 채매(참외)를 심었던 것임이 분명하고, 낭떠러지 위의 앙상하게 서 있는 것은 늙은 버드나무 싹떵이고, 저 오른편으로 돌담의 옆구리가 희미하게 나타나 있는 곳이 거리에서 강가로 나가는 옛길일 것이고 … 그러나 이 요리관의 옛터가 무엇이었던지는 종시 생각나지 않았다.

그러다가 나는 커다란 뽕나무, 한편이 썩어 구멍이 뚫린 늙은 뽕나무를 한 그루 발견하고, 결국 그 송양관 터가 옛날 부잣집이던, 그래서 솟을대문까지 있던 박 진사네 집이었음을 기억해낸다. 벌써 20년 전이었다. 그 집 뽕나무에 까만 오디가 잔뜩 열려 있었다. 나는 학교에 갔다 오는 길에 그 오디를 따먹으려고 나무에 올랐다. 박 진사는 사랑에서 책을 읽고 있었고, 조금 있으려니 분홍 치마에 흰 저고리를 입고 빨간 댕기를 한 처녀가 화채 대접을 전하려고 나왔다. 막내딸이었다. 그녀가 나를 발견하고 처음엔 "아이 마니" 하고 깜짝 놀랐다. 하지만 곧 내가 김 리방네 손자 계손이인 것을 알고 "이리 온" 하고 불러서는 먼저 박 진사 어른에게 인사를 시켰다. 책을 보던 박 진사는 오디로 까매진 내 입 주변을 보고 허허 하고 웃었다. 딸은 나를 중대문 안으로 데리고 들어가 안방 마루 끝에 앉히곤 대얏물을 떠와 손을 씻겨주었다. 그런 다음 올복숭아도 몇 알 주머니에 넣어주었을 거였다.

아마 그 시절에 벌써 박 진사네 살림은 한참 기울고 있었을 게 틀림없었다. 그때 전후해서 박 진사네 토지를 병원집에서 산다는 소문과, 삼등에 있던 농막이 동척으로 넘어간다는 풍문이 연거푸 떠돌아다니기도 했다.

어느 해 나는 여름 방학 때 고향에 돌아와서 그 집 곁을 지나게 되었다. 담장이 이미 쇠락해서 뚫린 구멍으로 마당 안이 훤히 다 들여다보였다.

> 마당에는 싱싱하던 창포도 작약도 없다. 과실나무도 절반은 죽은 채로 잎도 피지 못한 것이 많다. 여름 볕은 쨍쨍하

였으나, 낡은 기와와 까만 기둥과 문설주를 비치는 햇빛은 오히려 쓸쓸하기 짝이 없다. 대청마루에는 박 진사의 그림자도 없었고 창살이 굵은 문짝이 굳이 닫히어 있다. 사위는 조는 듯 고요하다. 그러나 그때에 유령 같은 흰 그림자가 펀뜻 나의 시야를 어른거렸다. 맏아들이었다. 낯이 양초 가락처럼 희다. 희다 못해 파랗다. 그는 중대문을 휘우청휘우청 나와서 기운 없는 걸음으로 마루 밑 댓돌을 돌았다. 해가 쪼이는 기둥 밑에 가 쭈그리고 앉는다. 그리고는 주머니에서 기계를 꺼내서 젓가락 같은 팔을 걷고 혼자서 팔뚝을 뚫었다. 침 그릇도 간수하기 전에 그는 눈을 감는다. 나는 그것까지 보고는 뽕나무가 서 있는, (그리고 그 뽕이파리 밑에는 익지 않은 초라한 오디를 매어 달고 있는), 그 담장 밑을 떠나버리고 말았다.

나중에 알게 되는 것이지만, 박 진사는 죽었다. 그때 아편을 하던 맏아들도 타관에서 방랑하다가 객사했고, 둘째 아들은 학교를 그만둔 뒤 순사 시험을 보고서 간도 영사관에 근무한다고 들었다. 큰딸은 국숫집을 하는 장 아무개에게 시집을 갔다. 막내딸이 소박을 맞고 와 그 집에 몸을 의탁하고 있다는 이야기도 있었다. 옛날 오디에 까맣게 물든 내 손을 씻겨주던 그 막내딸은 서방이 술주정뱅이라서 가끔 모진 매를 맞는다는 소문을 들려주던 참이었다. 또 언젠가부터 그 집에 도깨비불이 보인다는 소문이 났는데, 그래도 외지에서 전근 온 월급쟁이들이 집세로 들어 산다고 했다. 물론 아직 어렸던 나는 그 집 가옥 문서가 누구 손에 넘어갔는지 묻을 처지는 아니었다.

그리고 지금, 나는 담장도, 솟을대문도, 사랑도, 중대문도, 안채도 죄다 없어진 박 진사네를 보고 있었다. 남아 있느니 오직 늙은 뽕나무만 밑에 뚫린 구멍을 안은 채 달빛 속에 서 있는 것이었다. 대체 어느 가지에서 잎이 피고 어느 가장자리에 오디가 열리는 것일까.

자리로 돌아가니, 창엽이가 술을 따른다. 술이 차갑다. 혀가 시리다. 그래도 나는 꿀꺽 세 잔을 거푸 마셨더니 가슴 밑이 다사로운 느낌이 일었다. 그때 나이 지긋한 기생 해중월이가 송도 기생의 옛 시조 한 자락을 불러, 나는 가만히 귀를 기울였다.

> 산은 옛산이로되 물은 옛물이 아니로다. 주야로 흐르나니
> 옛물이 있일손가. 인걸도 물과 같아여 가고 아니 오더라.

소설에 나오는 강선루는 성천을 대표하는 누각으로 조선시대 성천 객사였던 동명관에 딸린 건물이다. 중국 사신을 영접하기 위한 용도로도 쓰인 그 동명관 안에는 강선루 말고도 통선관, 유선관, 봉래각, 십이루 등의 건물이 무려 337칸에 이르

평안남도 성천의 명물 동명관과 강선루.

렀다. 누각 건물로는 유례가 없을 만큼 장대한 규모였다.[6] 거기서 보는 풍광이 수려했다. 앞에는 비류강이 흐르고, 강 건너편으로는 관서 8경의 하나인 무산 12봉의 절경이 병풍처럼 펼쳐졌다.

『세종실록 지리지』나 『동국이상국집』을 비롯해 여러 사서에 성천이 비류왕 송양의 옛 도읍이라 나온다. 주몽이 금와왕의 태자 대소에게 쫓겨 도착한 곳이 비류국이었다. 비류왕 송양이 스스로 천손이라 주장하는 주몽과 더불어 겨루기를 했다. 사슴을 그려서 백 보 안에 놓고 쏘았는데 송양의 화살은 사슴의 배꼽 안에도 들지 못했다. 주몽이 사람을 시켜 옥가락지를 백 보 밖에 걸고 활을 당기니 가락지가 기와 깨지듯 부서졌다. 그 후로도 몇 차례 대립이 있었으나 송양은 주몽을 당해내지 못했다. 마지막에는 장맛비가 7일이나 와서 도읍이 떠내려가게 되었는데, 주몽이 줄을 내려주어 백성을 구했다. 또 채찍으로 물을 그으니 물이 줄어들었다. 송양이 결국 항복했다.

김남천은 애향심이 남달랐다. 특히 강선루를 무척 좋아해, 장편 『사랑의 수족관』(1939~1940)에도 바삐 서울로 가야 하는 와중인데도 주인공으로 하여금 굳이 자동차를 세우게 한다. 운전수는 제가 먼저 나서서 자랑을 한다.

"평양의 모란봉이 좋다고들 하지만 여기 비하면 그건 아무것도 아닙니다."

24

평양의 단층,
혹은 내면

이효석이 1937년 일어로 쓴 「계절의 낙서」는 그 1년 후에 발표됐는데, 훗날 그의 대표적인 수필로 대접받게 되는 「낙엽을 태우면서」와 거의 흡사한 내용을 담고 있다. 물론 다른 점이 몇 군데 있는데 그중 하나가 다방이다. 앞의 수필에는 "시내에는 변변한 찻집도 없어서 커피도 집에서 끓여야 한다"는 구절이 나오는 것이다.[1] 사실 그가 서양 고전 음악을 듣기 위해 종종 찾았던 다방 세르팡은 1938년에야 문을 연다. 평양에서 가장 번화한 대화정에 있던 그 다방은 탁자를 스무 개쯤 갖춘, 당시 평양에서는 가장 규모가 큰 지하 다방이었다. 이효석으로 하여금 밤에는 되도록 발길을 꺼리게 한 학생 패들은 주로 숭실전문이나 대동공업전문, 혹은 평양고보나 광성고보에 다니고 있었다. 그만큼 세르팡은 평양의 젊은이들에게 인기 있는 살롱 구실을 했다.

평양고보 출신으로는 김동원, 김내성, 김남천, 김사량, 김은국, 양주동, 오영진, 이석훈, 이양하, 한정동 등이 문학으로 이름을 남긴다. 숭실전문 문과 출신은 유창선, 김조규 등이, 숭실중학 출신으로는 한흑구, 황순원 등이 있었다. 광성고보 출신으로는 박영준을 비롯하여 김이석, 유항림, 최정익 등이 있었

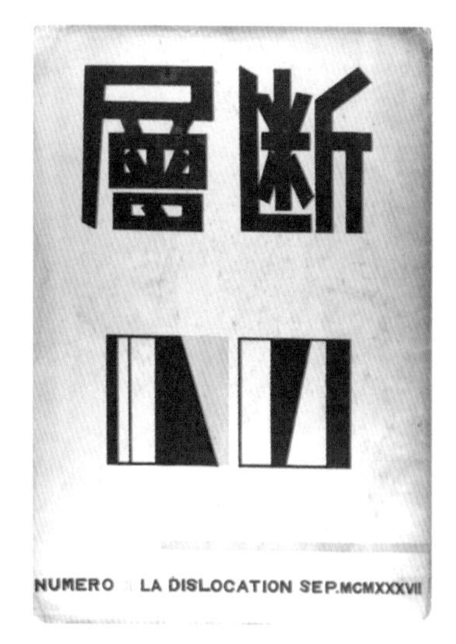

평양 청년 문인들이 만든 동인지 『단층』의 표지.
표지 그림은 역시 평양 출신인 화가 김병기의 작품이다.

다. 1911년생인 박영준을 제외하면 대개 1915년 이후 출생으로 이효석과는 한 10년 층하가 졌다. 광성이 미션 스쿨인 만큼 그들 역시 기독교계 가정에서 자라난 청년들이 대부분이었다. 김이석 또래들은 세르팡이 문을 열기 1년 전 이미 『단층』이라는 동인지를 펴낸 바 있었다.[2] 원래 그들이 즐겨 모이던 곳은 동인 유항림이 운영하던, 남문거리 끝 평양경찰서 맞은편의 헌책방 태양서점이었다. 거기서 매일이다시피 만났다. 동인들은 서점의 문이 닫히기를 기다려 강변길을 쏘다니기도 하고, 때로는 한 사람당 20전만 내면 카스테라와 우유 차를 배부르게 먹여주던 양식당을 찾아가서 밤이 이슥토록 문학 이야기를 나누곤 했다. 술을 걸치고 나서는 강변을 다시 걷고, 배가 출출해지면 육숫집을 찾아들었다. 모임에는 그들 이외에도 김병기, 문학수, 이범승 같은 미술 학도들도 흔히 자리를 같이했다. 그들은 대개 도쿄문화학원에서 이중섭과 함께 미술을 전공한 서양화가들로서 서구 모더니즘의 강한 영향을 받았는데, 문학에도 대단한 열정을 지니고 있었다. 『단층』의 표지 그림과 삽화는 당연히 그들의 몫이었다.

『단층』 동인들이 광성에서 익힌 미국식 근대의 자유롭고 모던한 분위기는 그들의 문학에도 자연스럽게 반영되었다. 그렇다고 그것이 당대를 씩씩하게 헤쳐나갈 무기였던 것은 아니다. 가령 유항림의 「마권」에 등장하는 세 친구는 결국 "언제나 어떻게 살까 하는 것을 말하지만 어떻게도 할 수 없는" 현실을 거대한 벽으로 마주친다. 그리하여 매일같이 만나 "행복이란 무엇인가", "무엇 때문에 사는가", "죽음이 두려운가", "종교는 과연 아편인가" 하는 문제들을 두고 침을 튀기며 논전을 벌여도 그들은 스스로 자신들이 '열정 없는 청춘'이며 '어둠을 탄식하는 개구리의 무리'임을 잘 알았다.

『단층』 동인 중 최정익은 그다지 활발하게 활동하지 않았다.

그러나 그보다 열두 살이나 나이 많은 형 최명익은 이미 평양을 대표하는 신세대 작가로서 대접을 받고 있었다. 소설가 이석훈은 자기보다 선배인 그를 발자크적 외모와 불란서적 스마트와 영국적 유머가 커다란 매력이었다고 기억했다.[3] 많지는 않지만 최명익이 해방 전 발표한 「비 오는 길」(1936), 「심문」(1939), 「장삼이사」(1941) 같은 작품들이 하나같이 고단한 시대를 살아가는 지식인의 분열된 내면을 섬세하게 추적했다는 평을 받았다.[4] 그의 소설에 등장하는 평양 역시 그의 내면을 되비치는 거울로서만 의미를 지닌다.

「비 오는 길」에서 공장에 다니는 주인공 병일은 각기병으로 다리가 불편한데도 매일 아침저녁으로 똑같은 길을 오간다. 평양성을 바깥으로 도는 길이다. 하숙방을 나와 양쪽으로 작은 집들이 서로 등을 비빌 듯이 총총히 들어박힌 골목인데, 병일은 아침 일찍 나갔다가 어두워져서야 돌아오기 때문에 내왕하는 사람도 별로 만나지 못했다. 이따금 정신을 딴 데 두고 걷다 보면 가난한 집 아이들이 함부로 내깔긴 똥이라도 밟을 뿐이었다. 아침에 그 길을 빠져나가면 새로운 시가지 조성 계획에 따라 갓 닦아 놓은 신작로를 밟게 된다. 신흥 상공도시로서 평양은 옛 성벽을 깨트리고 아직도 풀밭이 남아 있는 성 밖으로까지 그 발전의 촉수를 뻗고 있었다. 병일은 공장에서 회계 일을 보았지만 주인은 그를 온전히 믿지 않았다. 2년이 다 되도록 신원 보증인을 세우지 못했기 때문이다. 병일의 하루 일과는 주인이 매일같이 장부와 현금을 대조해 딱 맞아떨어져야 겨우 끝이 났다. 불쾌했지만 어쩔 도리가 없었다. 그 무렵이면 눈앞에 커다란 그림자같이 옛 성문이 나타났다. 병일은 그 성문 구멍으로 휘황한 전등이 켜지는 시가를 바라보며 10만이니 20만이니 하는 놀라운 인구의 숫자를 눈앞에 그려보곤 했다. 그러나 그들은 얼마가 되었든 저와는 상관없었다. 설혹 매일같이 길을 엇갈려 지나치는 사람이 있어도 언제나 그들은 노방*의 타인일 뿐이었다.

비 오는 날 병일은 어느 집 처마 밑에 들어가서 비를 그었는데, 알고 보니 사진관이었다. 매일같이 그 길을 오갔으면서도 전혀 인식하지 못했던 것이다. 마침 주인이 나와 비를 긋고 가라고 병일을 끌었다. 주인 이칠성은 워낙 사람이 친절했다. 그 바람에 병일은 못하는 술도 함께 나누었다. 이칠성은 열세 살 때부터 사진 일을 배우기 시작해 이제 이만큼 자리를 잡았다는 사실을 무척 자랑스러워했다. 비싼 사진기 값도 다 갚았다고 했다. 이칠성의 입가에선 웃음이 떠나지 않았다. 모든 게 만족해서 견딜 수 없다는 표정이었다. 병일에게도 어서 장사를 시작하고 하루바삐 장가를 들어서 사람 사는 재미를 보라고 타이

* 노방(路傍): 길가.

르듯이 말했다.

병일은 사람 사는 재미가 무어냐고 되묻고 싶었지만 시간이 늦어 우산을 빌려 그냥 나오고 말았다. 은근히 골이 났다. 마침 개구리 소리가 들려왔다. 병일은 저도 몰래 경멸의 말을 내뱉었다.

"이것이 사람 사는 재미냐? 흥, 청개구리의 뱃가죽 같은 놈!"

우울한 장마가 계속되었다. 병일은 즐기던 독서마저 완전히 시들해지고 말았다. 도스토예프스키의 『백치』를 읽다가 잠이 든 밤에는 작가가 기침 끝에 피가래를 뱉는 꿈도 꾸었다. 또 어떤 날은 성난 소와 같이 후원을 걷던 니체가 푸른 이끼 돋은 바위를 붙안고 이마를 부딪치는 것을 상상하고 몸서리치기도 했다. 병일은 하숙비만 제외하고 저축 한 푼 없이 남은 돈을 거의 들여 사 모은 책들이 이제 '무거운 짐'같이 겨웠다. 이칠성은 병일이 돈을 모으지 않고 책을 다 샀다는 말을 곧이곧대로 믿지 않았다. 그러면서 사람의 도리에 대해 설교를 했다.

"하하, 시간을 거꾸루 보아서 10년 후의 천 원을 미리 기뻐하며, 하하."

그의 요지는 말하자면 먼 앞날의 천 원을 미리 끌어다가 행복하게 오늘의 하루하루를 산다는 것이었다.

그 밤 이후 병일은 며칠 동안 신열을 앓았다. 그새 사진관을 찾지 않았다. 다시 일주일 후, 병일은 공장 사무실에서 신문을 보다가 '평양에 장질부사가 유행하여 사망자 다수'라는 기사를 읽었고, 거기서 이칠성의 이름을 발견했다. 그는 달리 그 사진사를 조문할 방법을 알지 못했다. 어쨌거나 노방의 타인은 언제까지나 노방의 타인이었다. 그는 지금부터는 더욱 독서에 매진하리라 다짐하며 늘 가던 길을 다시 걸었다.

병일에게 이칠성은 속물이었고 언제까지나 노방의 타인이었다. 평양 또한 이미 "육친의 시체를 보는 듯한" 인상만 안겨주었다. 같은 평양 출신의 김사량도 일본에서 귀향할 때마다 점점 더 속물화하는 평양의 모습에 학을 떼었다. 무엇보다 부동산 투기 열풍이 불어 어떤 해 겨울에는 마치 평양 부민 모두가 땅장사로 나선 듯한 느낌마저 들었노라 했다. 전차에서나 길거리에서나 사랑방, 하다못해 냉면집에서도 죄 들려오느니 두 배니 세 배니 하는 거간들의 허풍선이었다.[5] 상황이 이럴진대 소심한 병일에게 독서는, 먼 훗날 어떤 평론가의 말마따나, '사진사'들로 가득 찬 도시의 진부하고 속된 일상으로부터 "정신의 주권을 지키려는 고통스런 농성과 같은 것"[6]일지도 몰랐다.

하지만 시대는 이미 그런 따위 어설픈 농성을 용납하지 않았다. 평양역을 지나 북으로 북으로 향하는 병사들의 행렬은 끝없이 늘어났다. 단오면 그네 타러 동산을 오르던 '에미네'와 '체니'들도 더는 흥이 날 리 없었다.

세상은 어떤 고비를 향해 마구 치닫고 있었다.

25

국경에서 바라본 하늘

백철은 문학 평론가였지만 소설도 썼다. 딱 한 편. 1940년 최재서가 주재하던 잡지 『인문평론』에 발표한 「전망」이라는 제목의 중편 소설이었다. 거기에 이런 대목이 나온다.

> 그날 오후 (바로 7월 6일이지만) 나는 전과 같이 태평스럽게 모래밭 위에 누워서 책을 읽고 하품을 하고 공상을 하고 있을 때에 내 머리 위를 삼십오 대나 되는 비행기가 항오를 갖추어서 오후의 맑은 하늘을 요란스럽게 울리면서 폭풍과 같이 지나갔다. 그 대오가 바로 내 머리 위를 지날 때에 나는 숨이 막힐 듯한 감격을 느끼며 몸을 소스라쳤다. 그것은 가을의 밤하늘을 열을 지어서 지나가는 기러기를 바라볼 때에 느끼는 감상은 아니었다. 그렇다고 해서 다만 갑자기 오한을 느낄 때에 오는 그 전율도 아니었다. 그것은 공포와 불안과 기대와 허망이 한데 어우러진 복잡한 감정으로서 무엇이 시작된 데 대한 기대의 정열이었다. 그것은 또한 내가 내 반생에서 처음으로 느끼는 커다란 감상이었다.

> 그 이튿날 라디오는 노구교에서 양 군이 교전한 사실을 비장한 음성으로 급보하였다.[1]

소설의 배경은 유원이라는 시골 마을로, 화자인 내가 이사 온 지는 9년이 되었다. 철도 연변의 아름다운 한촌으로 등장하는 유원은 그러나 마을 형태가 사형蛇形이었다. 사람들은 동네가 가난한 게 바로 뱀이 등골을 파먹는 형태라서 그렇다고 말하기도 했다. 마을 뒤편의 조산은 조그맣지만 참 아름다웠다. 나는 고향에 올 때마다 조산에 오르곤 했는데, 마을이 좀 더 셈이 피려면 천생 그 아름다운 경치가 널리 알려지는 수밖에 없다고 생각했다. 철로를 이용해 무엇인가 이득을 본다는 것도 불가능했다. 유원 가까이에 더 큰 도시들이 있었기 때문인데, 그건 마치 백화점 옆에 붙은 작은 상점들이 몰락하는 것과 같은 이치였다. 게다가 하필이면 조산 끄트머리에 흉물스럽게도 공동묘지가 있어서 경치에 무슨 기대를 건다는 것도 실은 가망이 없었다. 그 유원이 현실에서는 바로 작가 백철의 고향인 평안북도 의주군 비현이었다.

소설 속 상황 묘사 역시 그의 실제 체험 그대로였다.[2] 그는 마침 백린이라는 피부병에 걸려 요양차 고향에 가 있었는데, 그날은 비현에서 한 10리 떨어진 백마강 근처 개울에서 고기잡이를 하고 있었다. 백마강은 압록강으로 흘러드는 큰 강이었다.

고기는 그물로 잡았다. 투망은 아니고 길게 늘여놓는 줄그물이었다. 그는 매일같이 체드렁이라는 싸릿대로 엮어 만든 망태에 그물을 넣어가지고 10리 길을 걸어가 고기를 잡았다. 그는 이미 고기잡이에 숙달이 되어 있었다. 때와 장소를 잘 알았다. 해가 어느 정도 올라와서 이제 시각이라고 생각하면 그물을 끌고 물 가운데로 들어간다. 깊은 데와 여울의 중간을 가로질러서 그물을 건너막는다. 그런 다음 여울 쪽으로 되돌아와선 조약돌을 마구 내던진다. 그러면 여울로 나와 있던 고기들이 놀라 깊은 곳을 찾아 도망치다가 꼼짝없이 그물에 걸리고 마는 거였다. 일망타진이라는 말이 꼭 어울리는 그물질이었다.

그날도 그렇게 그물질을 하고 있을 때 갑자기 엄청난 폭음이 그의 귀를 때렸다. 얼른 냇물에서 뛰어나와 폭음이 들려오는 방향을 바라보았다. 북쪽 하늘로 떼 지어 날아가는 항공기 편대가 눈에 들어왔다. 검은 기체 세 개가 머리를 나란히 해서 남쪽으로 보이는 검은 산을 넘어서 북진하는 중이었다. 아니, 세 대가 아니었다. 그 뒤를 이어 다시 세 대, 또 다른 세 대. 비행기들은 그렇게 세 대씩 자꾸 북으로 날아갔다. 어느 순간 30여 대의 대편대가 요란스러운 폭음으로 하늘을 뒤덮었다. 한마디로 장관이었다. 도대체 그런 시골에서는 비행기를 구경하는 일조차 거의 없었다. 그런데 한꺼번에 서른 대라니!

그는 즉각 전쟁을 예감했다. 제1차 세계대전 당시 독일군의 비행기가 벨지움(벨기에)을 통과할 때 꼭 그러했을 장면을 연상시켰다. 무섭거나 하지는 않았다. 오히려 어떤 기대까지 해보는 마음이었는데, 그건 일종의 호기심이었다. 그 당시 '저기압'이라는 말이 언론에서 많이 쓰였다. 이런저런 작품에서도 그 말을 종종 썼다. 그 역시 말하자면 그런 저기압이 차라리 폭우라도 몰아왔으면 하는 심정이었던 것이다.

아니나 다를까, 그날 저녁 뉴스에서는 일본 대본영 발표로 노구교(루거우차오)에서의 충돌을 전했다.

작일(어제) 충돌한 일중 양군, 용왕묘에서 격전 중

드디어 올 것이 왔다는 생각이었다. 이때부터 그의 인생 역시 이전과는 전혀 다른 곬을 타고 흘러간다.

1937년 중일전쟁이 발발한 이후 일본군은 파죽지세로 중국 본토를 짓쳐들어갔다. 7월 30일 베이징을 점령했고, 11월 중순에는 상하이마저 점령한다. 12월에는 저 끔찍한 난징 대학살이 자행된다. 무려 30만의 인명이 살해되었을 것으로 추산된다. 그 후 전선은 한동안 교착 상태였는데, 일본군은 1938년 10월 우한 3진(우창, 한커우, 한양)을 함락하는 데 성공한다. 우한 3진은 양쯔강과 한수이강이 합수되는 지점으로 예부터 중원에서 가장 중요한 교통의 요지였다. 또 우창(무창)은 1911년 신해혁명

중국 우한행영 앞에서 만세를 부르는 일본군.

의 발원지로서, 쑨원은 이곳을 중심으로 혁명을 일으켜 마침내 청을 무너뜨리고 중국 최초의 공화정을 수립할 수 있었다. 그런 만큼 우한 3진에 집결한 중국군의 100만 대군 역시 더 이상 물러나지 않겠다는 각오를 다졌다. 일본 역시 이 지역의 중요성을 너무나 잘 알고 있었기에 전체 육군 병력의 3분의 2에 해당하는 80만 병력을 투입했다. 치열한 공방전이 벌어졌는데, 결과는 일본의 승리였다. 대본영은 10월 27일 우한 3진을 완전히 점령했다고 공식 발표했다. 이후 신문은 우한을 점령하고 만세를 부르는 일본군 병사들의 모습이라든지 용산의 조선군 사령부에서 거행된 함락 기념식 따위 화보 사진들을 연일 내보냈다.

식민지 조선의 지식인, 특히 백철과 같은 좌파 지식인들은 커다란 충격을 받았다. 그는 1934년 8월 카프 제2차 사건에 연루된 혐의로 전주형무소에 수감되었다가 이듬해 12월 출옥했다. 이후에는 자의 반 타의 반 상대적으로 조용하게 비평 작업을 지속했는데, 간간이 영화 작업에도 몸을 담았다. 그러나 우한 3진 함락은 전혀 새로운 현실이 다가왔음을 뜻했다. 어쩌면 중일전쟁이 처음 발발했을 때보다 더 큰 충격이었을지 몰랐다. 왜냐하면 중일전쟁 때에는 드러내지는 못해도 중국의 승리를 기대할 수도 있었기 때문이다. 게다가 중국은 국공 합작으로 이미 하나 되어 싸우고 있지 않았던가. 백철이 고향 비현에서 고기잡이를 하다가 북으로 날아가는 비행기 대편대를 목격한 날, 저기압이 차라리 폭우라도 몰아왔으면 하고 바란 데에도 그런 기대가 작용했을 것이다. 하지만 황군은 천하무적이었다. 마지막 보루로 여겼던 우한 3진마저 나가떨어지자 더 이상의 기대는 미신이요 사치였다. 만일 남은 전망이란 게 있다면, 이제 동아(동아시아)의 새로운 질서를 구축하는 일본을 받아들이는 것일 수밖에 없지 않겠는가.

백철이 굳이 소설을 쓰고, 거기에 굳이 '전망'이라는 제목을 단 것도 이 때문이었다. 물론 이때의 '전망'은 당연히 일본이 중일전쟁 이후 내세우는 동아의 새 질서를 말하는 것이었다.

소설은 그날 이후 유원에 생긴 변화를 자세히 추적한다.

유원 거리 앞을 매일같이 군대를 실은 열차가 지나갔다. 냇가에서 물장난을 하던 아이들은 만세를 불렀다. 군인들은 답례를 했다. 기차 지붕에는 기관총이 하늘을 향해 곧추서 있었다. 정거장에서도 기차가 설 때마다 만세 소리가 터져나왔다. 학생들과 주민들은 일장기를 들고 나와 병사들을 환송했다. 애국부인회가 조직되어 차와 물을 가지고 나가 군인들을 대접했다. 밤이 되면 부인네들이 모여 그날 일에 대해 이야기를 나누었다.

"어쩌면 다 인물들이 그렇게 멀끔하게 잘났겠소?"

"스물두 못 돼 뵈는 새파랗게 젊은네도 많습데다."

"그들 가운데는 그야 좋은 얼굴로 차수茶水를 받어먹고 웃고 떠드는 이도 있습디다만 그 가운데는 글쎄 찻잔을 내밀어도 모르는 척하고 시름해 있는 사람도 많습디다. 아마 혼자서 무엇을 생각하는 거야! 속이 그리 좋을 리야 있소? 아마 자기 어머니나 누이나 아내를 생각하는가 봐. 나는 그때마다 우리 집사람을 보는 것 같아서 모르게 눈물이 납디다."

눈물이 난다는 한 어머니의 말에 젊은 여인들은 대번에 와

하고 울었다.

곧 멀지 않은 국경 일대부터 엄격한 등화관제가 실시되었다. 유원의 밤거리도 절벽같이 어두워졌다. 그렇지만 나는 어느덧 그 전쟁에 대해 '화려한 근대의 새 건설'이라는 의의를 부여하고 있었다. 그런 나의 눈앞에는 지금까지 보지도 못한 커다란 새 대륙이 눈앞에 찬란한 모습을 드러낸다.

11월 9일, 산시성의 수도 타이위안이 함락되었을 때, 나는 이렇게 썼다.

> 이 보도는 일견 비참하기 짝이 없으나 내게는 여간 감격이 안 되는 상징적인 보도다. 나는 그 보도를 들으면서 눈앞에 허물어져 내려가는 그 지나의 낡은 성문의 광경을 넉넉히 그려본다. 이 수개월 동안 중국의 그 수다한 낡은 성문이 하나둘 허물어지는 관경을 눈앞에 그려보는 것은 내게는 여간 큰 장쾌한 관경이 아니다. 낡은 성문이 허물어지는 것을 그렇게 비관만 할 바는 아니다. 우리는 거기에 새로운 건설을 보지 않느냐? 어둡고 낡은 그 석벽 대신에 명랑하고 화려한 근대의 새 건설을 생각할 수는 없을까? 만일 그런 의미가 여기에 있다면 낡은 것이 지나가고 새로운 건설이 오는 그 광경을 어데 감격이 없이 바라볼 수가 있느냐![3]

현실에서도 백철은 소설 속 나와 똑같은 논리를 전개했다. 그는 다른 것은 고사하고 오직 그 봉건적인 성문들이 허물어져 내린다는 사실 그것만을 가지고도 하나의 사적史的인 의미를 붙여보기 족하다고 했다. 나아가 "기왕 허물어질 성문이면 하루라도 속히 허물어져버리는 것이 역사적으로 진보"라고도 했다.

"사실 한번 허물어진 봉건의 성문은 다시 그 모양으로 건축되는 일을 역사는 반복하지 않을 테니까."[4]

전쟁이 벌어지자 소설 속 유원에는 일견 삼엄한 분위기가 지배했다. 그러나 동시에 사람들의 생활 표정에는 어떤 활기마저 떠돌기 시작했다. 전쟁에 대해 사람들이 제각기 '어떤 꿈'을 가지고 있다는 반증이었다. 거기엔 불순한 동기도 없지 않았다. 타이위안 상공에서 공중전이 벌어지는 것을 보도하고 있었을 때였다. 그때 라디오를 같이 듣던 사람들 가운데 박수를 치면서 "되놈들을 모두 잡아 죽이라!"고 무지스럽게 외치는 이들도 있었다. 나는 혼자서 얼굴을 붉혔다. 이번 사변이 동아의 성전이라면 그것은 다만 중국의 민중을 무찌르는 무도한 행위가 아니라는 것을 새삼 변명하려 했던 것은 아니었다. 그보다는 그렇게 소리 지르는 사람들의 심리가 빤히 엿보였기 때문이다. 유원에서는 만주사변이 벌어지자 한몫 단단히 본 부자들이 많았다. 그들은 그때 압록강을 건너 만주로 들어가 은장수를 하고 아편을 팔고 갈보 장사를 해서 돈을 모았다. 만주국이 차차 정돈되자 돈벌이 기회는 점점 사라졌는데, 그들에게는 다행스럽게도 이번에 다시 지나사변(중일전쟁)이 터진 거였다.

그렇게 흥분과 함께 부끄러움도 느끼던 나는 그 뒤 어떻게 되었을까.

1939년 3월 백철은 매일신보사가 새로 창간한 『국민신보』에 입사한다. 『매일신보』와 마찬가지로 조선 총독부의 어용 기관지였다. 이때부터 그의 친일 행적이 본격화된다고 볼 수 있는데, 이듬해 정초에는 『매일신보』의 학예부장으로 승진하여 그 입지를 더욱 다지게 된다.

26

만포진 길손과
보천보 뗏목꾼

일제 강점기 조선인의 만주 이민 역사는 크게 세 단계로 나뉜다.[1]

첫 번째는 월경 이민 시대(1868~1905)로, 특히 조선의 북부 지방을 강타한 물난리와 가뭄으로 대흉년이 들자 수많은 사람들이 압록강 상류와 두만강을 건너갔다. 그때는 아직 청의 봉금령이 유지되고 있었지만 굶주린 조선 농민들의 월강을 막을 수는 없었다. 1881년에는 청나라가 '봉금령'을 해제하고 1883년에는 조선이 '월강금지령'을 폐지했다. 이때부터 조선인의 만주 이민은 폭발적으로 증가했다. 두 번째는 망명·유랑민의 시대(1905~1931)로, 일제의 식민지 침탈이 본격화됨에 따라 자의 반 타의 반으로 조국을 떠나는 사람들이 폭증할 수밖에 없었다. 예컨대 일제의 토지 조사 사업과 동양척식주식회사(동척)의 토지 수탈 및 높은 소작료, 소작권 박탈 등으로 인해 농민층의 몰락이 가속화된다. 불행히도 식민지 조선은 그들을 받아들일 어떤 경제적 기반도 갖추고 있지 못했다. 세 번째는 정책 이민 시대(1931~1945)로, 1929년 농업 공황의 여파로 전보다 한층 빠르고 또 대규모로 농민 분해가 이루어지고, 만주사변(1931), 만주국 건립(1932), 중일전쟁(1937) 등 급변하는 시대적 정황과 맞물려 이제 조선 농민은 이른바 '국책이민'의 대열에 서지 않을 수 없게 된다. 겉으로는 '왕도낙토'를 내세웠지만, 그건 조선 농민의 이익을 위한 정책이 결코 아니었다. 어디까지나 일제의 만주 침략, 중국 침략과 정확히 궤를 같이하는 것이었다. 크기로 따져 조선의 여섯 배, 일본 본토의 3.4배이며 인구 약 3,000만 명을 지닌 신생 만주국은 바야흐로 조선과 일본의 정치·경제적 모순을 일거에 해결하려는 제국주의 일본의 야심이 반영된 약속의 땅으로 부상했다. 조선과 만주는 하나라는 '선만일여' 정책이 시행된 것도 이때였다. 그에 따라 이민 행렬도 생존의 벼랑 끝에 내몰려 어쩔 수 없이 고향을 등졌던 종래의 빈민들뿐만 아니라 "마치 금점꾼처럼 '오늘 충청도, 명일 함경도' 식으로 일확천금을 몽상하면서 넓은 만주 벌판을 방황"하는 무리도 속출했다. 하지만 어떤 것이든 그들의 꿈이 이루어질 리 만무했다.

평안도는 압록강 쪽으로 넘어가려는 유이민이라면 반드시 거쳐야 하는 길목이었다. 예컨대 소설가 황순원의 고향은 평양에서 가까운 대동군 방장리였다. 외가는 그곳에서 10리밖에 떨어지지 않은 천서리였는데, 그곳에 목넘이 마을이 있었다. 어디를 가려도 '목'을 넘어야 해서 붙여진 이름이었다. 남쪽만은 꽤 길게 굽이도는 골짜기를 이루고 있지만, 결국 동서남북 모두 산으로 둘러싸여 어디를 가려도 산목을 넘어야만 했다. 해방 직후 월남한 황순원의 소설 「목넘이 마을의 개」(1948)에서도 서북간도로 가려는 이민들은 이른 봄부터 늦가을까지 수도 없이 그 목넘이 마을을 지나갔다. 단출한 식구라고는 없는 듯했다. 거의가 다 많은 가족이 줄레줄레 남쪽 산목을 넘어왔는데, 젊은이들은 누더기가 그냥 내뵈는 보따리를 짊어지고, 늙은이들은 쩔룩거리는 다리를 질질 끌면서도 애들의 손목을 잡고 있었다. 여인들은 애를 업고도 머리에다 무어든 이고 있었다. 그곳에 평안도 땅의 황토와는 다른 황토물이 든 개 한 마리가 먼 길을 걸어온 듯 뒷다리 하나를 쩔룩거리며 나타난다. 그 개 신둥이는 당연히 만주를 바라고 떠나는, 혹은 거꾸로 만주에 갔다가 도무지 버티지 못하고 돌아오는 조선 민중의 가련한 신세를 상징한다. 그런데 그 개는 토박이들의 눈 밖에 나고 급기야 미친개로 내몰려 잡아먹힐 위기에 처한다. 실제로 그런 누명을 쓰고 잡아먹힌 개들도 있었다. 다행히 간난이 할아버지의 도움으로 신둥이는 탈출에 성공한다. 얼마 후 마을의 개들은 모두 신둥이의 피를 잇게 된다. 신둥이의 강인한 생명력 때문이었다.

하지만 소설 밖의 상황은 달랐다. 일제는 조선의 마지막 숨통까지 조여왔다. 이제는 평안북도 첩첩산중까지 야욕의 손길을 뻗쳤다. 대륙 점령이라는 군사적 목적과 산간의 천연자원을 수탈할 목적으로, 기왕의 평원선 순천을 기점으로 하는 철도를 부설했다. 개천, 희천, 구현령을 거쳐 강계와 압록강 연안의 국경 도시 만포진까지 이르는 총길이 299.8킬로미터의 철도, 만포선이었다. 1931년부터 공사가 시작되지만 전 구간이 개통되는 것은 1939년 9월에나 가능했다. 그만큼 험난한 공사였다. 삼남에서 빈민들을 대거 불러들이면서 마치 구제 사업인 양 공사를 진행했는데, 겨울이면 너무 추워 일을 할 수도 없었다. 노동자들이 떼로 빠져나가는 일이 빈번했다.

만포선은 개통 후 주로 석탄과 목재를 실어 날랐다. 그 화물들은 남으로는 순천을 거쳐 평양까지, 북으로는 강계를 거쳐 만포진까지 갔다.

백년설이란 가수가 있었다. 지금은 아는 이들도 꽤 드물어졌겠지만 일제 강점기 후반기에 데뷔했고 해방 직후에도 크게 활약했던 남자 가수였다. 그가 부른 노래 중에 〈만포진 길손〉(1941)이라는 노래가 있었다. 작사자(박영호)가 월북하여 꽤 오래 금지곡이 되었으나, 훗날 송해와 이미자도 불렀다.

만포진 구불구불 육로길 아득한데
철죽꽃 국경선에 황혼이 서리는구나
날이 새면 정처 없이 떠나갈 양치기 길손
뱃사공 한세상을 뗏목 위에 걸었다

오국성 부는 바람 피리에 실어올 제

꾸냥의 두레박엔 봄꿈이 처절철 넘네
봄이 가면 지향 없이 흘러갈 양치기 길손
다시야 만날 날을 칠성님께 빌었다

이밖에도 그는 〈나그네 설움〉, 〈번지 없는 주막〉, 〈복지만리〉, 〈대지의 항구〉 등 히트곡이 많아 남인수, 김정구 등과 함께 1940년대를 대표하는 가수로 이름을 떨쳤다. 다만 1941년 지원병제가 실시되면서 〈혈서지원〉, 〈조선해협〉 따위 조선의 청년들을 지원병으로 참전하라고 독려하는 노래를 불러 장차 친일파 논란에 휩싸이게 된다.

〈만포진 길손〉의 가사 중에 나오는 '양치기'를 강계 출신의 언론인 김이협은 '영직營直이'로 쓰고 있다.[2] 만일 그의 기억이 정확하다면, 원래 곡에는 바로 이렇게 '영직이' 로 되어 있던 것을 해방 이후 시세를 판단하여 당사자 혹은 다른 누군가가 '양치기'로 바꾸었을지 모른다. 왜냐하면 '영직이'(혹은 영지기)는 영營, 즉 여기서는 '국경'을 지키는 사람, 즉 수자리라는 뜻이기 때문이다.

대체 그 국경을 누가 무엇을 위해 지켰다는 것인가.

당연히 압록강을 끼고 있는 평안북도와 함경남도의 험준한 산악 지대에 수시로 출몰했던 그 숱한 '무장단'과 '마적', '비적'

강계 만포진의 겨울 풍경.
까마득한 벼랑 위 세검정과 그 아래 흐르는 압록강이
북국의 쓸쓸한 정취를 드러낸다(1913년 촬영).

과 '적도'와 '반만군'*을, 그리고 눈에 불을 켜고 그들을 잡으려 했던 일제의 국경 경비대와 경찰들을 떠올리지 않을 수 없다.

작사가 박영호는 소설가 이선희의 남편이기도 했다. 1920년대에 카프, 즉 조선프롤레타리아예술가동맹 계열 극작가로 활동을 시작했고, 경찰에 체포 구속된 일도 있다. 나중에는 대중

* 반만군(反滿軍): 일제가 세운 꼭두각시 국가 이른바 만주국을 반대해 싸운 무장 단체를 통칭.

두만강 국경.
조선인 월경자를 검문검색하는 일본군 국경 경비대.

극에도 손을 댔는데, 특히 1939년 극단 고협이 공연한《정어리》로 호평을 받았다. 하지만 박영호 역시 일제 말기에는 친일적인 희곡을 썼다. 그중에는 지원병제를 홍보하는 내용의 연극《물새》도 있다.

가수와 작사가의 이런 이력이 〈만포진 길손〉의 뒷맛을 씁쓸하게 만든다.

만포진 강 건너편은 곧바로 만주 지안(집안)이었다. 고구려의 두 번째 수도 국내성이 있던 곳으로, 광개토대왕비(호태왕비)를 비롯하여 장군총, 각저총, 무용총 등 고구려 유적이 많이 남아 있다.

1930년 7월 민세 안재홍이 백두산을 올랐다. 그가 갈 때는 두만강을 거슬러 올라갔고, 올 때는 압록강을 따라 내려왔다.[3] 두 강을 비교해서는, 두만강은 그 대부분이 실로 "허광하고 평탄한 대륙성을 띤 유역"이지만, 압록강은 전반 천 리는 거의 다 "협곡 속을 쏜살처럼 흘러내리는 것"이라고 했다. 8월 4일, 그는 동료와 함께 압록강 상류 가림천에서 뗏목을 탔다. 가장 큰 뗏목을 골라 올랐는데, 아름이 넘는 통나무가 서로 묶여 긴 데다가 수심은 얕고 수량도 많지 않아 여울에 걸리고 말았다. 뗏목꾼들이 세 시간이나 애를 쓴 끝에야 겨우 다시 움직일 수 있었다. 그때부터는 급류에 떠내려가는 떼가 살처럼 빨랐다. 물굽이가 솟을 때면 백설처럼 하얀 거품이 덮쳤다. 세찬 강물이 벼랑 밑을 돌 때에는 떼의 꼬리가 미처 빠져나오지 못하고 돌벽에 부딪쳐 와지끈 하는 굉음을 냈다. 성난 물살에 휩싸인 바위들이 물거품 속에서 눈을 어리게 했다. 그 모습이 마치 춤추는 어룡들이 사람에 놀라 상류로 쫓기는 것 같았다. 이윽고 잔잔하고 깊은 안개 속을 지나면서는 유유하고 탕탕한 정취가 비길 데 없이 아름다웠다. 강가의 물레방아는 저 혼자 돌아가며 방아를 찧었으며, 고기 잡는 무리들은 그물을 끌고 물결에 맞서 가쁜 숨을 뱉어냈다. 이따금 아이들이 나와 발가벗은 그대로 툼벙대고 있었다. 쉴 새 없이 지나가는 산과 들과 마을 그리고 잘 가꾸어놓은 전원이 모두 꿈나라 같은데, 찌는 듯 무더운 날씨에 아이를 업고 소를 끌며 변경의 길을 가고 또 가는 여자들의 남루한 입성이 자꾸만 눈을 찔렀다. 그 민세는 여차하면 적의 오라를 받아 여덟 번 아홉 번이나 식민지 감옥을 새신랑이 새색시 찾듯 부지런히 들락거려야 했다.

보통 압록강 뗏목은 홍송, 삼송, 낙엽송 등으로 짜는데, 그중에는 둥근 환재도 있고 네모난 각재도 있다.[4] 어떤 것들이든 곧고 굵고 미끈해서 한눈에도 대들보 감이다. 뗏목은 물살을 가르기 위해 유선형으로 엮고, 그런 뗏목을 둘씩 셋씩 엮어 다시 한 떼를 이루기도 한다. 압록강에서는 조선과 중국이 각기 뗏목을 띄운다. 만주국 성립 이후에는 만주국 채목 공사에서 띄운 뗏목에는 '변釆' 자 기를 달고, 조선 쪽의 뗏목에는 영림서 '공工' 자 기를 달았다. 그렇게 서로 다른 깃발을 달고서 마치 전쟁에라도 나아가는 병사들처럼 의기양양하게 앞을 다투었다. 이른 아침 혜산진에서 뗏목에 오른 한 손님이라면 상쾌한 기분을 쉽게 가누지 못했다. 왜 아니겠는가. 황홀하게 빛나는 아침해가 산 밑에서 머리를 내밀면 압록강은 은물결 금물결을 지으며 청량한 소리로 꿈틀거린다. 그럴 때 강기슭의 버들은 물속에 고개를 파묻은 채 너울너울 춤을 추고, 이름 모를 물새는 요

압록강 뗏목. 떼 위에 지은 집이 인상적이다.

란하게 지저귀며 반갑게 아침 인사를 하는 것이다.

하지만 뗏목꾼들에게는 하루하루가 힘든 노동의 연속일 따름이다. 혜산진에서 신의주까지 보통은 열흘이고, 길게는 스무날까지도 걸린다. 그들은 고된 노동과 집 떠난 외로움을 견디기 위해 흔히 노래를 부른다. 앞에서 "이놈의 신세라 무슨 팔자 물 우에 둥실 또한 밤인가 아서라 말어라 임생각을 정들고 떠나니 난사로구나" 하고 선소리를 매기면 뒤쪽 떼에서 답창을 하거나 후렴을 받는 식이다.

압록강에는 해가 일찍 진다. 석양이 떨어져 강물이 금빛 노을에 물들면 벌부筏夫들의 가슴은 더욱 아련해지게 마련이다.

> 얄누강 굽이굽이 흐르는 물은 흘러서 절로절로 바다로 가고 수줍은 산골 색시 검은 머리는 자라서 절로절로 열여덟이라. 뗏목을 매던 줄은 풀어져가도 사랑의 연줄이야 끊어지리요. 이별이 하도 설어 젊은 마음은 꿈길에 떼를 따라 흘러만 가네. 얄누강 굽이굽이 흐르는 물에 오늘도 그리워서 산골 색시는 진달래 한 송이에 마음을 담아 님 가신 신의주로 흘러보내네.

얄누강은 압록강의 다른 이름이다.

강변에서 바라보는 눈에는 뗏목이 낭만처럼 보일지 몰라도, 1년에 200여 일을 물에 떠서 사는 일이 쉬울 까닭은 없을 것이다. 게다가 강 한쪽에서는 후추와 호주胡酒를 밀수해 가고 또 한쪽에서는 소금과 아편을 가져가는 금물상*들이 난무한다. 마적과 독립단 또한 수시로 출몰하여 국경 경찰대와 총격전을 벌인다.

---

* 금물상(禁物商): 금지된 물건을 파는 밀수꾼.

훨씬 훗날, 겨우 유신의 캄캄한 어둠을 벗어났지만 당장 또 무슨 난감한 역사를 만날지 모든 게 뿌연 안개 속에 덮여 있던 1980년 벽두, 새로 창간된 한 무크지에 발표된 다음과 같은 글이 인상적일 수밖에 없었던 것도 압록강의 이런 정치적 성격과 무관치 않다.[5]

> 백두산 천지로부터 흐르기 시작하는 압록강은 보천보 혜산진의 상류에 이르러서야 뗏목을 띄울 수 있는 강의 모양다리가 된다. 보천보라면 청산리전투의 명예로 마감된 항일 유격전이 일제에 대한 패배를 거듭하며 침체된 상태였다가 보천보 전투*에서 다시 조선 독립군의 면모를 되살려낸 그런 고장이다.
>
> 보천보 지류의 한 가닥에서 장백산 지역의 엄청난 원시림의 나무 몇 그루를 쓰러뜨려서 그것들을 가까스로 물에 띄워 혜산진에 이르러 제법 뗏목 살림을 차릴 만큼 뗏목 일행이 이루어진다. 혜산진에서 후창까지는 압록강 상류의 굽이굽이 급류와 완만한 수세가 다채롭게 뒤바뀌는 재미가 있다. 아니 뗏목 살림이 자칫 잘못하면 풀어져버릴 위

---

* 보천보 전투: 1937년 6월 4일 김일성이 이끄는 동북항일연군 유격대가 압록강을 건너 함경남도 갑산군 보천면 보전리 보천보를 습격한 사건. 『동아일보』가 호외를 내는 등 크게 보도해 국내진공작전으로 유명해졌다.

험도 많다. 작은 뗏목 일행은 사람 하나둘인 적도 있으나 큰 뗏목 일행은 뗏목의 본채 작은채 끝채로 이어져서 스무 명 서른 명짜리도 있다. 그런 뗏목 살림은 벌써 작은 단위의 한 사회이며 공동체인 것이다. 뗏목 앞머리는 방향을 흐름에 맞추기 위해서 몽둥이 노로 조금씩 저어주어야 할 때도 있다. 본채 뒷전에는 지붕까지 한 살림채가 지어져서 잠자리 가재도구들을 챙겨두는 부엌까지도 갖추어졌다. 작은채 끝채 그리고 멀리까지 이어진 별채 뗏목에도 뗏목 식구가 혹은 서 있고, 혹은 앉은 채 삼수갑산과 남만주 참바이* 산천의 험준한 풍광 속을 유구하게 떠나려가는 것이다.

벽동까지 가려면 몇날 며칠이다! 벽동 가서 나무값 받아내면 만포진의 달밤에 임 만나 볼 수 있다! 아니 이번 뗏목이 잘 흥정되면 바로 그 돈이 참바이로 건너가서 신흥군관학교 무기 구입에 쓰이는 것이다. 그러나 뗏목 일행은 모두 다 뗏목 식구일 뿐 다른 얼굴은 내색도 하지 않는다. 왜놈의 국경 수비대, 왜놈에게 둘린 만주 마적단·되놈·오랑캐들이 여기저기서 문득 나타나도 그들은 압록강 기슭의 어디서 태어나서 압록강 기슭의 어딘가에서 자라나 압록강

* 참바이(창바이): 長白. 중국 지린성의 지역 이름.

뗏목 위에서 인생을 다하는 그런 얼굴일 뿐이다.(중략)
이 같은 기나긴 여행을 1년에 스무 번쯤 하고 나면, 두고 온 처자식의 집이 제집인지 압록강 흐르는 물 위의 뗏목 살림이 제집인지 아리송하게 되고 만다.
밤의 뗏목에서 조선 토종의 호랑이 울부짖는 소리도 듣는다. 아니 어느 굽이 지나갈 때는 조선 독립군과 왜놈들의 콩 볶아대는 총소리가 요란하기도 하다. 그런 때는 뗏목을 기슭에 대고 죽은 듯이 숨겨져야 한다. 늦은 봄의 뗏목은 풀린 얼음덩어리에 밀수꾼, 독립군의 시체 또는 백두산 구렁이 시체, 살가지(살쾡이) 시체 따위도 걸쳐져 있다.
뗏목 살림의 식구 스물이나 서른의 기나긴 여행은 이렇듯이 갖은 현실과 부닥뜨려지며 역사의 흐름에라도 비유될 흐름 위에 떠나려가는 삶의 운행을 그치지 않는 것이다.

27

압록강, 아득한 넷날에 내가 두고 떠난

1940년에는 시인 백석이 압록강을 건너 만주로 넘어갔다. 게이죠(경성)에서 신징(신경=장춘)까지는 특급 노조미가 운행되고 있었다. 가령 오후 3시 20분에 경성을 출발한다면 새벽 한 시경에 압록강을 건넜을 텐데, 물론 어둠 속에서 제대로 밖을 보기는 어려웠을 것이다.

함경남도 함흥의 영생고보에서 교사로 지내다가 1938년 12월 서울로 돌아간 그는 전에 다니던 잡지 『여성』에 다시 들어갔다. 하지만 그의 마음은 이미 떠나 있었다. 제 신변사도 그렇거니와 사실 서울 자체가 숨 막히는 공간이 되어 있었다. 중일전쟁 이후 일제는 이른바 국어 상용화 정책을 실시하면서 조선어 교육을 완전히 폐지했다. 내선일체를 주장하는 목소리도 점점 커졌다. 백석은 1939년 10월 21일 조선일보사에 사표를 던진다. 그 며칠 후인 10월 29일, 춘원 이광수를 회장으로 하고 내지와 조선의 작가들이 함께 참여하는 조선문인협회가 결성식을 갖는다. 내선일체를 당당하게 부르짖는 문학 단체였다.

1940년 2월 초, 백석은 만주국의 수도 신경에 도착했다. 압록강 철교를 건너와 안동에서는 안봉선(안동-봉천)을 탔고, 이어 남만주 철도(대련-장춘)로 갈아탔다. 그리고 얼마 후 백석은

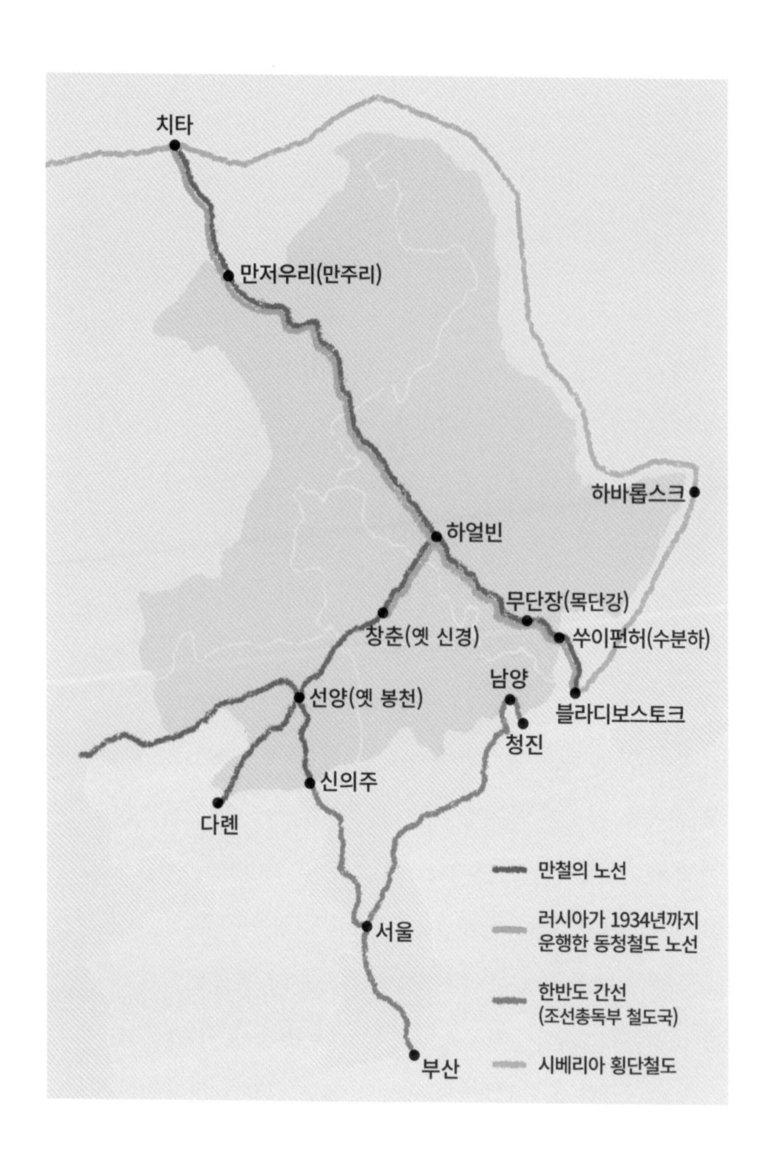
치타
만저우리(만주리)
하바롭스크
하얼빈
무단장(목단강)
창춘(옛 신경)
쑤이펀허(수분하)
남양
선양(옛 봉천)
블라디보스토크
청진
신의주
다롄
만철의 노선
러시아가 1934년까지
운행한 동청철도 노선
서울
한반도 간선
(조선총독부 철도국)
부산
시베리아 횡단철도

해방 전 동북아 간선 철도.

상허 이태준이 주관하는 『문장』 7월호에 시 한 편을 발표한다. 제목은 「북방에서」였다.

아득한 넷날에 나는 떠났다.
부여를 숙신을 발해를 여진을 요를 금을
흥안령을 음산을 아무우르를 숭가리를
범과 사슴과 너구리를 배반하고
송어와 메기와 개구리를 속이고 나는 떠났다

나는 그때
자작나무와 이깔나무의 슬퍼하든 것을 기억한다
갈대와 장풍의 붙드든 말도 잊지 않았다
오로촌이 멧돌을 잡어 나를 잔치해 보내든 것도
쏠론이 십릿길을 따러나와 울든 것도 잊지 않았었다

나는 그때
아모 이기지 못한 슬픔도 시름도 없이
다만 게을리 먼 앞대로 떠나 나왔다
그리하여 따사한 햇귀에서 하이얀 옷을 입고 매끄러운 밥을 먹고 단샘을 마시고 낮잠을 잤다
밤에는 먼 개소리에 놀라나고

아츰에는 지나가는 사람마다에게 절을 하면서도
나는 나의 부끄러움을 알지 못했다

그동안 돌비는 깨어지고 많은 금은보화는 땅에 묻히고 가
마귀도 긴 족보를 이루었는데
이리하야 또 아득한 새 녯날이 비롯하는 때
이제는 참으로 이기지 못할 슬픔과 시름에 쫓겨
나는 나의 녯 한울로 땅으로—나의 태반으로 돌아왔으나

이미 해는 늙고 달은 파리하고 바람은 미치고 보래구름만
혼자 넋 없이 떠도는데

아, 나의 조상은 형제는 일가친척은 정다운 이웃은 그리운
것은 사랑하는 것은 우러르는 것은 나의 자랑은 나의 힘은
없다 바람과 물과 세월과 같이 지나가고 없다[1]

친구인 화가 "정현웅에게" 부친다는 부제를 단 이 시에서 백석의 시적 화자는 부끄러움을 어쩌지 못하고 있다. 그러나 이 부끄러움이 환기하는 것은 육당 최남선이 그의 시조집 『백팔번뇌』에서 보여준 민족주의하고는 다르다. 육당의 '조선'은 분명히 대조선주의의 그것이었다. 그는 국토 순례 중 압록강 앞에

시인 백석.

서자 솟구치던 감회를 억지할 수 없었다. 그래서 이렇게 따로 작은 서문을 또 달았다.

> 압록강은 고선古鮮에 있어서는 도리어 남방에 치우치는 내정內庭의 일수一水이었다. 이것이 아주 북단北端을 짓게 된 때로부터 조선인이 반도라는 자루 속에서 웅크리고 숨도 크게 쉬지 못하다가, 최영으로 인하여 오래간만에 요수遼水 저편의 넓은 뜰에나마 활개를 다시 칠까 하였더니, 이태조가 위화도까지 와서 딴 뜻을 두고 회군하는 통에, 모처럼

> 의 기회도 수포로 돌아가고 말았다. 이 강을 건너질러 놓은 대철교는 어찌 보면 떨어졌던 옛 땅을 거멀못으로 찍어 당긴 것 같기도 하지마는, 이 물 한 줄기를 경계로 하여 이쪽에는 하얀 사람이 다니고 저쪽에는 퍼런 사람이 우물우물함은 재미있는 대조 그 속에 느끼운 것이 있다. 고구려 고어에 구토 회복을 다물多勿이라 한다 함이 『삼국사기』에 적혔다.[2]

그에게 압록강은 흔히 말하듯 나라의 북쪽 끝이나 변방에 치우친 강줄기가 아니다. 우리 옛 역사는 그것이 도리어 큰 나라(대조선)의 내정, 즉 안뜰을 흐르던 한 가람(강)이었음을 말해준다. 만일 역사를 제대로 지켰더라면 지금 우리의 강역은 얼마나 웅장할 텐가. 그럼에도 미련한 이성계가 위화도에서 회군함으로써 스스로 반도라는 좁은 자루 속에 갇히는 신세가 되고 말았다. 안타까울손, 이제라도 '다물'의 정신이나마 챙겨야 하지 않겠는가.— 육당은 이렇게 말하는 것이다.

백석은 달랐다. 당연히 그 역시 민족의 옛 터전에 와서 감회가 새로웠다. 새삼 잊고 살았던 옛 역사를 떠올리기도 했다. 그러자 제가 얼마나 멀리 떠나와 있는지 스스로 깨닫게 된다. 자작나무와 이깔나무가 슬퍼하던 것, 갈대와 장풍이 붙들며 하던 말, 오로촌이 멧돌(멧돼지)을 잡아서 잔치해 보내던 것, 쏠론이

10리 길을 따라 나와 울던 것도 기억이 난다. 하지만 그는 "아모 이기지 못한 슬픔도 시름도 없이/다만 게을리 먼 앞대로 떠나 나왔다." 그의 지금의 부끄러움은 바로 거기서 비롯한다.

내가 나의 부끄러움을 알지 못했다는 사실!

그렇다고 백석은 새삼 만주의 동포들에게 우리 힘을 내서 옛땅을 되찾자고 외치는 것도 아니다. 육당처럼 다물의 정신을 외치는 것, 그건 그의 뜻이 아니었다. 그는 어쩌면 현실이 너무 초라하기 때문에 차라리 아득한 시원始原을, 태반을 떠올렸던 것인지 모른다.

이게 비겁한 도피일까?

그의 시를 다만 역사적 맥락, 그것도 고대사의 맥락으로만 해석하는 것은 온당치 못하다. 지금 북방에 온 시적 화자는 역사 너머 더 큰 시원, 예컨대 신화시대마저 호명하고 있기 때문이다. 사람과 나무와 돌이 한데 어울려 살던 시대, 내가 슬프면 자작나무와 이깔나무가 함께 슬퍼하던 시대, 내가 어디 멀리 떠나려 하면 갈대와 장풍이 붙들며 조심하라고 일러주던 시대…. 나는 북방에 와서 새삼 내가 혹은 우리가 얼마나 많은 것을 잃어버렸는지를 깨닫는다. 한 평자는 이것을 "삶의 태반인 본향의 태곳적 기억을 찾아 돌아왔으나 아무것도 남은 게 없다는 낙백의 정서"[3]라고 말한다.

그의 '북방'에 당대 현실에 대한 분노가 부족하다고 말할 수는 있다. 연대의 정신이 결여되었다고 나무랄 수도 있다. 예컨대 이용악의 북방은 분명히 백석의 그것과 다르다. 이용악의 작품에서 북쪽은 "여인이 팔려간 나라"(「북쪽」)이고 "너를 두고 네 에미 도망한 밤"(「검은 구름이 모여든다」)이며 "바람이 이리처럼 날뛰는 강건너 벌판"(「두만강 너 우리의 강아」)이다. 이용악은 당대의 현실에 좀 더 집착한다. 하지만 백석을 두고 그가 역사와 이웃을 외면했다고 말할 권리는 누구에게도 없다. 왜냐하면 그는 천생 시인이었고, 그것도 '부끄러움'의 시인이었기 때문이다. 그리고 그 부끄러움은 어디까지나 민족의 신화와 역사 그리고 현실에 대한 깊은 공감 없이는 불가능했다.

28

해방, 염상섭과
함석헌의 신의주

소련군 최고 사령부는 1945년 8월 9일 0시를 기해 만주에 대한 공격을 감행했다. 원래 예정은 유럽에서 전쟁을 끝낸 지 3개월 후에나 전면적인 공세를 단행하는 것이었으나 히로시마에 원자폭탄이 투하되자 계획을 앞당겼다. 이 경우 참전은 당연히 전후 이 지역에 대한 정치경제적 권리를 결정하는 데 막대한 영향을 미칠 터였다. 아직 승리를 장담할 만한 군사적 우위를 확신하지 못한 가운데 참전을 결정한 데 이런 배경이 있었다.

소련군이 3개 방면으로 진격을 개시하자 만주는 일대 혼란에 빠진다. 넓은 땅과 풍부한 자원을 바탕으로 다섯 민족이 힘을 합쳐 미국 못지않은 막강한 합중국을 건설하겠다며 만주국이 꾼 왕도낙토의 꿈일랑 자취도 없이 사라진 지 이미 오래였다. 그래도 90만에 이른다는 일제의 관동군이 엄존한 이상 전황이 그토록 빨리 바뀔 줄이야 누구도 쉽게 짐작하지 못했을 것이다.

8월 15일 일본 천황이 소위 옥음 방송을 통해 항복을 선언했어도 상황은 마찬가지였다. 다만 오족의 협화가 하루아침에 무너진 것만은 분명했다. 조선인의 경우, 해방은 감격보다도 이웃

집에 쌀을 꾸러 갈까 말까 할 때 갑자기 문지방을 넘어선 시아주버니처럼 당혹스러움이 먼저였다.

김만선이라는 작가가 쓴 소설에 해방 직후의 혼란한 만주를 배경으로 한 작품들이 몇 편 있다.[1]

가령 「이중국적」(1949)이라는 단편에는 일찍이 조선을 떠나 장춘(신경) 근교에 자리를 잡고 착실히 농사를 지으며 살아온 박 노인이 정작 해방을 맞아 치르는 졸경이 너무나 생생하다. 그는 진작 귀화해 중국인의 민적을 지니고 있었는데, 만주에서 살려면 그러는 편이 유리했기 때문이다. 박 노인은 평소 이웃 중국인들과도 원만한 관계를 유지해 왔다고 자부했다. 하지만 해방은 전혀 엉뚱한 방식으로 다가왔다.

"따아스!"

'때려 죽이라!'는 뜻이었다. 중국인들은 만세 대신 이 말로써 자신들의 해방을 선언했다. 조선인은 전혀 해방의 주체가 아니었다. 기껏해야 일본의 앞잡이에 지나지 않았다. 중국인들은 일본인들과 한 묶음으로 조선인들을 대했다. 박 노인 역시 다짜고짜 몰려드는 중국인들을 피해 식구도 버리고 달아났지만, 결국에는 갖고 있던 돈까지 다 빼앗긴 채 중국 병정의 개머리판에 골통을 얻어맞고 절명한다.

해방 직후 만주에서 조선인이 맞이한 해방은 그만큼 위태위태한 것이었다. 만주에 건너간 백석은 공동 목욕탕이라 할 조당澡塘에서 발가벗고 함께 목욕하던 이들이 따지고 보면 죄 은이며 상이며 월이며 위며 진이며 하는 나라 사람들의 후손임을 문득 생각해낸다. 그러다가 또 그들이 나주볕(저녁볕) 아래 느긋하게 목욕을 즐기는 모습을 보면서 "나는 이렇게 한가하고 게으르고 그러면서 목숨이라든가 인생이라든가 하는 것을 정말 사랑할 줄 아는/그 오래고 깊은 마음들이 참으로 좋고 우러러진다"[2]고 읊었다. 대체 그런 시절이 있었던가. 1945년 8월 이후의 만주는 도무지 그런 '날'들의 인연을 들먹여 무엇을 도모할 여유가 없었다. 하지만 패전 당사자인 일본인들이 겪는 바의 고난에 비교할 것은 아니었다. 예컨대 나중에 가까스로 일본으로 돌아간 귀환자들은 하나같이 소련군의 만행에 대해 입을 모았다. 만주중공업 사원 이와이 하치사부로는 자기가 있던 신경과 그 이북 하얼빈에서는 8월 말부터 이른바 본격적인 '일본인 사냥'이 개시되었다고 고발했다.[3]

일본인 한 사람당 50엔이니 70엔이니 하는 상금이 나붙었고, 이 때문에 벌건 대낮에도 사람들이 끌려가는 납치 사건이 빈번했다. 여자들의 경우 상황은 더욱 나빴다. 공포에 질린 일본인 여성은 머리를 빡빡 밀어버리고도 숨조차 제대로 쉬지 못했다. 이런 식의 경험담 혹은 목격담은 과장을 감안하더라도 상당 부분 사실에 가까웠다. 무엇보다 만주를 점령한 소련군의 상황 자체가 처음부터 열악했기 때문이다. 사실 소련은 승전국이 되

만주 땅 안동역을 출발하는 국제 열차.

었다 하더라도 유럽에서의 오랜 전투로 입은 피해를 감당할 여력이 없었다. 만주 점령군에게는 어쩔 수 없이 '현지 조달'의 방침이 내려졌다. 적어도 추후 민정 부대가 들어와서 대민 업무와 군사 기강을 바로잡을 때까지는 소련군 선발대로 인한 피해가 상당 기간 이어질 수밖에 없었다. 이는 대체로 조선인의 처지가 묘하게 변화한 저간의 시간과도 일치한다. 한편으로는 중국인에게 봉변을 당하는 처지이면서 다른 한편으로는 그 분노를 일본인에게 돌릴 처지였던 것—압록강 하나를 사이에 두고서도 안동이 전자라면, 신의주는 후자였다.

횡보 염상섭은 만주 땅 안동에서 해방을 맞이했다.[4] 1937년 만주로 건너가 만주국의 수도 신경에서 한글 신문 『만선일보』의 편집국장으로 재직했던 그는 1939년부터 안동으로 자리를 옮겨 대동항건설사업에서 근무했다. 안동에서는 신시가에서 일본인들을 이웃으로 두고 살았다. 8월 15일 당일, 아직 날은 무더운 때여서 그는 땀을 뻘뻘 흘리면서 라디오에 귀를 기울였다. 항복 선언임을 알아차리자마자 '인제는 우리도 풀려났구나' 하고 꿈도 꾸지 못한 해방의 기쁨에 께께 울기만 했다. 그 옆에는 자기네 라디오는 잘 안 나온다면서 뛰어와서 염상섭과 나란히 앉아 라디오를 듣던 한 늙은 일본인이 있었다. 그 역시 훌쩍훌쩍 울면서 가버렸다. 물론 두 사람의 눈물은 그 뜻이 전혀 상극일 터였다.

염상섭은 이튿날이 공교롭게도 야경을 도는 순번이었다. 일본인 사회에서는 전쟁 말기부터 자위책으로 밤마다 야경을 돌았는데, 그도 어쩔 수 없이 한 달에 한 번은 차례에 끼곤 했다. 하지만 그날은 마침 조선인들의 자치회 구성 회의에도 참석해야 했기에 어느 일본인 국민학교 선생에게 제 대신 순번을 맡아달라고 부탁했다. 그가 모임을 마치고 집으로 돌아온 직후였다. 골목에서 딱따기 소리가 나자마자 "켁" 하는 단말마 비명이 희미하게 들리더니 밤은 곧 잠잠히 깊어갔다. 염상섭은 이튿날 아침이 되어서야 간밤에 무슨 일이 벌어졌는지 깨달았다. 제 대신 야경을 돌던 일본인 교사가 누군지 모를 흉한의 칼에 찔려 죽고 말았던 것이다. 그는 기겁하여 부랴부랴 조선인들이 많이 사는 구시가로 집을 옮겼지만 거기라고 마냥 안전한 건 아니었다. 거기서도 몰려드는 중국인들의 습격을 이리저리 피해야 하는 봉욕을 꽤나 감수해야 했다. 「모략」(1948)과 「혼란」(1949)에 그 안동 시절의 당혹스러운 순간들을 고스란히 담아냈다.

김만선의 또 다른 단편 「압록강」(1949)은 신경을 떠나 압록강을 건너는 조선인 집단의 고단한 여정을 짧지만 생생하게 그려낸다. 도중 위험하다는 공주령, 사평이며 궁원이라는 동네까지 소문과 달리 크게 어렵지 않게 지나칠 수 있었다. 유가하라는 작은 역에서는 일본인 기관사가 달아나려 했다고 해서 약간 문제가 있었지만 그것 역시 조금 늦어지는 일정으로 해결할 수 있었다. 다만 주인공 원식은 어떤 작은 철교를 지날 때 몸뻬 입은 여자 하나가 강으로 떨어지는 광경을 목격했다. 당장 여자가 자살했다는 소문이 퍼졌다.

“제길헐, 기왕 자살을 하려거든 압록강 추렁추렁하는 깊숙한 물속에나 빠질 게지…. 기껏 여기까지 와서 그래 모래밭으로 떨어져 만주 떼거지 같은 까마귀 떼의 밥이 된담!”

일제 강점기 신의주 잔교통 거리 풍경.

이렇게 말하는 이도 있었으나, 나중에 알고 보니 전염병에 걸려 마침 죽은 여자를 남편이 어찌할 줄을 몰라 창문을 열고 내던졌다는 것이었다. 여자는 또 그날 아침 먼저 죽은 아이의 어머니라 했고.

가까스로 신의주에 온 원식은 이제 기가 살았다. 서울 갈 일이 또 까마득했지만, 무엇보다 길에서 만나는 사람 족족 조선인이어서 그게 우선 마음이 놓였다. 길을 물을 때 좀 무뚝뚝하기로서니 그걸 탓하고 싶지도 않았다. 안동에서 받아왔다는 배갈도 갑자기 구역이 나서 버리고, 대신 막걸리를 찾았다. 어느 날 원식은 서울행 차표를 구하러 정거장에 갔다가 제가 얼마 전부터 수상하게 보던 한 중년 남성을 목격한다. 마침 곁에 있던 여자가 "저 일본 사람 같은 남자는 아깐 저기 서 있질 않았었는데…" 하고 중얼거린다. 원식은 그 말을 듣자마자 장총을 든 보안대원에게 가서 이렇게 말한다.

"피난민 가운데 왜놈이 섞이었는데 그대로 둡니까?"

결국 그 수상한 일본 중년 사내는 보안서에 끌려가는 몸이 되고 말았다. 그 모든 광경을 지켜본 아내가 "당신두 그런 짓은 왜 해요" 하고 핀잔을 주자, 원식은 단번에 아내의 말을 치받았다.

"그런 짓이라니? 저놈 두 놈이 빠지면 우리 피난민 중의 한 사람이라도 더 이 차를 탈 것을 생각해봐! 고놈 그러구두 중간에 가서 새치길 했단 말야…."

그렇게 말하는 원식의 가슴에는 "기실은 생전 처음으로 일본인에게 벌을 준 가슴의 설렘"이 없지 않았다.

염상섭도 그해 가을에는 도강에 성공한다. 일단 부딪치자 소문이 무색할 정도로 오히려 싱겁게 강을 건넜다. 그 뒤에는 필요에 따라 강을 오가는 일도 범상한 일이 된다. 「해방의 아들」(1946)에 그런 신의주에서의 일상이 재현된다. 이제 식민지인과 식민지 본국인의 처지는 완전히 바뀌었다. 김만선의 소설에서 원식의 기세가 등등해졌던 것처럼, 「해방의 아들」에서는 "십 년 가까이 회사에 다녔어야 고원 첩지밖에 못 받아본" 홍규가 이제 해방이 가져다준 여유를 제법 누린다. 물론 경제적으로야 여전히 어렵지만, "지금 웬만한 집에서는 모두들 일녀를 식모로 데려다 쓰는데" 하는 말까지 스스럼없이 나도는 판이었다.

그 홍규를 누가 찾아온다. 안면은 있어도 변변히 대화조차 나눌 형편이 아니었던 옆집 주인으로, 당연히 일본 사람이었다. 문지방을 건너올 때부터 공손하기가 이루 말할 데 없었다. 홍규는 제 평생 일본 사람한테서 그런 대접을 처음 받아보는 터라 외려 밸이 뒤틀릴 만도 했다. 청을 넣으려니 더욱 그런 저자세가 나왔을 것이다. 요지는, 안동에서 아직 건너오지 못한 제 질녀와 조카사위를 어떻게든 데려와 달라는 부탁이었다. 그러면서 하는 말이 그 조카사위가 "어엿한 조선 사람"으로 원적이 경상남도 동래라 했다. 나중에 밝혀지지만, 그 조카사위의 어머니가 일찍이 부모를 잃고 일본 나가사키로 입양되었다가 거기서 눌러 지내는 바람에 일본인하고 혼인했다는 것이었다. 그러니 조카사위의 몸에도 조선 사람의 피가 흐른다는 건 틀린 말은 아니었다. 결국 홍규는 그 부탁을 들어주어 강을 건너간다. 그 조카사위란 자가 이제 살았다는 듯 그를 반겼다.

상황을 짧게 설명한 뒤 홍규는 못을 박듯 다짐을 받는다.

"다만 한 가지 분명히 들어야 할 것은 조선으로 가겠느냐 일본으로 갈 생각이냐는 것이오. 다시 말하면 당신은 조선 사람이냐 일본 사람이냐는 말이오."

그 조카사위 마쓰노란 자는 새삼 조준식이라고 제 조선 이름자를 서툴게 쓴 문패와 태극기를 함께 들고 나와 보여주는 것으로 대답을 갈음했다.

소설은 해방으로 조선과 일본 두 나라 백성의 처지가 하루아침에 달라졌다는 사실, 그리고 조선은 이제 나라를 어떤 모습으로 세우는가 하는 게 초미의 관심임을 보여주는 일에 힘을 쏟는다. 그러는 바람에 과거 식민지 경성에서 작가가 어렵사리 발휘하던 촌철살인의 비판 정신은 쉽게 허물어지고 만다. 마지막 장면에서는 이제 먼저 신의주를 떠나게 된 조준식에게 태극기 선물을 안겨주며 이렇게 타이른다.

"이 깃발이 백만 천만의 내 편이 되어주는 무엇보다도 큰 힘이요 무기인 줄 알기 때문에, 또 믿기 때문에… 내 말이 너무 꾸민 말 같을지 모르나 내 말대로 이 깃발 아래 세 식구가 모여 사십쇼. 북에 있으나 남으로 내려가나 현해탄을 건너서 나가사키로 가시거나, 이 깃발 밑이 제일 안온하고 평화로울 것을 깨달을 날이 있을 것입니다."

하긴, 염상섭이 이 소설을 쓸 무렵을 생각해보면 작가이기

전에 조선인으로서 그가 보인 이 정도의 성마른 흥분쯤이야 애교처럼 받아들일 만했다. 그런 그는 자기가 신의주를 어떻게 떠나는지, 그리고 미소 양군이 지키는 38선을 건널 때까지 그와 식구들의 월남越南 서사에 대체 어떤 파란만장한 곡절이 개입하게 되는지, 일련의 이야기를 정신없이 풀어낸다. 마치 만주로 떠난 이후 제대로 된 단편 하나 쓰지 못한 서러움과 억울함과 거기에 덧붙어 따라다닐 수밖에 없었던 자괴감을 한꺼번에 풀어내기라도 할 듯이.

심지어 홍규는 마침 태어난 제 아기를 "태극 깃발 아래 난 첫 애기"라며 감격하는 것으로도 모자라 낳은 지 한 시간밖에 안 된 아이를 백일도 지난 아이인 양 "건국아!" 하고 천연덕스럽게 어른다. 그러더니 다시 말을 보탠다.

"그럼 이번에는 건국이를 낳았으니, 요담에는 흥국이나 또 하나 날까."

당대의 남한 독자들은 누구라도 이런 낯간지러운 능청과 상투성마저 즐겁게 받아들였을 것이다. 하긴, 무려 36년 철쇄의 세월이 아니었던가!

소설에서는 누워 있던 아내 또한 "대체 바쁘시긴…" 하면서도 하하 웃는다.

조준식이 궁금하다. 그는 새로 얻은 그 이름으로 남한 땅 어디에 정착해 살았을까, 아니면 기어이 현해탄을 건너가 나가사키든 어디든 자리를 잡고 살았을까. 한 가지 분명한 것은 만일 후자였다면 일본 땅에 발을 내디딘 순간부터 몸이 고단한 것은 둘째치고 제 '동포'들 때문에 꽤 오래 마음고생이 심했을 거라는 점이다. 실제 패전 이후 일본인의 귀환 과정은 그들 민족 사이에서 여러 층위의 균열을 드러낸다. 가령 만주에서 압록강이나 두만강을 건너 북조선에 돌아온 일본인들은 조선인은 물론이고 먼저 그 땅에 자리 잡고 살던 재조在朝 일본인들에게서도 냉대를 받았다. 하지만 바다 건너 규슈의 하카타 항에 첫 발을 내딛는 순간 모든 인양자(귀환자)들은 만주 출신이든 조선 출신이든 또다시 한 묶음으로 본토인들의 차디찬 눈길을 감내해야 했다.

> 본토인 입장에서는 외지에서 돌아오는 모두가 자신의 삶을 더욱더 어렵게 만드는 민폐 집단일 뿐이었다. 단적인 예로 해외 일본인들은 점령군으로부터 '선량한 처자'를 지키기 위해 게이샤와 창기들을 위안대로 삼고자 했으나, 본토에 도착한 순간 결국 모든 부녀자는 외지에서 돌아왔다는 이유만으로 똑같은 취급을 받았다. 사춘기 소녀부터 폐경기의 부녀자까지 귀환항 트랩에 올라 부인과 검사대에 눕는 순간, 이들은 동포로부터 받는 멸시와 차별이 얼마나 깊은 상처로 자리 잡는지 절감했다.[5]

『성서조선』 동인들. 뒷줄 왼쪽부터
양인성, 함석헌. 앞줄 왼쪽부터 양석동, 정상훈, 김교신, 송두용(1927).

염상섭의 그 신의주에서 함석헌도 해방을 맞이했다.[6]

그는 이른바 『성서조선』 사건(1942)으로 형을 치르고 나와서는 고향 용암포에서 농사를 짓기 시작했다. 나와 보니 세상은 바짝 더 어려워졌다. 일본의 발악이 마지막 기승을 부리고 있었던 것이다. 강산이 바싹 마르고 사람은 기름틀 속 깻묵처럼 눌렸다. 함께 들어갔다가 함께 나온 김교신 형이 천릿길을 머다 않고 찾아와서 흥남에 가서 일을 하자고 권유했지만 뿌리쳤다. 이제는 경찰서며 형무소를 들락거리는 것도 징그러웠다. 그때부터 수염을 길렀다. 미투리를 신었다.

김교신은 홀로 흥남질소비료공장의 노동자가 되었지만, 해방을 불과 112일 앞두고 세상을 떠났다.

함석헌은 밭에 거름을 주러 나갔다가 똥통을 든 채 해방이 됐다는 소식을 들었다. 용암포의 자치회에서는 곧 하루가 멀다 하고 그를 불러냈다.

"내가 아니 나갈 자리를 나간다. 이제 나를 이용하잔 것인데 사람이 이런 데는 아니 가는 것이다. 허나 다른 일 아닌 해방이니 내가 속는 줄 알면서도 그럼 나간다. 내 할 것만 해준 후엔 나는 물러난다."

함석헌의 진퇴는 제 마음대로 되지 않았다. 11월 18일 용암포 제일교회에서 소련군과 조선 공산당의 실정과 횡포를 비난하는 시민대회가 불상사로 끝나자, 11월 23일에는 신의주에서 중학교 학생들이 반소 반공 시위를 전개했다. 함석헌의 운명은 그때 50여 일을 감금된 것만으로 끝나지 않았다. 그는 또 고향을 등지지 않으면 안 되었다. 물론 두 번 다시는 고향에 돌아가지 못했다.

먼저 한국 문학의 근대를 전문적으로 다룬 수많은 선행 연구자들의 작업에 경의를 표한다. 딱 하나만 예로 들자면, 서울편에서는 유진오의 미발표 장편 『민요』를 발굴한 백지혜 님의 기여가 없었다면 북촌에 대해 들려줄 이야기가 몹시 앙상했을 것이다. 이 자리를 빌려 심심한 감사의 뜻을 표한다. 다른 학자들에게도 일일이 고마움을 전하지 못하는 점, 이해를 구한다.

이 책을 쓰는 동안 동아시아의 근대 문학사를 의미 있게 만든 여러 작가들을 함께 만난 '아시아의 근대를 읽는 시간'의 동료 작가들에게 고마움을 표한다. 엄정한 코로나 시국임에도 그들의 진지한 열정이 나로 하여금 먼 길을 지치지 않고 달려올 수 있게 만들었다. 우리들이 편히 공부할 수 있게 여건을 만들어 준 익천문화재단의 길동무 김판수, 염무웅 두 어른과 송경동 시인에게도 감사의 인사를 전한다. 신의주의 염상섭이라든지 청진의 강신재에 대해서는 염무웅 선생님의 조언이 큰 도움이 되었다. 코로나 때문에 도쿄에서 오도 가도 못한 채 꼬박 2

년을 갇혀 지내면서도 힘든 학위 과정을 마무리한, 그 와중에도 이것저것 번역을 도와준 아들도 고생했다는 말을 받을 자격이 있다. 물론 아내의 격려가 없었다면 이렇게 네 권이나 되는 책을 쓸, 그러느라 집안 살림엔 눈을 감은 채 이런 따위 무식한 욕심을 품을 생각일랑 하지 못했을 것이다. 어서 건강해지기만을 바랄 뿐이다. 학고재 출판사는 지난번 『어제 그곳 오늘 여기: 아시아 이웃 도시 근대 문학 기행』(2020)에 이어 이번에도 손해가 불 보듯 뻔한 이 작업에 기꺼이 손을 내밀어주었다. 대표님은 물론이고, 까다롭고 어지러운 편집 작업을 섬세하게 잘 마무리해준 구태은 씨를 비롯한 편집부 식구들에게 다시 한 번 고마움을 전한다. 책마다 추천의 말을 써준 학계의 벗들에게도 이 자리를 빌려 감사드린다.

지금은 곁에 안 계신 부모님이 몹시 그립다.

내가 소설가로나 한 사람의 시민으로나 맥을 추지 못하고 있을 때, 새삼 '읽는 사람'으로서의 의무는 물론 즐거움도 함께 일깨워주신 고 김종철 선생님(1947~2020)이 아니었다면 이런 기회조차 없었을 것이다. 당신의 빈자리, 따끔한 질책조차 그립다.

사진 및 지도 출처

18 서울역사박물관 서울역사아카이브
27 게이오기주쿠 대학 미디어센터 디지털 컬렉션
38 위키피디아
42 부산광역시립박물관
63 프린스턴 신학교 모펫 코리아 컬렉션Moffett Korea Collection
68 프린스턴 신학교 모펫 코리아 컬렉션
74 프린스턴 신학교 모펫 코리아 컬렉션
76 이승만 기념관
82 국사편찬위원회 한국사DB, 한국근대문학관
85 위키피디아
97 국제일본문화연구센터国際日本文化研究センター
104 국제일본문화연구센터
116 한국근대문학관
117 국제일본문화연구센터
121 서울역사박물관
129 국제일본문화연구센터
136 국제일본문화연구센터
145 위키피디아
150 국제일본문화연구센터
154 국제일본문화연구센터
165 국제일본문화연구센터
171 프린스턴 신학교 모펫 코리아 컬렉션
173 국제일본문화연구센터
175 국제일본문화연구센터
183 서울역사박물관 서울역사아카이브

185 프린스턴 신학교 모펫 코리아 컬렉션
193 국립중앙박물관
196 국제일본문화연구센터
206 국립중앙박물관
208 국제일본문화연구센터
217 국제일본문화연구센터
222 국제일본문화연구센터
231 동아일보(1931년 5월 31일자), 국제일본문화연구센터
243 위키피디아
265 국제일본문화연구센터
274 프린스턴 신학교 모펫 코리아 컬렉션
282 국제일본문화연구센터
285 국제일본문화연구센터
293 위키피디아
308 국립중앙박물관
316 국립중앙박물관
331 위키피디아
343 국립중앙박물관
347 국제일본문화연구센터
365 국제일본문화연구센터
368 국제일본문화연구센터
374 함석헌기념사업회

이밖에 출처를 밝히지 못한 사진들은 추후 확인 후 증쇄 때 이를 반영하고 통상의 자료비를 지불할 것임.

주

펴내며

1 E. 사이덴스티커, 허호 역, 『도쿄 이야기』, 이산, 1997.

2 이경훈 편역, 「군인이 될 수 있다」, 『진정 마음이 만나서야말로』, 평민사, 1995. 381쪽.

3 「동경대담」. 김윤식 편역, 『이광수의 일어 창작 및 산문선』, 도서출판 역락, 2007.

1 평안도 백성에게는 염라대왕이 둘

1 이사벨라 버드 비숍 저, 신복룡 역, 『조선과 그 이웃나라들』, 집문당, 2006. 322쪽. 평양 방문기는 특히 제26장.

2 오타니 다다시, 이재우 역, 『청일전쟁: 국민의 탄생』, 오월의 봄, 2018

3 차경애, 「청일전쟁 당시 조선 전쟁터의 실상」, 『한국문화연구』(14), 한국문화연구원, 2008.

4 이인직, 『혈의 누』, 문학과지성사, 2007.

5 박은식, 「평양과 개성의 발달」, 『서우』(9), 1907.8. 송도인은 개성(황해도) 사람을 말함. 서북은 본래 함경도와 평안도 두 도를 말하는데, 때로는 평안도만 가리키기도 한다. 앞으로 이 책에서는 평안도만을 서북이라 부를 것이다.

6 정유승, 『조선 후기 서북지역 문인 연구』, 서울대학교 박사 학위 논문, 2010. 88쪽.

7 정주아, 『서북문학과 로컬리티』, 소명출판, 2014. 10쪽.

8 리영희, 『역정: 자전적 에세이』(개정판), 창비, 2012.

9 김재철, 『조선연극사』, 민속원, 1995; 서연호, 『꼭두각시놀이』, 열화당, 1990.

2 만인계의 세상

1 윤치호, 『국역 윤치호 영문 일기』(4), 1900년 12월 18일과 12월 30일 일기.

국사편찬위원회 한국사료총서 번역서.
2 윤대원, 「한말 만인계의 내부구조와 실상」, 『한국문화』(67), 서울대학교 규장각한국학연구원, 2014.
3 이광수, 「나: 소년편」(1947), 『이광수전집』(6), 삼중당, 1976.
4 윤대원, 앞 글.
5 김남천, 「내가 정보부」, 『동아일보』, 1939.1.10.

3 서북에 불이 붙다

1 고석규, 「서북지방의 민중항쟁」,『한국사(36): 조선후기 민중사회의 성장』, 국사편찬위원회, 1997.
2 오세정, 「〈엮음수심가〉와 홍경래의 난의 연관성 연구: 사설 "불이 붙는다"를 중심으로」, 중앙대학교 석사 학위 논문, 2015.
3 정주아, 『서북문학과 로컬리티』, 소명출판, 2014. 11~12쪽.
4 이승훈, 「추모와 감격: 서북인의 숙원신통(宿怨新慟)」, 『신민』(14), 1926.6; 남강문화재단 편, 『남강 이승훈과 민족운동』(1988) 재수록.
5 리영희, 『역정: 자전적 에세이』, 창비, 2012. 24~25쪽.
6 정주아, 앞 책, 12쪽.
7 도진순 주해, 『백범일지』, 돌베개, 1997.
8 이광수, 「나」, 『이광수전집』(6), 삼중당, 1972.
9 이광수, 「그의 자서전」, 『이광수전집』(6), 삼중당, 1972. 엄밀한 의미에서 실제 자서전은 아니지만 현실 속 그의 행적하고 크게 다르지는 않다.
10 이광수, 「나의 고백」(1948), 『이광수전집』(7), 삼중당, 1972. 226쪽.
11 백철, 『진리와 현실: 백철의 문학생활 그 반성의 기록』, 박영사, 1975.
12 조규태, 「구한말 평안도 지방의 동학: 교세의 신장과 성격에 대한 검토를 중심으로」, 『동아연구』(21), 서강대학교 동아연구소, 1990.

4 조선의 예루살렘

1 백낙준, 『한국개신교사』, 연세대학교 출판부, 1993.
2 앞 책, 49~53쪽; 「성경: '어머니'를 '오마니'로? 최초의 한글 성경은 평안도 방언으로 번역」, BBC 코리아, 2019.6.11.
3 이사벨라 버드 비숍, 앞 책, 337쪽.

4 잭 런던, 윤미기 역, 『잭 런던의 조선사람 엿보기』, 한울, 2011.
5 함석헌, 『죽을 때까지 이 걸음으로: 나의 자서전』, 삼중당, 1964. 46쪽.
6 이광수, 「나의 고백」(1948), 『이광수전집』(7), 삼중당, 1972.
7 조재곤, 「러일전쟁과 평안도의 사회경제상」, 『동북아역사논총』(49), 동북아역사재단, 2015.9.
8 민경배, 『한국의 기독교회사』, 대한기독교서회, 1968; 이덕주, 『남산재 사람들』, 그물, 2015. 116~117쪽; 제임스 게일, 장문평 역, 『코리언 스케치』, 현암사, 1971. 28~33쪽.
9 김기전·차상찬, 「조선문화 기본조사: 평남도」, 『개벽』(51), 1924.9.
10 민경배, 앞 책, 81쪽.
11 김상태, 『근현대 평안도 출신 사회지도층 연구』, 서울대 박사학위 논문, 2002. 21쪽에서 재인용.
12 김이석, 「총」. 김이석·박순녀 공저, 『그리워 그리워』, 동서문화사, 2016.
13 김이석, 「장대현 시절」. 이태동 편, 『김이석 선집』, 현대문학사, 2012.
14 정지용, 「화문행각(1): 선천 1」(1940), 『정지용전집(2)』(산문), 민음사, 2003. 3.
15 김상태, 앞 책, 21쪽.
16 「시내인구의 5할이 교인」, 『동아일보』, 1928.6.13.
17 일 기자, 「내가 본 평북의 각군」, 『개벽』(39), 1923.
18 김진구, 「목사의 선천, 광산의 선천」, 『별건곤』(22), 1929. 148쪽.
19 한규무, 「1930년대 평북 선천의 교육·산업과 기독교」, 『이화사학연구』(38), 이화여자대학교 이화사학연구소, 2009.
20 정지용, 앞 글.
21 한규무, 앞 글, 108쪽.
22 선우훈, 『민족의 수난: 105인 사건 진상』, 독립정신보급회, 1955. 권영식·송문영 공편, 『역사에 던지는 목소리』, 동광출판사, 1980. 45~46쪽 재인용.
23 앞 책, 48쪽.
24 리영희, 임헌영 대담, 『대화: 한 지식인의 삶과 사상』, 한길사, 2005. 35쪽.

5 서북의 학교들

1 이 부분은 이광수, 「나의 고백」에 의존, 해방 후 쓴 글로 친일 행위에 대한 그의 변명이 강조되고 있음을 감안할 것.

2 함석헌, 『죽을 때까지 이 걸음으로: 나의 자서전』, 삼중당, 1964.
3 김사량, 「낙조」, 『노마만리』, 동광출판사, 1989. 200쪽.
4 김남천, 『대하』(1939), 신원문화사, 2005. 319~320쪽.

6 신작로, 그리고 먼지를 뒤집어쓴 사람들

1 히로시 토도로키, 「20세기 전반 한반도 도로교통체계 변화: '신작로' 건설과정을 중심으로」, 『지리학논총』(별호 54), 서울대학교 국토문제연구소, 2004.
2 김의원, 『한국국토개발사연구』, 대학도서, 1982. 제3부 2장.
3 앞 책, 526쪽.
4 김남천, 「양덕쇄기」 『조선일보』, 1938.7.23~28; 「양덕 온천의 회상」, 『조광』, 1939.12.
5 최명익, 「봄과 신작로」(1939), 최명익 단편선 『비 오는 길』, 문학과지성사, 2004.

7 여우난골족의 세계

1 초산군지 편찬위원회, 『초산군지』, 홍문사, 1983.
2 최준선, 「지금도 공산치하에서의 악몽이」, 앞 책.
3 김남천, 「평양잡기철: 냉면」, 『조선일보』, 1938.5.31.
4 백석, 「국수」, 고형진 편, 『정본 백석 시집』 문학동네, 2007.
5 이광수, 「나」, 『이광수 전집』(6), 삼중당, 1971. 439~440쪽.
6 백석, 「마을은 맨천 구신이 돼서」(1948), 고형진 편, 『정본 백석 시집』, 문학동네, 2007.
7 백석, 「여우난골족」(1935), 앞 책.
8 앞 시.
9 정철훈, 「정철훈의 백석을 찾아서(1): 유년 시절」, 『국민일보』, 2012.1.6.

8 도시, 꿈을 깨다

1 이광수, 『무정』, 문학과지성사, 2005. 제63장.
2 김동인, 「조선근대소설고」(1929), 『김동인 전집』(12), 대중서관, 1983. 463쪽.
3 이용철, 「평안도 지역 3·1 운동 연구」, 충북대학교 박사 학위 논문, 2020.
4 전영택, 「창조와 조선문단과 나」(1955), 『김동인 전집』(3), 목원대학교 출

판부, 1994.

5 전영택, 「생명의 봄」, 『화수분』, 문학과지성사, 2008. 123쪽.

9 대동강의 평양

1 다야마 가타이, 「만선(滿鮮)의 행락」(1924). 이한정·미즈노 다쓰로 편역, 『일본 작가들이 본 근대 조선』, 소명출판, 2009. 201~211쪽.

2 우미영, 「억압된 자기와 고도 평양의 표상」, 『동아시아 문화연구』(50), 한양대학교 동아시아문화연구소, 2011.

3 최남선, 「평양행」, 『소년』, 1909.11.

4 김윤식, 『김동인 연구』, 민음사, 2000. 특히 제8장 참고. 김동인의 기생 편력은 「여인」, 『김동인 전집』(2), 대중서관, 1983. 참고.

5 김동인, 「눈을 겨우 뜰 때」, 『김동인 전집』(7), 대중서관, 1983.

6 김동인, 「영혼: 여자운동을 봄」, 『창조』, 1921.5.

7 김동인, 「대동강의 평양」, 『신동아』, 1932.9.

10 평양의 균열과 타락

1 황순원, 「아버지」, 『황순원 전집』(2), 문학과 지성사, 2005.

2 김동인, 「태형」, 『김동인 문학전집』(7), 대중서관, 1983.

3 염복규, 「1910년대 일제의 태형제도 시행과 운용」, 『역사와 현실』(53), 한국역사연구회, 2004.

4 김기전·차상찬, 「조선문화 기본조사: 평남도 호」, 『개벽』(51), 1924.9.

5 염상섭, 「표본실의 청개구리」, 『염상섭 단편선: 두 파산』, 문학과지성사, 2006.

6 전영택, 「평양성을 바라보면서」, 『전영택 전집』(1), 목원대학교 출판부, 1994.

11 평양=기생

1 한재락, 안대회 역, 『녹파잡기』, 휴머니스트, 2017.

2 이하 기생 부분은 별도 표시가 없는 한 특히 박찬승, 「식민지 시기 다층적 표상으로서의 평양 기생」, 『동아시아문화연구』(62), 한양대학교 동아시아문화연구소, 2015.

3 김일환, 「조선 후기 중국 사행의 규모와 구성」, 『연행의 사회사』, 경기문화재단, 2005. 329쪽.

4 김이석, 「실비명」, 『김이석 소설선집』, 현대문학, 2012.

5 김남천, 『한국근대단편소설대계』(3), 태학사, 1988.

6 앞 책.

7 3학년 수업 시간표. 한재덕, 「기생학교에서는 무엇을 가르치는가」, 『개정판 잡지 『모던일본』 조선판(1939)』, 어문학사, 2020.

12 칠성문 밖의 평양

1 김동인, 「감자」, 『김동인 문학전집』(7), 대중서관, 1983.

2 김사량, 곽형덕 역, 「기자림」, 『김사량, 작품과 연구(4)』, 역락, 2014. 원문은 일어이며, 일본 『문예수도』(1940.6)에 처음 발표되었다.

3 김사량, 「토성랑」(초판본). 김재용·곽형덕 편역, 『김사량, 작품과 연구(1)』, 역락, 2008. 이 책에는 개정판(1940)도 함께 실려 있다. 소설 원문은 일어, 곽형덕 번역.

13 강계 숙모 만나기

1 김소월, 「몇 해 만에 선생님의…」(스승 김억에게 보낸 편지), 1934.9.22. 김억, 「요절한 박행시인 김소월에 대한 추억」(『조선중앙일보』, 1935.1.22~1.24)에 수록.

2 김이협, 「강계 만포선: 비도에 메아리 지는 기적 5백리」, 『가야 할 산하』, 조선일보사, 1989. 원래는 『조선일보』 1966년 12월 4일자에 수록.

3 김명연, 「강계를 구경하고서」(상, 하), 『조선』, 조선총독부, 1924.5~6.; 벽파생, 「평북산견(1): 군우리에서」, 『조선』, 조선총독부, 1924.4. 벽파생은 김명연.

4 백석, 「광원」(1936). 고형진 편, 『정본 백석 시집』, 문학동네, 2007.

5 리영희, 『역정: 나의 자전적 에세이』(개정판), 창비, 2012. 63~69쪽.

6 『조선일보』, 1924.5.19.

7 김이협, 「강계만포선」, 『가야 할 산하』, 조선일보사, 1989.115쪽.

8 이정호, 「강계 숙모」, 『안개』, 창작과비평사, 1977.

9 민족문화대백과사전.

14 압록강을 건너는 여러 가지 방법

1 민족문화대백과사전.

2 김인숙, 『소현』, 자음과모음, 2010. 136쪽.

3 이하, 한국고전연구회 편, 「임경업전」, 『금오신화(외)』, 시간과공간사, 1989.

4 잭 런던, 윤미기 역, 『잭 런던의 조선사람 엿보기』, 한울, 2011.

5 박지원, 고미숙 외 편역, 『세계 최고의 여행기 열하일기』(상), 그린비, 2008. 52쪽.

6 이병기, 『가람일기』(1), 신구문화사, 1979. 149쪽.

7 남동순, 「독립자금을 품고 압록강을 건너다」, 『8·15의 기억』, 한길사, 2005.

8 단편 「가실」(1923). 고구려와의 전쟁에 나섰다가 포로가 된 신라 청년 가실의 이야기를 다룬 소설이다.

9 이광수, 「무불옹의 추억」(일어), 『경성일보』, 1939.3.11~17. 김윤식, 『이광수의 일어 창작 및 산문선』(역락, 2007)에 번역 수록.

15 압록강 국경 1,000리

1 백석, 「팔원: 서행시초」(3). 고형진 편, 『정본 백석 시집』, 문학동네, 2007.

2 춘파, 「묘향산으로부터 국경천리」, 『개벽』, 1923.9.

3 정지용, 「화문행각」(1940) 중 「의주」(1)~(3), 『정지용전집』, 민음사, 2003.

16 을밀대 체공녀

1 소림영부, 「1930년대 전반기의 조선노동운동」, 『1930년대 민족해방운동』, 거름, 1984.

2 김인걸·강현욱, 『일제하 조선 노동운동사』, 일송정, 1989. 116~123쪽.

3 『조선일보』, 1930.8.22.

4 무호정인(오기영), 「을밀대상의 체공녀, 여류투사 강주룡 회견기」, 『동광』(23), 1931.7.

17 평양 배화 폭동, 진실로 무서운 밤

1 오기영, 「평양폭동사건회고: 재만동포문제 특집」, 『동광』(25), 1931.9.

2 이상경, 「1931년의 배화사건과 민족주의 담론」, 『만주연구』(11), 만주학회, 2011.

3 김동인, 「유서(柳絮) 광풍에 춤추는 대동강의 악몽: 3년 전 조중인 사변의 회고」, 『개벽』(신간2), 1934.12.

4 이상경, 앞 글.

5 이상경, 「김동인의 〈붉은 산〉의 동아시아적 수용」, 『한국현대문학연구』(44), 한국현대문학회, 2014.

18 평안도 말과 평양 날파람

1 이상경, 「1931년의 배화사건과 민족주의 담론」, 『만주연구』(11), 만주학회, 2011. 105쪽.

2 정지용, 「화문행각」 중 '평양(4)', 『정지용전집』(2), 민음사, 2003. 117쪽.

3 황순원, 「늪·기러기」 중 「노새」(1943), 『황순원전집』(1), 문학과지성사, 2000. 257쪽.

4 백석, 「그 모와 아들」, 고형진 편, 『정본 백석 소설·수필』, 문학동네, 2019. 123~124쪽.

5 정지용, 「화문행각」 중 '평양(4)', 『정지용전집』(2), 민음사, 2003. 115쪽.

6 이석훈, 「함흥인상기」(1), 『조선일보』, 1938.10.26.

7 김남천, 「뒷골목: 평양 잡기첩」(6), 『조선일보』, 1938.6.4.

8 김남천, 「뒷골목: 평양 잡기첩」(5), 『조선일보』, 1938.6.3.

9 김사량, 「날파람」, 곽형덕 역, 『김사량 작품과 연구』(2), 역락, 2008.

10 「그들의 청년학도시대」, 『조선일보』, 1937.1.6.

19 평양 서문거리 녹성당 약국

1 임화, 「설천야의 대동강반」, 『조광』, 1936.7.; 박정선 편, 『언제나 지상은 아름답다: 임화 산문선집』, 역락, 2012.

2 김남천, 「녹성당」(1939), 『문장』, 1939.3. 김남천은 후에 소설의 앞부분을 개작해 다시 발표했다.

3 「작가들이 만난 작가: 김남천 친족 인터뷰; 기억 속의 김남천」, 『작가들』(7), 인천작가회의, 2002.

20 조선 자연은 왜 이다지 슬퍼 보일까

1 최원규 편, 『일제 말기 파시즘과 한국사회』, 청아, 1988. 416쪽.

2 이태준, 「패강랭」, 『한국현대대표소설선(3)』, 창작과비평사, 1996.
3 염상섭, 「패성의 봄」, 『신생』, 1929.6.

21 모멸, 그들의 평양

1 박찬승, 「식민지 시기 다중적 표상으로서의 평양 기생」, 『동아시아 문화연구』(62), 한양대학교 동아시아문화연구소, 2015.
2 三省堂旅行案內部 編, 『朝鮮滿洲旅行案內』, 三省堂, 1936. 21면; 박찬승, 앞 글 33쪽에서 재인용.
3 『개정판 잡지 『모던일본』 조선판』(1939), 어문학사, 2020.
4 임나래, 「개성·평양 부립박물관의 설립과 의의」, 고려대학교 석사 학위 논문, 2015.

22 한 서국주의자의 평양

1 김남천, 「만수대: 평양 잡기첩」(4), 『조선일보』, 1938.6.2.
2 김병기, 「길을 찾아서」(16), 『한겨레신문』, 2017.7.23.
3 이효석, 「마음에 남는 풍경」(1937), 「화춘의장」(1937), 「인물 있는 가을 풍경」(1937), 「밀른의 아침」(1938), 「채롱」(1938), 「Miss 다니엘 다리유」(1938), 「감명 깊은 서적 소개」(1938), 「낙엽을 태우면서」(1938), 「낙랑다방기」(1938). 모두 『이효석 전집』(5)(서울대학교 출판문화원, 2016)에 수록.
4 이효석, 「화춘의장」, 앞 책.
5 이효석, 「낙랑다방기」, 앞 책.
6 「내 지방의 특색을 말하는 좌담회: 평양」, 『조광』, 1939.3.
7 『이효석 전집』(3), 서울대학교 출판문화원, 2016.
8 염복규, 「일제하 여의도 비행장의 조성과 항공사업의 양상」, 『서울과 역사』(104), 서울역사편찬원, 2020.
9 『이효석 전집』(6), 서울대학교 출판문화원, 2016. 원문은 일어.

23 성천, 눈 내린 밤의 풍경

1 이하 모두 이상, 「산촌여정: 성천 기행 중의 몇 절」, 『매일신보』, 1935.9.27; 김윤식 편, 『이상문학전집』(3), 문학사상사, 1993.
2 홍기주, 「안도산의 교장시대: 일 학생의 메모란담」, 『동광』(40), 1933.1.

3 「그들의 청년학도시대」, 『조선일보』, 1937.1.6.

4 김남천, 「황율·연초·잠견」, 『농업조선』, 1940.2; 정호웅·손정수 편, 『김남천 전집』(2), 박이정, 2000.

5 김남천, 「오디」, 『문장』, 1941.4.

6 민족문화대백과사전.

24 평양의 단층, 혹은 내면

1 이효석, 「계절의 낙서」, 『이효석 전집』(5), 서울대학교 출판문화원, 2016. 351쪽.

2 박성란, 「단층파 모더니즘 연구」, 인하대학교 박사 학위 논문, 2012.

3 이석훈, 「문학풍토기: 평양」, 『인문평론』, 1940.8.

4 최명익, 『비 오는 길』, 문학과지성사, 2004.

5 김사량, 「귀향기: 땅」, 『조선일보』, 1940.2.29.~3.2. 김재용·곽형덕 편역, 『김사량, 작품과 연구』(2), 역락, 2008.

6 최명익, 앞 책, 신형기 해설, 334쪽.

25 국경에서 바라본 하늘

1 백철, 「전망」, 『인문평론』, 인문사, 1940.1.

2 백철, 『진리와 현실: 백철의 문학생활 그 반성의 기록』(1), 박영사, 1975. 특히 제17~18장.

3 백철, 「전망」, 218~219쪽.

4 백철, 「시대적 우연의 수리: 사실에 대한 정신의 태도」, 『조선일보』, 1938.12.6.

26 만포진 길손과 보천보 뗏목꾼

1 윤영천, 「일제강점기 한국 현대시와 '만주(滿洲)'」, 『동양학』(45), 단국대학교 동양학연구원, 2009.

2 김이협, 「강계 만포선」, 『조선일보』, 1966.12.4.

3 「백두산 등척기」[『고원의 밤: 범우 비평판 한국문학』(39), 범우사, 2007] 중 '압록강 떼를 타고' 부분, 226~227쪽.

4 양일천, 「수국기행」(총5회), 『조선일보』, 1936.8.5.~8.22.

5 「책 끝에: 보천보 뗏목꾼들의 살림」, 『실천문학』(창간호), 실천문학사, 1980. 372~373쪽.

27 압록강, 아득한 녯날에 내가 두고 떠난

1 백석, 「북방에서」, 고형진 편, 『정본 백석 시집』, 문학동네, 2007.

2 『육당 최남선 전집』(5), 현암사, 1973. 456쪽.

3 강연호, 「한국 근대시에 나타난 만주 체험과 북방 의식 연구: 백석, 이용악, 유치환의 북방시편을 중심으로」, 『한국문학이론과 비평』(87), 한국문학이론과비평학회, 2020. 70쪽.

28 해방, 염상섭과 함석헌의 신의주

1 김만선, 『압록강』, 깊은샘, 1988.

2 백석, 「조당에서」, 고형진 편, 『정본 백석 시집』, 문학동네, 2007.

3 이연식, 『조선을 떠나며』, 역사비평사, 2012. 113쪽.

4 염상섭, 「만주에서: 환희의 눈물 속에서」, 『동아일보』, 1962.8.15; 염상섭, 「등골이 서늘한 이야기: 혼란기에 있었던 일」, 『조선일보』, 1959.7.30. 야경을 돈 날이 해방 당일인지 그 이튿날인지 기억에 차이가 난다.

5 이연식, 『조선을 떠나며』, 역사비평사, 2012. 135쪽.

6 함석헌, 『죽을 때까지 이 걸음으로: 나의 자서전』, 삼중당, 1964.

찾아보기

ㅈ

ㅊ

ㅌ

ㅍ

ㅎ

기타

한국 근대 문학 기행
평안도 이야기

1판 1쇄 발행 2023년 4월 18일
1판 2쇄 발행 2024년 1월 2일

지은이 김남일
펴낸이 박해진
펴낸곳 도서출판 학고재
등록 2013년 6월 18일 제2013-000186호
주소 서울시 영등포구 경인로 775 에이스하이테크시티 2-804
전화 02-745-1722(편집) 070-7404-2791(마케팅)
팩스 02-3210-2775
전자우편 hakgojae@gmail.com
페이스북 www.facebook.com/hakgojae

ISBN 978-89-5625-450-0 03810